Anja König

Köstliche Vergeltung

Rat der Fünf

www.tredition.de

Verlag und Druck:
tredition GmbH, Halenreie 40-44, 22359 Hamburg

ISBN
Paperback: 978-3-347-41143-2
Hardcover: 978-3-347-41144-9
e-Book: 978-3-347-41145-6

Prolog

Brief aus der Hinterlassenschaft von Kyma S.:

Daniel,

in den letzten zwanzig Jahren habe ich meine ganze Energie aufgebracht, dich großzuziehen. Mit jedem Tag, dem du gewachsen bist, fiel es mir schwerer, dir noch ins Gesicht zu sehen. Du wurdest zu dem Ebenbild deines Vaters.

Ich konnte dich nie so lieben, wie es für eine Mutter erwartet wird. Daher hast du häufig meine Eltern besucht. Doch kamst du jedes Mal mit einem so hoffnungsvollen Blick zurück, dass es schwer war, dir überhaupt gegenüberzutreten. Ich wäre am liebsten von dir weggelaufen und doch musste ich mich weiter um dich kümmern.

Es war nicht deine Schuld, auch wenn du sie dir häufig eingeredet hast. Ich möchte auch nicht, dass du dir in Zukunft die Schuld an meinem Verhalten gibst. Du bist die unschuldigste Person in dieser ganzen Geschichte und hast ein Recht, die Wahrheit zu erfahren. Daher werde ich dir den Hintergrund zu meinem Verhalten erklären und um Vergebung zu bitten, auch wenn ich sie nicht verdient habe.

Du hast dich sicherlich gefragt, warum ich nie einen Mann in meinem Leben hatte und dich nie mit Liebe überhäuft habe, wie meine Familie es getan hat. Es fing bereits vor knapp zweiundzwanzig Jahren an. Ich habe an einer Universität Medizin studiert, ich wollte unbedingt Ärztin werden. Es war mein Lebenstraum, Menschen in Not zu helfen. Damals war ich eine der wenigen Frauen im Studium dort und überaus stolz darauf. Jedoch änderte es sich schlagartig nach einigen Monaten, als ich bei einer Semesterabschlussfeier war.

Ich bin mit ein paar Freundinnen dort hingegangen und habe mit einem jungen Mann geredet. Nach einiger Zeit lockte er mich in ein Hinterzimmer. Dort vergewaltigte er mich auf grausamste Weise, während seine Freunde ihn dabei anfeuerten. Es war beschämend.

Nach dieser Nacht sah ich ihn immer wieder auf dem Campus. Er hatte immer ein so hässliches Lachen im Gesicht, denn er wusste, dass ich ihm nichts anhaben konnte. In der damaligen Zeit und der Gesellschaft war es immer die Schuld der Frau, wenn so etwas passierte. Die Vergewaltiger sagten stets, dass sie sich zu freizügig anzogen. Sie hat es durch ihr Flirten ja gewissermaßen gefordert. Jetzt weiß ich natürlich, dass dem nicht so ist, trotzdem bin ich nie darüber hinweggekommen. Später warst du die ständige Erinnerung an diese Schmach.

Also kehrte ich nach Hause in den Schoß meiner Familie zurück und habe mich in mein Zimmer verkrochen. Auch ihnen konnte ich nichts sagen. Es war beschämend. Nach einigen Monaten bemerkte ich, dass ich mit dir schwanger war. Zu diesem Zeitpunkt war es jedoch zu spät, dich abtreiben zu lassen.

Ich brachte dich also zur Welt, allerdings konnte ich dich nicht in die Arme nehmen. Ich verspürte keinerlei mütterliche Gefühle, gar keine Gefühle für dich – keine Liebe, keinen Hass, einfach nichts. Daher wurdest du meiner Mutter, welche mir in dieser schweren Stunde beistand, in die Armen gedrückt. Sie hatte endlich ihren Enkel und war so glücklich, dass ich es nicht über das Herz brachte, dich zur Adoption freizugeben, wie ich es geplant hatte. Darum ich dich großgezogen – meinen Eltern zuliebe.

In den letzten Jahren habe ich jedoch bemerkt, wie mir die Kraft ausging. Du hast sie nach und nach aus mir herausgezogen wie ein Parasit. Daher möchte ich mich jetzt von dir verabschieden und dich für dein zukünftiges Leben nicht weiter zur Last falle. Bitte sei nicht wütend auf mich. Ich wäre dir gerne eine bessere

Mutter gewesen, aber es ging nicht. Doch hoffe ich, dass du wenigstens in Teilen eine schöne Kindheit mit meinen Eltern und Geschwistern hattest, auch wenn ich nie ein Teil davon sein konnte, und dass dein weiteres Leben besser wird als bisher.

Deine Mutter

Artikel:

Frauenleiche angeschwemmt

In den frühen Morgenstunden wurde die Leiche der 41-jährigen Kyma Q. am Flussufer angeschwemmt von Wanderern. Sie starb durch massive Kopfverletzung auf dem Kopf. Dies wurde wahrscheinlich durch einen Sprung von einer Brücke in den flachen Fluss hervorgerufen. Fremdverschulden wird derzeit ausgeschlossen. Die Polizei nimmt an, dass die Frau Suizid begangen hat.

Todesanzeige:

Hiermit nehme ich Abschied von Kyma Quispe. Deine Geschichte und dein Wille werden mich immer begleiten.

Dein Sohn Daniel

1. Kapitel: August, Jahr 1 nach dem Ende der Menschheit

In meiner Schwertkunst geht es darum, dass einer in jedem Kampf sein Schicksal herausfordert, dass er das Prinzip von Leben und Tod begreift – Das Buch des Feuers, Miyamoto Musashi

Die Explosion donnerte durch das Tal. Eine Druckwelle rüttelte an den Bäumen und ein riesiger Feuerball stieg in den wolkenverhangenen Himmel auf. Die Vögel flogen erschrocken kreischend davon und die Tiere am Boden brüllten panisch. Es dauerte eine Weile, bis die Lebewesen des Waldes sich beruhigten. Zu sehr hatte sie die Explosion erschreckt. Erst nach fast zehn Minuten kehrte langsam Ruhe in den Urwald ein – sofern man hier von Ruhe sprechen konnte. Es gab immer Geschnatter, Brüllen oder Rascheln.

Daniel trat hinter einem Baum hervor, nachdem er eine Weile gewartet hatte. Mit seinen gerade ein Meter siebzig reichte er nicht mal an den untersten Ast, was seine Verstecke um einiges verringerte. Sein Körper war durch harte Arbeit zäh und ausdauernd geworden. Seine Haut hatte den typischen Farbton von südamerikanischen Einwohnern. Das schwarze Haar war militärisch kurz rasiert, was er seit Jahrzehnten betrieb. Schließlich wollte er nicht dauernd Haarsträhnen wegwischen wie manch anderer. Daniel beobachte mit seinen Augen, welche grau wie Gewitterwolken waren, unnachgiebig die Umgebung.

Sein Gesicht nahm langsam einen zufriedenen Ausdruck an. Die Explosion war ein Erfolg gewesen. Im Geist klopfte er sich selbst lobend auf die Schulter, trotzdem blieb er aufmerksam. In einem Urwald wusste man nie, was für Gefahren hinter dem nächsten Baum lauerten.

Während er sein Gewehr schulterte und dabei seine Pistole und Machete zog, überschlug er kurz, wie lange er noch bis zum Sonnenuntergang hatte. In der Nacht war der Urwald noch gefährlicher als bei Tag, daher wollte er zu dem Zeitpunkt lieber in seiner Unterkunft sein als hier draußen. Er nickte, um sich selbst zu bestätigen. Genau, er hatte noch genügend Zeit, zu der Stelle im Dschungel zu gehen, an der soeben die Explosion stattgefunden hatte. Hoffentlich hatte niemand überlebt. Langsam und sehr vorsichtig näherte sich der Mann.

Seine Pistole und Machete hielt er währenddessen auf Anschlag. Jeden Moment konnte ihn ein Raubtier anfallen oder er berührte einen dieser hochgiftigen Pfeilgiftfrösche, die hier überall herumsprangen. Die peruanischen Regenwälder waren kein Platz für Angsthasen und Weicheier. Hier überlebten nur die stärksten und tödlichsten Raubtiere. Und Daniel musste beides sein, denn er kämpfte gegen Kreaturen, die stärker und tödlicher waren als er. Die Raubkatzen, Krokodile und Schlangen warteten nur so auf eine Schwäche ihrer Beute. Die wollte aber Daniel nicht ihnen geben.

Er hatte es sich nicht ausgesucht, hier zu leben. Doch sein Auftrag war eindeutig und er musste ihn zu Ende bringen – koste es, was es wolle. Erst danach konnte er sich einen angenehmeren Lebensmittelpunkt suchen. Er freute sich schon darauf. Er wollte endlich wieder in die Stadt, wo das Leben pulsierte. Menschen durch die Gassen rannten. Wäre da nicht dieser nagende Gedanke, dass er seit einiger keine Menschen mehr gesehen hatte. Als er jetzt zurückdachte, stellte er fest, wie seltsam das war.

Nach einer gewissen Zeit hatte er schließlich die Ruinen des Ortes erreicht. Schwarzer Rauch stieg von den zerstörten Baracken auf und an einigen Stellen brannten noch Feuer. Schnell trat er die Flammen aus. Sie durften sich nicht ausbreiten, denn er wollte nicht riskieren, dass der Urwald abbrannte. Das hatten die Menschen schon mehr als genug getan. So gefährlich wie der Urwald auch war, so schön war er auch, weshalb er nicht weiter zerstört werden durfte.

Sobald Daniel alle Feuer gelöscht hatte, durchsuchte er die Ruinen nach den Leichen der Männer, die hier gewesen waren. Jeden einzelnen Raum sah er sehr sorgfältig durch. Die meisten waren glücklicherweise schon tot. Es hatte ihnen einiges an Leid erspart.

Plötzlich hörte er ein Röcheln. Schnell drehte er sich um. In der Ecke dieses Raums lag ein blutüberströmter Mann. Eine Blutspur verriet, dass er nach der Explosion dorthin gekrochen war. Eines seiner Beine war abgerissen und lag ein paar Meter entfernt. Das Blut floss in schwarz-roten Strömen aus dem Stumpf. Seine Arme lagen in unnatürlichen Winkel um seinen Körper. Dass er sich bis in die Ecke geschleppt hatte, grenzte an ein Wunder. Auch an seinem Kopf fanden sich tiefe Schnittwunden. Daniel konnte dadurch sogar den Schädelknochen des Verletzten sehen. Dass der überhaupt noch lebte, war ziemlich verwunderlich – Daniel wusste, dass er diesen Umstand schnell korrigieren musste. Der röchelnde Mann zuckte zusammen, er hatte den Angreifer bemerkt und wollte nur noch weg, kam aber nicht voran.

„Wer bist du? Was willst du von uns?", brachte er mit gebrochener Stimme vor.

„Ich bin Daniel und ich werde dein Tod sein!", sagte Daniel hart. Er verspürte nicht das mindeste Stück Mitleid mit diesem Stück Fleisch. Dafür hatte Daniel in den letzten Jahren zu viel erlebt und gesehen.

Ohne ein weiteres Wort schoss Daniel dem verletzten Mann in den Kopf. Das Röcheln hörte schlagartig auf. Für Daniel wurde es jetzt erst richtig interessant. Was würde ihn erwarten, wenn er den Toten genauer untersuchte? Daniel beugte sich runter und schob mit einem Finger vorsichtig die Lippen auseinander. Ein seltsames Gebiss, wie ein Raubtier – mal wieder. Als Daniel die

Augenlider hob, konnte er die Pupillen erkennen – sie waren blutrot und die Iris war komplett schwarz. Was gaben sie denen nur für Drogen? Oder hatte er selbst zu viel giftige Dämpfe inhaliert? Wahrscheinlich stand Daniel unter einem Dauerrausch. Na super.

Ruhig und wachsam stellte sich Daniel wieder aufrecht hin. Schnell durchsuchte er die restlichen Ruinenbereiche, die er vorher noch nicht betreten hatte. Er fand noch zwei weitere Überlebenden, welche ebenso schnell starben. Gut, es durfte keine Zeugen geben von dem, was er gemacht hatte.

Als das erledigt war, hatte er Zeit jeden einzelnen Raum in Ruhe auf Hinweise über den Drogenring zu untersuchen. Er musste unbedingt herausfinden, was sein nächstes Ziel sein würde. Sein Auftrag – seine Mission – war die komplette Auslöschung des Kartells. Zusätzlich musste er herausbekommen, wer der Boss dahinter war. Den würde er der örtlichen Agentenstelle übergeben.

Er fand zu seinem Bedauern nur ein paar spärliche Indizien, Pläne von dem Urwald mit mehreren Kreuzen und Listen von Gegenständen und seltsame Gegenstände, die er nicht kannte, welche er sich später anschauen wollte. Verdammt! Vielleicht hätte er einen von den Getöteten ein paar Minuten länger am Leben lassen sollen. Er hätte ihn verhören können und wenn nötig noch ein wenig foltern. Egal, jetzt war es zu spät, kein Grund also, der Möglichkeit hinterherzutrauern. Zudem war es bei seinen bisherigen Aktionen oft zu unangenehmen Gewalttätigkeiten gekommen, wenn er jemanden am Leben gelassen hatte, weswegen Daniel immer zuerst alle Gefahrenquellen beseitigte. Normalerweise waren danach immer noch ein paar Hinweise zu finden. Nur diesmal nicht.

Daniel musste damit leben. Schnell sammelte er die wenigen Indizien ein und packte sie in seinen Rucksack. Später in seiner Unterkunft würde er sie sich genauer anschauen. Als er aus den Ruinen heraustrat, konnte er wieder die Geräusche des Waldes hören. Es war, als wäre nie etwas passiert.

Daniel schaute in den Himmel. Wie viel Zeit war vergangen? Die Sonne näherte sich dem Horizont. Es wurde Zeit, dass er zurück in seine Behausung, ein Baumhaus, zurückkehrte. Vorsicht ist ein besserer Soldat als Übereilung, wie William Shakespeare es so schön einmal gesagt hatte. Er ging noch einmal durch die Ruinen, ob er auch nichts und niemanden übersehen hatte, dann verließ er das Lager, ohne einen weiteren Gedanken an diesen Ort zu verschwenden.

Daniel musste knapp zwei Stunden zurücklaufen, bevor er in die Nähe seines Baumhauses kam. Durch die dichten Bäume und den unebenen Boden verzögerte sich der Weg um einiges. Allmählich hatte die Dämmerung eingesetzt, doch das würde nicht lange andauern. Die Länge der Abend- und auch Morgendämmerung war in Peru sehr kurz, dadurch, dass er sich so nah am Äquator befand. Innerhalb weniger Minuten konnte es von Tag zur Nacht wechseln. Daher musste er sich beeilen, sosehr er konnte, und trotzdem in seiner Achtsamkeit nicht nachlassen.

So hatte er einige Fallen um sein Baumhaus aufgestellt, da er vermeiden wollte, dass fremde Menschen seine Unterkunft fanden. Einerseits wollte er nicht, dass jemand ihn unverhofft angriff oder andererseits seine Erkenntnisse stahl, die er mühevoll über die letzten Jahre hinweg gesammelt hatte.

Langsam und behutsam umging er den tödlichen Hindernislauf. Zusätzlich aktivierte er weitere Fallen in dem Kreis, um sein Baumhaus hinter sich komplett zu verschließen. Letztlich stand er vor seinem Eingang. Mit einem kleinen dünnen Strick, der gut versteckt war, öffnete er die Verankerung seiner Leiter. Sie fiel augenblicklich herunter und er kletterte hoch. Endlich war Daniel zu Hause.

Oben angekommen rollte er schnell die Leiter wieder auf. Nicht, dass doch noch Besuch herein fand. Jetzt hatte er Zeit, sich seine gesammelten Ergebnisse und Indizien von heute genauer anzuschauen. Er legte sie auf einen Tisch nieder. Mit einem Feuerzeug zündete er mehrere Lampen darauf an, um genügend Licht zu haben, bevor er sich wieder zu den Seiten und Gegenständen runterbeugte.

Es war nicht viel. Eigentlich nur Bilder von Landschaften mit ein paar wenigen Menschen darauf, die nicht menschlich aussahen. Einige hatten Hörner auf dem Kopf und andere Wülste an ihrem Rücken. Bei manchen schienen es regelrecht Flügel zu sein. Was war das nur für ein seltsamer Drogenring? Was hatten die nur für Mittel genommen, dass es zu solchen Missbildungen gekommen war? Oder waren es Bilder von Kostümfesten? Daniel konnte nur verständnislos den Kopf schütteln. Wer konnte so verrückt sein?

Diese Frage konnte er nicht beantworten, daher waren die Menschen jetzt erst mal nebensächlich. Daniel musste sich auf die Landschaft im Hintergrund konzentrieren. Er konnte die Gegend nicht exakt zuordnen, also konnte es nicht in der Nähe seiner Behausung sein. Jedoch waren die Berge zu sehen, die er auch von seinem Baumhaus aus sehen konnte. Seinen Computer konnte er allerdings nicht befragen, wo sich dieses Stück Erde befand. Leider hatte er im Moment nicht genügend Strom gespeichert. Zusätzlich hatte sich das Internet seltsamerweise vor über zehn Monaten verabschiedet. Das hatte ihn weiter zurückgeworfen, aber nicht aufgehalten. Er wusste nicht, was gerade in der Welt abging, was ihm sehr nah ging, aber er würde seine Mission trotzdem fortsetzen.

Zur gleichen Zeit, als die Verbindung zur Außenwelt abgebrochen war, hatte er auch die ersten Ausrottungen von Ureinwohner in ihren Siedlungen bemerkt. Überall hatten die Leichen gelegen. Vor niemandem war haltgemacht worden. Sein Hass auf diesen Drogenring war dadurch ins Unermessliche gestiegen. Wie konnte man nur diese unschuldigen Menschen – Männer, Frauen und Kinder – einfach so töten? Sie hatten doch niemandem etwas getan. Er hatte keine äußeren Wunden gefunden, das ließ nur einen Schluss zu: Man hatte das Wasser vergiftet, wie es schon seit

Jahrhunderten. Es war eines der grausamsten Verbrechen. Selbst jetzt konnte sich Daniel nicht vorstellen, wie man so etwas tun konnte.

Diese Geschehnisse hatte er bis auf das letzte Detail dokumentiert, um – nach der erfolgreich beendeten Mission – seinem Chef die notwendigen Beweise zu geben und den Drogenboss hinter Gittern zu bringen. Mittlerweile hatte er einige Kisten mit Dokumenten gefüllt.

Daniel konzentrierte sich voll und ganz auf die gesammelten Bilder. Die Berge auf den Fotos hatten einen anderen Blickwinkel, als von seiner Behausung aus zu sehen. Zusätzlich konnte er in dem Winkel eines Bildes ein paar wenige Häuser erkennen. Das hieß, es musste in der Nähe einer menschlichen Siedlung sein. Hastig, um den Faden seiner Gedankengänge nicht zu verlieren, holte er eine seiner Karten von dem umliegenden Dschungel und Bergen raus und schaute sich seinen markierten Standort und das Gebiet, das er kannte. Jetzt konnte er zumindest einige Bereiche wegstreichen.

Zusätzlich konnte er Teile des Urwaldes ausschließen, die sich nicht nahe bei einer menschlichen Siedlung befanden. Es blieben immer noch über ein Dutzend Möglichkeiten übrig. Er konnte schlecht alle Siedlungen abklappern. Das hätte Monate gedauert.

Plötzlich sah er auf einem Bild, dass einer der Männer eine Uhr am Handgelenk trug. Das ergab einen Hinweis zum Lager. Schnell holte er eine Lupe und schaute sich die Zeit genauer an. 13:35 Uhr. Jetzt hatte er eine Uhrzeit. Weiterhin konnte er erkennen, dass ein Mann eine Zeitung vom Oktober letzten Jahres in der Hand hielt. Er schien freudestrahlend auf etwas zu zeigen. Zumindest zeigte er mit einem Finger auf das Datum und hatte die andere freie Hand in einer kraftvollen Siegerpose ausgestreckt. Was das wohl bedeuten sollte? War es eine neue Lieferung von Drogen oder Menschen? Oder die Hochzeit oder Geburt eines anderen Menschen? Was es genau war, musste sich Daniel später Gedanken machen.

Endlich hatte er einen Hinweis auf die Lage des nächsten Standortes gefunden. Mit einem Blick auf seine Uhr erkannte er jedoch, dass er fast vier Stunden mit der Suche zugebracht hatte. Es war inzwischen spät in der Nacht und seine Augen brannten. Er riss seinen Mund zum lauten Gähnen auf.

Für die Berechnung der Standortlage musste er im ausgeschlafenen Zustand sein. Aus dem Grund verschwand er jetzt lieber in sein Bett und machte morgen weiter. Zusätzlich musste er morgen auf die Jagd gehen. Seine Nahrungsvorräte neigten sich dem Ende zu. Weiterhin musste er bei seinen Generatoren vorbeischauen, ob es über die letzten Tage zu Beschädigungen gekommen war.

Er konnte ohnehin erst mal keine weiteren Angriffe durchführen, da die anderen Lager- und Produktionsstätten des Drogenrings ab sofort in Alarmbereitschaft waren. Es musste sich alles beruhigen und die Wogen sich glätten. Sonst würde er schnell gefangen genommen oder getötet werden. Also ging er lieber erst mal schlafen. Morgen kann er mit neuem Tatendrang auf.

„WAS? Wie bitte?", schrie der Riese wütend auf.

„Es gab eine riesige Explosion und dann brannte alles nieder. Ich konnte nichts mehr tun", jammerte sein Diener auf.

„Warum warst du nicht bei den anderen, dann wärst du jetzt wenigstens genauso tot wie sie. Stattdessen stehst du hier wie ein absoluter Feigling und jammerst mir die Hucke voll, du Schwächling."

„Sie hatten mich nach draußen geschickt, damit ich jagen gehe. Als ich wiederkam, ging gerade das Lager in die Luft. Ich konnte doch nichts dafür, dass ich woanders war. Ich bin nur einem Befehl gefolgt."

Im nächsten Moment drehte sich der Riese um und kümmerte sich nicht um seinen Diener. Ihm ging es auf die Nerven, dass da draußen eine Gruppe von Übernatürlichen war, die seine Macht nicht respektierte. Verflucht sollten sie sein!

„Verdammt, warum muss mir das ausgerechnet jetzt passieren? Gerade, wo es endlich alles bergauf geht. Keine verdammten Menschen mehr, die mir in die Suppe spucken." Er griff geistesabwesend mit einer Hand an die Kehle seines Dieners. Er konnte ihn nicht mehr sehen.

„Meister, bitte tut mir nicht weh", brachte der Diener gerade noch so raus, doch es war schon zu spät. Der Meister drückte zu und erwürgte ihn. Danach riss er ihm in Stücke, um wenigstens etwas von seiner Wut abzubauen. Dieser Schwächling sollte wenigstens zu etwas gut sein. Allerdings verrauchte durch diese Grausamkeit seine Wut nicht. Irgendwer stellte sich ihm hier in den Weg und das durfte nicht sein. Schließlich war er einer der stärksten Dämonen, die es auf der Erde gab. Er war ein Herrscher – ein Gott. Absolut niemand käme ungeschoren damit davon.

Daniel schlug die Augen auf. Sofort war er hundertprozentig einsatzbereit, wie es ihm vor Jahren beigebracht worden war: *Lass dich niemals im Schlaf überraschen und sei immer auf alle gefasst, sonst holt dich der Feind.* Auf der Stelle richtete er sich auf und schaute aus einer seiner Baumhausfenster. Es regnete mal wieder, wie es im Regenwald nicht gerade unüblich war. Zum Glück hatte er in den letzten Tagen eine Plane über eine der großen Regentonne gespannt, die nun langsam volllief. So konnte er immer über genügend Wasser verfügen. In ein paar Stunden musste er allerdings das Wasser abkochen. Dadurch würde er alle unliebsamen Begleiterscheinungen, wie eine massive Magenverstimmung oder noch schlimmer Amöben, welche sich in das Gehirn eingraben und töten können, beseitigen. Er wollte schließlich nicht krank werden. Hier in der Wildnis Medikamente zu finden, war ein

Ding der Unmöglichkeit und er hatte auch nicht genügend Ahnung über hiesige Heilkräuter, dass er sie anwenden konnte.

Aus Gewohnheit richtete er sein Bett schnell her und begann sich sogleich an seine wichtigste Aufgabe zu setzen: die Berechnung des nächsten Lagerstandortes. Seine ersten Gedanken hatte er schon gestern aufgeschrieben. Mit der Karte neben sich hatte er schließlich nach ein paar Stunden die Sonnenstandberechnung erledigt – für eine schnellere Berechnung hätte er einen funktionierenden Taschenrechner gebraucht, was jedoch in diesem feuchten Klima ein sehr kurzes Vergnügen gewesen wäre. Jetzt konnte Daniel das Lager auf einen Umkreis von einem Quadratkilometer eingrenzen. Das war, um einiges besser als die ganze Region abzusuchen. Es war immer noch weitläufig, doch jetzt überschaubarer. In wenigen Tagen würde er das Lager bestimmt finden.

Endlich konnte sich Daniel einem anderen, noch dringlicheren Thema zuwenden. Er hatte Hunger, und zwar richtig großen Hunger. Er hatte seit gestern Vormittag, bevor die Teilmission begonnen hatte, nichts gegessen. Das Adrenalin in ihm hatte ihn so sehr aufgeputscht, dass er die Leere in seinem Magen nicht gespürt hatte. Jetzt musste er etwas erlegen, bevor er seine Generatoren kontrollierte.

Er nahm sich ein Messer und eine Armbrust und stieg auf der Leiter nach unten. Am Boden angekommen zog Daniel an dem Seil der Leiter, sodass sie nach oben verschwand. Das Seil versteckte er in der Baumrinde. Endlich konnte er sich auf den Weg zu seinem Lieblingsjagdplatz. Er lag direkt am Wasser und dort hatte Daniel die perfekte Sicht auf alles, was sich bewegte. Hier konnte er immer etwas fangen.

Nach wenigen Metern kam Daniel an. Ein Fluss, welcher träge dahinzog, zerteilte den Wald wie ein Messerschnitt ein Stück Kuchen. Die Bäume ragten mit ihren Ästen weit über den Fluss hinweg, dass sie fast die andere Seite berühren konnten. Trotz dieser Äste drang genügend Sonnenschein am Boden an, sodass die

Tiere hier gerne hinkamen. Mit einem befeuchteten Finger in der Luft prüfte er den Wind und legte sich schließlich gegen den Wind auf den Boden. Jetzt hieß es Warten. Nach etwa zwanzig Minuten konnte er erkennen, wie sich ein paar Blätter entgegen dem Wind bewegten. Jetzt konnte er aus einer bestimmten Richtung an den Fluss gehen. Wenn er sich gegen den Wind bewegte, würden die Tiere hin nicht riechen können. Auf einmal raschelte es neben ihn. Sofort setzte Daniel seine Armbrust an und legte einen Pfeil ein. Er musste jetzt schnell sein. Wenn er jetzt danebenschoss, müsste er sich stundenlang auf die Lauer legen. Er durfte sich daher keinen Fehlschuss leisten, wenn er das herannahende Tier erlegen wollte.

Doch was nun auf die kleine Lichtung kam, erstaunte ihn: Es war ein großer gelb-schwarzer Jaguar, ein Weibchen, das konnte er an den Zitzen am Bauch erkennen. Die Raubkatze hatte eine wunderschöne Fellmaserung. Was seinen Atem jedoch stocken ließ, waren die kleinen tapsigen Lebewesen neben dem Weibchen – zwei komplett schwarze Jungtiere. Diese Familie konnte er nicht erlegen. Auch in der Tierwelt waren Familien ihm heilig.

Es wäre ein wunderschöner und einzigartiger Anblick gewesen, der ihn in Verzückung versetzt hätte, wenn sich nicht das Muttertier so schwerfällig fortbewegt hätte. Sie hinkte mit einem ihrer Hinterläufe. Daniel schaute genauer hin und konnte erkennen, dass der regelrecht zerhackt worden war. Sie schien in eine Art Falle getreten zu sein, die von einem Menschen aufgestellt worden war. Vielleicht einen dieser Bärenfallen. Seine Fallen hatten nicht das Ziel Tiere zu verletzen, sondern Menschen fernzuhalten. Auch wenn manchmal welche sich in die Fallen verirrten, so würden sie nie verletzt oder getötet.

Es war so traurig anzusehen, dass Daniel aufstand und sich vorsichtig der kleinen Familie annäherte. Er durfte die Großkatze nicht erschrecken, ansonsten würde er und wahrscheinlich auch die Jaguarfamilie den Tag nicht überleben. Muttertiere waren die gefährlichsten Tiere auf der Welt – egal, von welcher Art.

Das Weibchen sah ihn sofort und beobachtete ihn argwöhnisch, während ihre Babys sich ängstlich hinter ihr versteckten. Sie bewegte nicht einen Muskel und doch wusste er, dass sie auf das Äußerste angespannt war. Jederzeit bereit, ihn anzugreifen und ihre Nachkommen zu verteidigen. Vielleicht war es keine so gute Idee gewesen, sich zu erkennen zu geben, aber jetzt konnte Daniel nicht mehr zurück. Indem er all seinen Mut zusammennahm, ging er weiter vorwärts.

Auf einmal sah er aus dem Augenwinkel, wie sich das Wasser an einer Stelle kräuselte. War das ein Krokodil? Als sich Daniel es genauer ansah, konnte er einen länglichen Schatten sehen. Langsam näherte sich das Krokodil der Familie. Es wollte anscheinend die Mutter reißen. Mit dem Blick zielte Daniel so genau wie möglich, spannte an und schoss dem Krokodil genau in den winzigen Augapfel – eine der wenigen Schwachstellen an dessen Körper. Das Tier zuckte stark und blieb schließlich tot liegen.

In der Zwischenzeit hatte das Weibchen sein Maul aufgerissen und brüllte wütend. Alle Vögel verstummten auf der Stelle. Das Brüllen war ein Ausdruck der Kraft gewesen. Niemand stellte sich einer Jaguarmutter in den Weg. Einen Moment lang glitt das Bild einer in die Ecke getriebenen Katze durch Daniels Kopf.

Er legte die Armbrust und auch das Messer sichtbar vor den Augen der Katze nieder und schaute ihr dabei immer noch nicht in die Augen. Das hätte sie definitiv als Angriff verstanden und ihrerseits attackiert. Dann ging er vorsichtig und langsam zu ihr. Diesmal ließ sie ihn gewähren, aber nicht ohne Warnung. Ein Knurren drang aus ihrer Kehle. Anscheinend hatte sie auf eine Art und Weise begriffen, dass er ihr nichts Böses wollte, so ganz traute sie dem allerdings noch nicht. Langsam senkte sie ihren Kopf, um ihn zu zeigen, dass er akzeptiert wurde. Vorerst.

Vorsichtig bewegte er sich zu ihrem Hinterlauf, immer in der Sicht von dem Weibchen und weg von den Jungen, die sich mucksmäuschenstill verhielten. Nicht einen Augenblick lang durfte sie ihn als Angreifer auf ihre Babys sehen. Dann wäre er schneller tot, als er schießen konnte.

Endlich konnte Daniel sich die Beine genauer anschauen. Der Hinterlauf war nicht mehr zu retten. Er konnte teilweise sogar auf die blanken Knochen schauen. Was war ihr nur zugestoßen, dass sie so eine schwere Verletzung davongetragen hatte? War das mutwillig passiert? Doch das spielte jetzt keine Rolle. Ihm war klar, dass das Weibchen keine Überlebenschance hatte, wenn die Wunde nicht genäht würde. Das konnte er allerdings nicht hier an diesem ungeschützten Ort machen. Er musste sie in die Nähe von seinem Haus locken.

Suchend schaute er sich um und sein Blick blieb schließlich an dem toten Krokodil hängen. Ihm kam eine Idee. Vielleicht funktionierte es damit. Wieder ging er langsam um sie herum und zu dem Krokodil. Es war ein kleines Exemplar, weswegen er es geradeso auf die Schulter nehmen konnte. Aber auch kleine Krokodile waren verdammt schwer, wie er jetzt feststellen musste. Daher legte er den Kadaver noch einmal auf den Boden. Dann schnitt er ein paar Stücken Fleisch heraus und warf sie den Katzen hin. Diese stürzten sich sofort darauf und fraßen laut. Jetzt war das Krokodil um einiges leichter und er konnte es auch tragen. Nachdem er auch seine Waffen in die Hand genommen hatte, ging er in der Hoffnung, dass das Weibchen ihm und dem toten Krokodil folgen würde, langsam in Richtung seines Baumhauses. Er musste die kleine Familie mit sich locken.

Nach ein paar Metern bemerkte er, dass das Weibchen ihm mit den Jungen hinterherlief. Ihm fiel ein Stein vom Herzen. Anscheinend vertraute ihm das Weibchen ein wenig oder sie hatten Hunger und das Krokodil war eine willkommene Mahlzeit – oder vielleicht sah sie in Daniel eine leichte Beute. Ihn überlief ein kalter Schauer. Hoffentlich war es das nicht.

Nachdem er an seinem Baumhaus angekommen war, schnitt er für sich ein kleines Stück vom Krokodil ab und ließ den Rest für die drei Tiere auf dem Boden liegen. Sie mussten sich stärken, bevor er schließlich die Mutter verarzten konnte. Sie würden die Kraft benötigen. Schnell kletterte er hoch und räumte das Stück Fleisch in seiner Vorratsecke auf. Später würde er es dann für sich zubereiten, aber jetzt war das Weibchen wichtiger. Er benötigte Nähzeug und ein bisschen Betäubungsmittel. Das musste er doch hier irgendwo haben. Wenn er der Mutter ein Stück Fleisch mit Betäubungsmittel gab, könnte er so leichter sie verarzten.

Als er aus seiner Luke schaute, konnte er erkennen, dass die Jungtiere sich schon über den Kadaver hermachten. Jedoch lag die Mutter mittlerweile apathisch neben ihnen, ohne dass er das Betäubungsmittel schon benutzen konnte. Jetzt war Eile geboten. Das war kein gutes Zeichen. Anscheinend war die Mutter schon zu schwach, um sich an dem Fressen zu beteiligen.

Daniel kletterte zügig herunter und rannte vorsichtig zu dem Muttertier. Sie hatte ihn sofort bemerkt, doch regte sie keinen Muskel. Mit einem sachkundigen Blick beugte er sich über ihren Hinterlauf und begann, die Wunde zu säubern. Zuerst fauchte sie noch, doch es war nur noch schwach. Ihr ging die Kraft aus.

Plötzlich begann ihr Körper sich zu verkrampfen. Sachte tippte Daniel mit einem Stück Stoff in das Blut der Wunde und fuhr mit seiner Zunge knapp über den Blutstropfen. Er musste es nicht einmal berühren, um zu wissen, was sich in ihrem Blutkreislauf befand. Seltsamerweise konnte seine Zunge schon jetzt die aufsteigenden verdunstenden Moleküle des Blutes schmecken, wie bei einigen Reptilienarten.

Verdammt, sie war tödlich vergiftet. Er kannte das Gift, Batracho-toxin, eines der tödlichsten der Welt, förmlich schmecken. Mit wenigen Mikrogramm konnte man bis zu zehn Männer töten. Das war vorsätzlich geschehen, das wusste er nun. Wer hatte sie nur vergiftet? In dieser Gegend des Urwaldes lebte der schreckliche Pfeilgiftfrosch nicht und er hatte schon vor Monaten keine Menschen mehr in dieser Gegend gesehen, die mit Rohrpfeilen auf die Jagd gegangen waren.

In seinem Kopf drehten sich die Gedanken wild im Kreis. Wie konnte er ihr helfen? Sie war ein unschuldiges Tier, das es nicht verdient hatte, so zu sterben. Das Schlimme war, er hatte nicht das geeignete Gegengift in seiner Behausung und kam auch nicht so schnell heran, um das Weibchen zu retten. Somit konnte er der Mutter nur beim Sterben zusehen. Ihm brach das Herz und Tränen liefen seine Wangen herunter. Wie konnte man so ein schönes majestätisches Tier so grausam töten? Er ging zu ihrem Kopf und schaute ihr in die Augen. Dabei strich er ihr mit einer Hand über den Kopf. Sie sollte wissen, dass sie nicht allein war. Er stand ihr bei bis zu ihrem Ende.

Sie schien zu wissen, dass sie nicht mehr lange zu leben hatte. Auf eine seltsame Art erkannte Daniel, dass sie es wusste. Sie schob ihren Kopf an die kleinen Kätzchen heran und wusch die Kleinen mit ihrer Zunge. Er war erstaunt, wie sie noch im letzten Moment liebevoll an ihren Nachwuchs dachte. Das hatte er nur sehr selten bisher an Lebewesen sehen können. Als die beiden Kätzchen sich plötzlich um ihn herum und auf seinen Körper kletterten, war er verunsichert. Vorsichtig schaute Daniel zur Mutter hin. Diese beobachtete ihn argwöhnisch und hatte die Lefzen hochgezogen. Allerdings griff sie ihn nicht an. Was würde sie jetzt tun? Dann schloss sie die Augen langsam und öffnete sie wieder. Sie schien sich bewusst zu sein, dass er die einzige Chance für ihre Babys war. Vorsichtig nahm er die Jungtiere in die Arme. Nach einem letzten Schnauben schloss sie ihre Augen für immer und Daniel hatte plötzlich zwei Jungtiere in den Armen, die kläglich zu maunzen begannen. Sie hatten begriffen, dass ihre Mutter tot war.

Daniel stand mit beiden auf und drückte sie fest an sich. Was war gerade geschehen? War er Vater geworden? Daniel schwirrte er Kopf. Doch sich auszuruhen, das ging jetzt nicht. Er hatte zwei Babys zu versorgen. Also nahm er sie mit in sein Baumhaus – das Klettern stellte sich als recht schwierig heraus – und setzte sie dort ab. Dann kletterte er wieder runter. Er musste ein Loch graben und das Weibchen beerdigen. Nicht das andere Raubtiere angelockt wurden. Daher begann er zügig mit seinen bloßen Händen den Boden auszuhöhlen. Sobald das Loch groß genug war, legte er den Kadaver der Mutter rein. Hastig schaufelte er das Loch wieder zu. Daniel konnte den Anblick des gefolterten Tieres nicht ertragen. So viele schlechte Dinge, die es über ihn zu sagen gäbe, das Foltern von Tieren gehörte nicht dazu.

Sobald er fertig war, schaute er sich um. Die beiden Jungtiere benötigten unbedingt etwas zu fressen. Daniel packte die Reste des Krokodils zusammen. Er musste die Überreste des Krokodils in sein Baumhaus schaffen. Also zerteilte er den Kadaver und stieg dann wieder hoch.

Die beiden Jaguarbabys hatten sich in der Zwischenzeit nicht ein Stück bewegt. Nur ihre Blicke wanderten ängstlich hin und her. Weiterhin maunzten sie nach ihrer Mutter, die jedoch nie wiederkommen würde. Im ersten Moment wusste Daniel nicht, was er tun sollte. Irgendwie musste er sie trösten. Schließlich hatte er eine Ahnung, was er tun konnte. Er legte die Reste des Krokodils zur Seite und ging zu den beiden Jungen. Er nahm sie auf seinen Schoß und begann, die beiden zu streicheln. Die Mutter hatte mit ihrem letzten Atemzug ihm die Verantwortung für die Jungen übergeben. Diese Verantwortung wollte er nicht von sich weisen, stattdessen würde er sich ihr stellen.

Während Daniel die beiden Jaguarbabys streichelte, dachte er nach. Wie konnte er es schaffen, die beiden Kleinen großzuziehen und später auszuwildern? Das würde keine leichte Aufgabe werden. Denn er wollte nicht, dass diese schönen Tiere durch irgendwelche grausamen Menschen bedroht würden und sie benötigten ihr eigenes Revier. Oh Mann! Was er alles beachten musste! Bei solchen Situationen wünschte er sich das Internet zurück, doch es musste ohne gehen.

Daniel überlegte sich einen Plan, bevor er die Babys absetzte und aufstand. Als Erstes musste er sein Baumhaus umbauen. Genau! Seine empfindlichen Gerätschaften konnten bei den sehr aktiven Tieren leicht zu Bruch gehen, daher räumte er sie in eine kleine Ecke. Danach begann er als Notlösung einen Maschendrahtzaun darüber zu befestigen. Das sollte die beiden Kätzchen erst mal abhalten, mit ihren Krallen an die Geräte zu kommen. Später konnte er immer noch feste Planken darüber bauen. Er schaute sich weiter um. Überall standen seine Sachen herum. Bestimmt musste er Platz schaffen, damit überhaupt die kleinen Katzen hier unterkommen konnten. Was gab es noch, auf was er für die beiden beachten musste? Vielleicht sollte er in den nächsten Tagen schauen, was er sonst noch beachten musste. Er wusste nicht, was die Kleinen alles anstellen würden.

Die beiden Kätzchen hatten sich dem toten Krokodil zugewandt und fraßen wie die Weltmeister. Zumindest für den Moment war deren Hunger größer als der soeben erlebte Verlust. Er musste nun doch schmunzeln.

Daniel schaute auf seine Uhr, 17 Uhr schon. Mist! Er hatte viel Zeit verloren – schon fast den ganzen Tag. Jetzt musste er sich sputen. Er musste unbedingt nach seinen Generatoren und den Leitungen schauen. In den letzten Tagen war es zu vielen Ungereimtheiten in seiner sporadischen Stromversorgung gekommen. Erst später, wenn es dunkel war, würde er sich etwas zu essen machen. Jetzt gab es wichtigere Dinge für ihn.

Nicht dass die Generatoren kaputt gingen, dann musste er sich komplett umstellen. Schnell schnappte er sich seine Werkzeugbeutel, bevor er zu seiner Luke wandte und kletterte aus ihr über den Baum auf den Boden. Einmal drehte er sich noch kurz um. Würden die Kleinen es überhaupt mitbekommen, wenn er nicht da war? Er war schließlich nicht ihre Mutter. Während er sich Gedanken über die Babys machte, kam er auf den Erdboden auf. Doch als er gerade loslaufen wollte, hörte er ein leises Kratzen über sich.

Als er den Baum hochschaute, sah er erstaunt, wie die beiden Jaguarbabys ihm folgten. Zuerst stutzte er, dann glitt ein Lächeln über sein Gesicht. Das war eine angenehme Überraschung, denn es machte vieles einfacher. So musste er hoffentlich nicht dauernd schauen, wo die beiden herumstreunten.

Sich seinem Schicksal ergebend, wartete er kurz, bis die beiden Kleinen sicher auf dem Boden neben ihm standen. Erwartungsvoll schauten sie ihn an. Er nickte den beiden zu und lief los. Neugierig tapsten die Jungen an seiner Seite mit. In alle Richtungen schauten sie sich um. Dabei ging ihm durch den Kopf, dass er sie schlecht mit Babys oder Jaguare anreden konnte. Er sollte vielleicht Namen für die beiden finden. Da sie komplett schwarz waren, konnte er sie vielleicht Schwarz und Finster nennen. Das passte irgendwie zu ihnen. Das hatte was Gefährliches an sich.

Nach fast zehn Minuten hatte er seine Generatoren erreicht. Während er jede einzelne Schraube und jedes Kabel an den Maschinen mit seinen Messgeräten und Werkzeugen kontrollierte, begannen Schwarz und Finster, die Gegend unsicher zu machen. Ab und zu kamen sie zu ihm, als würden sie sich vergewissern, dass er noch da war und sie nicht allein gelassen hatte. Er streichelte sie abwesend, danach zogen sie wieder ab. Die ganze Zeit überlegte er, was die Unterbrechungen in der Stromerzeugung verursachte. Es dauerte, bis er schließlich mit seiner Überprüfung an den Maschinen fertig war. Dabei hatte er keinen einzigen Fehler gefunden.

Wie seltsam. Vielleicht waren es die äußeren Bedingungen, welche die unregelmäßige Stromversorgung verursachten? So konnte es der häufige Regen und Stürme sein oder die Tiere des Waldes, welche sich vielleicht an den Kabeln entlang hangelten.

Gerade als er aufstand, hörte ein verschrecktes Maunzen von einem der kleinen Jaguare. Hastig rannte er zu ihm hin, in der Hoffnung, nicht zu spät zu kommen. Nicht, dass sich jetzt schon eines seiner Babys verletzte oder gar sterben würde. Glücklicherweise erkannte er, dass den Kleinen nichts geschehen war. Allerdings hatte Finster etwas gefunden. Kurz ging ihm der Gedanke durch den Kopf, dass es irritierend war. Er wusste nicht, wie er so schnell gelernt hatte, sie zu unterscheiden, aber dann verdrängte er den Gedanken und schaute sich genauer an, was Finster gefunden hatte.

Ein riesiger toter grauer Vogel lag auf den Boden und Finster stupste ihn mit seinen Vorderpfoten immer wieder vorsichtig an, vielleicht war das Tier doch noch nicht tot. Was war das überhaupt für ein Exemplar? So einen riesigen Vogel hatte Daniel noch nie gesehen und doch kam er ihm von irgendwoher bekannt vor.

Daniel kniete sich neben Finster hin und berührte den Vogel. Er war noch warm, war also gerade erst gestorben. Doch hatte er keine sichtbaren Spuren eines Angriffs oder Wunden, die den Tod erklären konnten. Daniel nahm eines von seinen Messern und schnitt den Vogel an, sodass das Blut heraustrat.

Ein schrecklicher Verdacht stieg in ihm auf. Daniel konnte nur hoffen, dass er sich nicht bewahrheitete. Wieder tippte er mit einem Stück Stoff sachte in das Blut und führte es nah seine Nase. Da erkannte er wieder über seine Zunge, dass es sich um Batrachotoxin handelte. Für dieses Gift gab es nur ein Gegenmittel: Tetrodotoxin, ein Gift, welches nur im Kugelfisch vorkam, und den gab es in Peru nicht. Schnell wischte er seine Finger in den Blättern ab. Zusätzlich hielt er Finster davon ab, den Vogel anzufressen. Nicht, dass der kleine Jaguar genauso starb wie seine

Mutter. Das konnte kein Zufall sein, zweimal an einem Tag auf dieses Gift zu treffen. Irgendjemand tötete Tiere, offenbar einfach so zum Spaß.

Auf einmal hörte er Schwarz maunzen.

Oh Gott, lass bitte den Babys nichts passiert sein!, dachte er erschrocken. War er überhaupt zum Vater geeignet, wenn er die kleinen Racker schon jetzt kaum im Auge behalten konnte? Schnell rannte er zu Schwarz, mit Finster dicht an seinen Fersen. Schwarz stand neben einem weiteren grauen Vogel, der sogar noch größer war als der Erste. Jetzt fiel es Daniel auch wieder ein, was das für Vögel waren: Harpyien, die größten lebenden flugfähigen Raubvögel. Doch so stolz wie Daniel über diese Erkenntnis war, konnte er sich nicht freuen, denn auch dieser Vogel war tot. Daniel würde nicht noch einmal nach Gift suchen. Er wusste schon jetzt, was er finden würde. Stattdessen hielt er Schwarz davon ab, den Vogel zu kosten. Bestimmt waren die beiden kleinen Raubkatzen hungrig, weswegen er schnellstens eine Kuhle buddeln musste. Daher schob er hastig mit einer Hand Laub und lose Erde zur Seite. Mit der anderen wehrte der die hungrigen Raubkatzen ab. Als die Kuhle tief genug war, nahm er die beiden Harpyien und legte sie tief in der Erde, bevor er die Erde wieder zurückschob. Währenddessen überlegte er was man sich über diese Tierart erzählte.

Das Weibchen war größer als das Männchen und es brütete die Eier aus. Also musste hier in den Bäumen ein Nest sein, mit einem einzelnen Küken darin. Es war die Zeit, des Jahres, wo sich die Tiere vermehrten. Daniel schaute nach oben in die Baumwipfel, doch konnte er auf den ersten Blick nichts erkennen. Er musste hochklettern und weiter oben suchen. Er legte seine mitgebrachten Werkzeuge, die ihn behindern würden, ab und begann zu klettern.

Nach einigen Metern stellte er fest, das Schwarz ihn begleitete, während Finster auf dem Boden neben seinen zurückgelassenen

Sachen blieb. Er bewachte sie! Irgendwie niedlich. Wenn die Situation nicht so traurig gewesen wäre, hätte er bestimmt gelacht. Trotzdem musste er jetzt noch auf Schwarz aufpassen. Angespannt kletterte er weiter, immer mit einem Auge auf Schwarz, nicht dass der noch runterfiel. Aber Schwarz war absolut trittsicher – typisch für einen Jaguar. Als er schließlich zur Hälfte den Baum hinaufgeklettert war, fand Daniel das Nest. Natürlich befand es sich auf dem Nachbarbaum. Wie hätte es auch nur anders sein können?

Er nahm Schwarz auf die Schulter und kletterte zügig wieder hinunter. Auf dem Boden setzte er Schwarz ab. Diesmal blieb er bei seinem Bruder zurück und beide tollten und balgten miteinander. Jetzt konnte Daniel beruhigt auf den anderen Baum klettern. Es dauerte einige Zeit, denn er war mittlerweile erschöpft, aber schließlich hatte er es geschafft. Er kam bei dem Nest an und erlebte erneut eine kleine Überraschung.

In dem Nest befand sich kein einzelnes Küken, sondern zwei intakte Eier. Das Pärchen war also noch beim Brüten gewesen. Daniel überlegte, was er machen konnte. Definitiv kein Omelette. Einerseits hatte er schon jetzt zwei Tierkinder, die in der nächsten Zeit seine gesamte Aufmerksamkeit benötigten. Andererseits konnte er diese Küken nicht einfach qualvoll sterben lassen. Sie sollten doch auch eine Chance zum Leben haben, so klein sie auch war.

Also packte er die beiden Eier in sein Hemd. Sie waren glücklicherweise noch warm von der Tageswärme, was bedeutete, er hatte gute Chancen, dass die Küken überleben würden. Vorsichtig, um ja nicht die Eier zu zerbrechen, machte er sich wieder auf den Weg nach unten zu seinen anderen Babys.

Während er langsam mit seinen Tierkindern zu seinem Baumhaus zurückging, bemerkte er, dass er innerhalb weniger Stunden vierfacher Ersatzvater geworden war. Seltsam, wie sich sein Leben in den letzten zwölf Stunden verändert hatte. Daniel hatte keine Ahnung. Er wusste nur eins: Er konnte seine Pläne zur Vernichtung des Drogenringes nicht in den nächsten Monaten weiterführen, sondern musste sie für längere Zeit auf Eis legen. Erst musste er es schaffen, vier wilde Tierbabys großzuziehen, zu Raubtieren zu erziehen und in die Wildnis freizulassen. Das war eine Mammutaufgabe, welcher er kaum gewachsen war. Trotzdem würde er es versuchen.

Daniel würde diese Pflicht übernehmen und erfüllen. Das hatte ihn seine Mutter auf ihre eigene verquere Art gelehrt. Man durfte nie vor seiner Verantwortung flüchten – egal wie beschämend sie war. Doch bevor er das Aufpäppeln begann, musste er seinem Chef eine Nachricht zukommen lassen, dass er seinen Auftrag unterbrechen würde, ihn aber nach einiger Zeit weiterführen würde. In einem knappen Jahr konnte er höchstwahrscheinlich weitermachen. Bis dahin hatte er alle Hände voll zu tun.

Sobald er bei seinem Baumhaus angekommen war, stieg er über die Strickleiter wieder nach oben. Die beiden Jaguare kletterten hingegen über den Nachbarbaum in seine Hütte. Die Eier wickelte er in eine flauschige Decke und befestigte sie an seinen Bauch. Er musste sie auf diese Weise warmhalten, denn er besaß keine Infrarotlampe in seiner Hütte.

Während die beiden Jaguare in seinem Zimmer herumtollten, bereitete er sich das zurückgelegte Stück Krokodilfleisch auf seinem Herd zu und versuchte dabei, eine Nachricht zu seinem Chef über seinem Satellitenlaptop zu senden. Er konnte jedoch wie so oft in den letzten Monaten niemanden erreichen. Hoffentlich war das Hauptquartier nicht von jemandem angegriffen worden. Nein, das konnte nicht sein. Das traute er niemandem zu. Er musste es einfach weiterprobieren.

Auch wenn er am liebsten hingehen wollte, konnte er es nicht. Die Tierbabys würden ihm folgen und vielleicht absichtlich oder aus Versehen von Menschen getötet werden. Und er hatte immer noch einen Auftrag zu erfüllen. Also saß er erst mal im peruanischen Dschungel fest. Er versprach sich allerdings selbst, dass er nach diesem Jahr als Erstes ins Hauptquartier gehen und sich vergewissern würde, dass es allen gut ging – dass sie zumindest noch lebten. Der Job eines Agenten war nie ungefährlich.

Nachdem er fertig war mit seinem Abendessen – die beiden Jaguare hatten zwischenzeitlich noch weiter an dem Krokodil gefressen –, legte er sich behutsam mit den Harpyieneiern hin. Schwarz und Finster kamen zu ihm, legten sich jeweils auf eine Seite von ihm und kuschelten sich an ihn. Sie gähnten noch ein-, zweimal, dann schlossen sie die Augen. Kurz beobachtete Daniel die beiden, bevor auch ihm die Lider zufielen. Ein warmes Gefühl stieg in ihm auf, welches er so noch nie gefühlt hatte, aber darüber würde er sich jetzt keine Gedanken machen. Erst mal würde er schlafen, bevor sich am nächsten Tag wichtigere Dinge zu tun hatte.

Eine Woche später schlüpften die Küken – beide waren weiblich.

2. Kapitel: Oktober, Jahr 2 nach dem Ende der Menschheit

Wichtig ist, dass du prüfst, wie örtliche Umstände beschaffen sind – Das Buch des Feuers, Miyamoto Musashi

An den Ufern eines Quellenflusses des Amazonas

Es war Nacht und keine einzige Wolke hing am Himmel. Ein hünenhafter Mann mit einer großen Lippe, welche so riesig war, dass sie zum Kinn herunterhing von ihrem Eigengewicht, goldener Haut und um die Hüfte geschlungen Waffen, trat gemächlich an das Ufer des Baches. Kurz schaute er sich um, bevor er sich auf einen Stein am Rand des Wassers setzte. Er wartete.

Einige Zeit später trat ein weiterer riesiger Mann, dessen Haut dieselbe goldene Farbe besaß, auf die Lichtung. Zusätzlich trug er viele bunte Federn auf dem Kopf. Kurz nickten sich beide Männer zu, bevor sich der Gefiederte auf einen bereitliegenden Stein setzte. Beide schauten in den sternenklaren Himmel. Sie sagten nichts zueinander, sondern warteten gemeinsam.

Nach einer Weile trat schließlich ein dritter Gold-häutiger Mann auf die Lichtung. Dieser hatte das Fell eines Jaguars über den Kopf und die Schultern gezogen und ein Obsidianschwert hing an seiner Seite. Auch jetzt nickten sich alle drei nur zu, bevor sie für einen kurzen Moment in den Himmel schauten. Es herrschte Eintracht zwischen ihnen.

Schließlich sprach der Goldene mit den Federn: „Vermisst ihr sie nicht auch, die Menschen, ihre chaotischen Städte und ihre verrückten Ideen?"

„Es war immer so niedlich, zu sehen, wie sie sich in ausweglose Situationen rein manövriert haben ...", meinte der Mann mit dem Fell.

„Doch haben sie es immer wieder geschafft, sich daraus zu retten. Ich habe es stets an ihnen bewundert."

Zustimmend murmelten die anderen beiden. Sie schwelgten mit ihren Gedanken in den alten Zeiten, welche gerade einmal zwei Jahre her waren.

„Warum ist überhaupt so was passiert? Es gab keine Vorwarnung! Ein Krieg oder Virus hätten wir ja alle mitbekommen, aber so was ist unnatürlich."

„Es gab nichts, was wir hätten tun können", stimmte der Gefiederte zu. Keiner verstand es.

„Hm. Ich habe zwei Gerüchte in den letzten Monaten gehört. Erstens gab es im Vorfeld wohl eine regelrechte Bewegung bei den Übernatürlichen, die diese Welt nicht mehr mit den Menschen und den Hybriden teilen, sondern für sich haben wollten. Vielleicht haben sie etwas getan, aber ich bin mir da nicht so sicher. Und zweitens, es sind angeblich nicht alle Menschen gestorben. Der oberste Alpha in Europa hat offenbar von einer Prophezeiung von fünf Menschen gesprochen. Er hat sie von jemand anderes vor einigen Jahrhunderten erzählt bekommen. Daher habe ich das eher geglaubt, als ich von zwei überlebenden Menschen gehört habe. Sie sind sogar jeweils eine Bindung mit einem Gestaltwandler und einem Hybriden eingegangen, was ich außergewöhnlich finde. Wer hätte denn so was gedacht?"

„Das ist ja interessant. Aber warum hast du bisher nur von Zweien etwas gehört, wenn es doch angeblich fünf geben soll?"

„Hmm, vielleicht weil sie durch die Energie ihrer Bindung erst für uns sichtbar geworden sind. Keine Ahnung! Früher gab es Menschen wie Sand am Meer, daher waren solche Bindungen unbemerkbar gewesen. Doch jetzt würden sie bei solchen Bindungen strahlen wie Leuchttürme. Allerdings finde ich auch, dass fünf einzelne Menschen auf der gesamten Erde schwierig zu finden sind. Sie sind jetzt die berühmte Nadel im Heuhaufen. Erst durch die Bindungen werden sie für viele sichtbar."

Wieder schwiegen die drei. Ihre Gesichter waren nachdenklich.

„Denkt ihr, dass es einen der restlichen drei hier nach Südamerika verschlagen hat?"

„Das kann gut sein. Wenn ich mich recht erinnere, war ein Mensch in Europa und einer in Nordamerika. Es kann also gut sein, dass hier ein weiterer sein Unwesen treibt", meinte der Goldene mit dem Jaguarfell lachend.

„Ich denke, wir sollten ihn suchen gehen und beschützen. In der jetzigen Zeit wäre es gefährlich für ihn, allein zu sein", überlegte der Goldene mit der dicken Lippe.

„Das ist eine hervorragende Idee. Stattdessen würde ich ihn allerdings eher zu einem Krieger ausbilden, welcher es mit den Übernatürlichen aufnehmen kann. Wenn wir ihn nur beschützen, würde er in dieser Welt nicht mehr lange überleben, egal wie geschickt wir uns anstellen. Ein Krieger überlegt länger", erwiderte der Goldene mit dem Jaguarfell.

„Stimmt, die Welt ist blutrünstig geworden. Wir benötigen kein Weichei, wie es die Menschen zuletzt geworden sind, sondern einen wie aus den alten Zeiten, als die Völker der Inkas, Mayas und die Azteken uns noch angebetet haben. Das waren harte Menschen."

„Vielleicht einen von dem alten Format eines Jaguars- oder Adlerkriegers von den Azteken?", meinte der erste Goldene zu dem Gefiederten.

„Hm, das klingt gut. Das waren meine Elitesoldaten. Hach ja, die guten alten Zeiten. Wisst ihr was? Ich werde mich tatsächlich auf die Suche nach ihm machen und ihm ausbilden. Sobald ich ihn gefunden und ausgebildet habe, werde ich mich melden, um euch auf den aktuellen Stand der Dinge bringen", sprach der Gefiederte.

Er stand ruhig auf, um seinen Worten Taten folgen zu lassen, als der Goldene mit dem Fell noch etwas sagte: „Vielleicht solltest du dem Menschen nicht als Goldener – als Gott – gegenübertreten. Das könnte ihn ein kleines bisschen erschrecken. Am besten wäre es, du würdest dich als alter Mann zeigen. Das würde ihn weniger misstrauisch machen. Er weiß vielleicht nicht, dass die gesamte Menschheit gestorben ist – auch wenn das eher unwahrscheinlich ist, da schnell alle elektrischen Kommunikationsmittel ausgefallen sind."

„Du hast ja recht. Ich vergesse immer wieder, wie abhängig die Menschheit von Strom war", meinte der Gefiederte sarkastisch.

„Kein Wunder, dass die Azteken dich immer mit einer Sonne gleichgesetzt haben. Du bist echt ein Sonnenschein, Kolibri. Früher hast du auch deinen Beitrag in deiner Religion zur Dezimierung der Menschheit beigetragen."

Brummelnd meinte der Gefiederte, während er fortging: „Ich kann doch nichts dafür, dass sie mir so viele Menschenopfer dargeboten haben. Sie hatten mich in einer unglücklichen Situation erwischt. Ich habe danach immer wieder versucht, sie davon abzubringen, doch das hat nichts geholfen."

Lachend blieben die beiden anderen Männer auf den Steinen sitzen. Diese Geschichte konnten sie immer wieder erzählen, ohne dass sie langweilig wurde. Sie würde den Kolibri des Südens noch bis in alle Ewigkeit verfolgen.

Die Sonne stieg langsam über den Wipfeln des Waldes auf. Rings um das Baumhaus begannen die Tiere sich zu regen und die Geräusche nahmen zu. Daniel saß schon seit Stunden über seinen Berechnungen. Er wollte sichergehen, dass er sich im letzten Jahr nicht verkalkuliert hatte. Er war damals schließlich gerade erst von einer Mission wiedergekommen und erschöpft gewesen. Seitdem hatte er keine Zeit gehabt, sich die Kalkulationen noch einmal anzuschauen. Das Aufziehen vier wilder Tiere fraß zu viel Zeit.

Zu seinen Füßen lagen die beiden mittlerweile ausgewachsenen Jaguare Schwarz und Finster. Sie waren jetzt über zwei Meter große, muskelbepackte und tödliche Raubtiere. Sie dösten vor sich hin. Die beiden Harpyienweibchen Schatten und Nacht saßen am Fenster und beobachteten ihn mit ihren starren Augen. Sie würden noch etwas wachsen, doch schon jetzt waren sie größer als seine Unterarme. Die größten Vögel, die Daniel je gesehen hatte. In ihren Wesensarten waren sie genauso tödlich wie die Jaguare. Schon seit einiger Zeit kamen sie mit kleinen Beutetieren zurück.

Er hatte in den letzten Wochen immer wieder probiert, die Jaguarmännchen auszuwildern, doch hatte es nichts genützt. Die beiden kamen immer wieder zu ihm zurück. Er hatte die Befürchtung, dass es bei den Harpyien genauso sein würde, aber er wollte nicht, dass die Tiere sich zu sehr an Menschen gewöhnten. Irgendwann hatte er einen Fehler in der Erziehung gemacht.

Das Gute war, dass er sich jetzt schon seit einiger Zeit nicht mehr um sein Essen kümmern musste. Das erledigten alle vier Tiere für ihn. Sie gaben ihm immer etwas von ihrem Fleisch ab. Er konnte sich somit auf seinen eigentlichen Auftrag und die anderen anfallenden Sachen, so unter anderem weitere Lager finden und das Oberhaupt dieses Verbrechersyndikats zu finden, konzentrieren und kümmern.

Als Daniel so darüber nachdachte, fiel ihm auf, wie eng alle vier Tiere zusammen aufgewachsen waren. Nicht nur einmal hat er gesehen, wie sich eines der Harpyienweibchen auf einem Jaguarmännchen durch die Gegend tragen ließ und die Männchen hatten in der schwierigen Phase, wo die Weibchen noch nicht jagen konnten, immer wieder ihr Fleisch abgegeben. Es war eine seltsame Freundschaft, die das Viererpack geschlossen hatte, und Daniel bildete den Mittelpunkt davon. Immer war mindestens ein Tier wach und beobachtete ihn. Es fühlte sich fast wie eine Familie an. Nein, das durfte nicht sein! Er wollte keine Familie haben.

Er versuchte zwar alle vier nicht zu sehr zu verwöhnen, doch wusste er selbst, sollte auch nur ein Tier einen Kratzer abbekommen, würde er den Verantwortlichen sofort töten. Derjenige würde keine zweite Chance mehr bekommen. Niemand legte sich mit ihm oder seinen Schutzbefohlenen an. Das hatte sich Daniel vor einigen Monaten geschworen und er würde es halten, bis die vier in die Wildnis gingen.

Anscheinend wussten das die Tiere, weswegen sie immer wieder zu ihm zurückkamen. Daniel würde es noch einige Zeit probieren, ansonsten musste er sehen, wie es weiterging und damit leben. Aber jetzt hatte er genug Überlegungen angestellt, er musste arbeiten.

Daniel beugte sich wieder über seine Berechnungen. Er hatte sich definitiv nicht verkalkuliert. Also konnte er jetzt einen weiteren Teil seiner Mission beginnen und losziehen, um sich die Gegend genauer anzuschauen. Schnell packte er ein Gewehr, ein Messer und seine Armbrust samt Pfeilen ein. Aus jahrelanger Gewohnheit steckte er auch sein Walkie-Talkie an, obwohl die Batterien schon seit über einem Jahr leer waren. Vielleicht war es auch sein Unterbewusstsein und er hoffte, dass er Ersatz fand.

Schwarz und Finster hatten sich in dem Moment erhoben, in dem er aufgestanden war, und kletterten bereits mit ihrer tödlichen

Eleganz nach unten. Die Muskeln unter der Haut spielten kraftvoll. Auch Schatten und Nacht hatten sich erwartungsvoll nach draußen geschwungen. Die Flügel waren angelegt. Man hätte meinen können, sie würden nur warten, doch die gelben Augen blitzten aufmerksam. Die beiden Harpyien beobachteten die Gegend sehr genau. Nach und nach begannen sie, vor Ungeduld aufgeregt hin und her zu hüpfen.

Öfter hatte er sich schon gefragt, wie er zu einem vollständigen Rudel gekommen war. Er war er doch eigentlich noch nie ein Tierfreund gewesen. Instinktiv hatte ihn etwas von Tieren abgestoßen. Über das Jahr hatte sich das jedoch geändert. Diese vier aufzuziehen, hatte etwas in ihm aufgewärmt. Sein versteinertes Herz war teilweise geschmolzen.

Er vertrieb die Gedanken. Seine Mission wartete auf ihn. Schnell kletterte er nach unten und ging mithilfe seines Kompasses und der Landkarte in die berechnete Richtung. Seine vier folgten ihm wie leichtfüßige und leise fliegende Schatten. Er benötigte fast fünf Stunden, um in das Zielgebiet zu gelangen. Dabei hatte er zu tun, dass seine Machete nicht stumpf wurde. So viele Schlingpflanzen standen ihm im Weg, dass er manchmal für fünf Meter eine halbe Stunde brauchte.

Es lag hinter einigen Hügelketten, fast schon im Gebirge. Dazu war er über einige Lichtungen gelaufen. Gerade hier war es gefährlich. Wenn jemand ihn gesehen hätte, wäre er einem Angriff aus dem Dickicht hilflos ausgeliefert gewesen. Bei einer Lichtung hatte er sogar das Gefühl bekommen, dass er beobachtet wurde, doch da weder die Jaguare noch die Harpyien anschlugen, tat er es als Einbildung ab und ging weiter. Auf einer späteren Lichtung bildete er sich ein, dass er etwas Goldenes gesehen hätte.

Nachdem er endlich im Zielgebiet seiner Mission angekommen war, begann er, es gründlich abzusuchen. Er durfte nichts übersehen, selbst der kleinste Stein mochte wichtige Informationen bringen. Daniel musste das Gebiet wie seine Westentasche kennen.

Zusätzlich musste er unbemerkt herausbekommen, wo sich das Lager der Drogendealer befand.

Daniel benötigte eine weitere Stunde, bis er endlich die richtige Stelle in dem Gebirge gefunden hatte. Es lag sehr versteckt. Die Baracken sahen heruntergekommen aus, als wären sie nicht bewohnt. Doch stand an einigen Stellen Müll, der noch sehr frisch aussah. Das hieß, irgendjemand hielt sich hier noch auf. Er musste nur herausbekommen, wo und wer es war.

Mittlerweile war es allerdings zu spät. In nicht einmal vier Stunden würde die Sonne untergehen. Dann war es hier zu dunkel, um etwas zu erkennen, und der Rückweg wäre nur schwer machbar sein. Zusätzlich konnte er nicht hier übernachten, da er sonst zu schnell auf Feinde treffen könnte und wäre unvorbereitet. In seinem Baumhaus konnte er sich einen Plan überlegen, wie er das Lager einnehmen könnte. Also musste Daniel, ob er wollte oder nicht, mit seinem kleinen Gefolge langsam zurückkehren. Bei seinen nächsten Ausflügen würde noch Zeit haben, diese Gegend genauer anzuschauen. Er musste nicht sofort angreifen, sondern musste seine Falle systematisch aufbauen.

Daniel war noch nicht mal die Hälfte des Rückweges gelaufen, als er etwas sah, was auf dem Hinweg definitiv noch nicht da gewesen war: Einige hundert Meter vor ihm mitten auf einer Lichtung saß ein alter Mann auf einem Stein. Ein irritierender Anblick! Daniel war ziemlich überrascht, wenn nicht sogar geschockt. Er hatte hier keinen weiteren Menschen erwartet.

Der alte Mann stützte sich schwer auf seinen Gehstock, während er auf dem Stein saß. Daniel bedeutete den Tieren mit einer Hand, zurückzubleiben. Er wollte den Mann nicht zu Tode erschrecken. Zusätzlich wusste er nicht, wie die Tiere auf einen anderen Menschen reagierten. Bis jetzt kannten sie nur ihn. Sie hatten glücklicherweise keine anderen Menschen kennengelernt. Ein weiterer Grund, wieso er sie nicht zu sehr an Menschen gewöhnen durfte:

Sie würden die Gefahr nicht erkennen und würden getötet werden. Momentan zerstreuten sich seine vier und verschwanden im Wald.

Allein lief er schließlich auf die Lichtung. Schon nach wenigen Schritten schien ihn der alte Mann zu bemerken, denn er richtete sich auf und winkte Daniel mit einer zittrigen Hand zu. Mit einem raschen Blick hinter sich, um zu kontrollieren, dass seine Tiere nicht zu sehen waren. Die Jaguare hatten sich bei den Bäumen versteckt und die Harpyien bewegten sich in der Luft umher. Wie kam es, dass ein Mann mitten in der Wildnis sich befand? Vorsichtig und mit einer Hand auf einer versteckten Waffe liegend schritt Daniel langsam näher.

Sobald er bei dem Mann ankam, begann Daniel zu sprechen, „Was tun sie denn hier?"

„Ach, ich sitze hier einfach herum und genieße die Sonne."

„Die Sonne geht doch bald unter, da sollten sie wieder nach Hause gehen."

„Och, ich möchte gerne noch den Sonnenuntergang sehen. Er ist jedes Mal was wunderschönes."

„Wo wohnst du eigentlich? Es wird bald dunkel und der Dschungel ist nachts gefährlich. Wenn du Hilfe brauchst, kann ich dich gerne nach Hause begleiten."

„Hm, keine Ahnung. Es ist zumindest nicht hier in der Nähe. Die Gegend ist mir unbekannt."

Daniel stutzte. Wie konnte das sein? Litt der Mann an Demenz? Wer wusste das schon? „Vielleicht ist es besser, wenn ich dich erst mal zu mir nehme", meinte Daniel vorsichtig. Er überraschte ihn, entsetzte ihn sogar, dass der Mann nicht wusste, wo er wohnte.

„Ich denke, das ist eine ziemlich gute Idee", sagte der alte Mann und begann, sich langsam ohne Hilfe aufzurichten. Er stützte sich nicht mal auf seinen Stock auf. Was war das für ein Mann? Gemeinsam gingen sie langsam in Richtung des Waldes los.

„Du kannst deine tierischen Freunde hierherholen. Ich habe keine Angst vor ihnen und normalerweise können Tiere mich sehr gut leiden, besonders Raubtiere. Ich bin ein echter Tiermensch."

Überrascht blieb Daniel stehen. „Seit wann wusstest du, dass ich Tiere in meiner Begleitung habe?", fragte er vorsichtig.

„Ich habe es gleich mitbekommen, als du mich begrüßt hast. Ich habe so was wie den sechsten Sinn für solche Situationen", meinte der alte Mann. „Ich hätte nichts dagegen, wenn sie näher an uns herankommen. Ihre Energie ist so überwältigend. So elegant und tödlich. Faszinierend!"

Er winkte Daniel zu und beide setzten sich in Bewegung. Daniel schaute ihn dabei genau an. Was man für Kuriositäten in der Wildnis fand! Er musste jedoch vorsichtige bleiben.

Beide gingen langsam über die Lichtung in Richtung von Daniels Baumhaus. Daniel vergewisserte sich mit einem unauffälligen Seitenblick, dass Schwarz, Finster, Schatten und Nacht ihnen in sicherer Entfernung folgten. Gut, sie waren wachsam. Dabei beobachteten sie alles um sich herum. Erst nach einer Weile redete Daniel weiter.

„Ich habe allerdings was dagegen, dass sie sich zeigen. Bisher kennen die vier nur mich. Sie hatten noch keinen Kontakt zu anderen Menschen. Ich weiß nicht, wie sie reagieren werden, sie könnten dich angreifen. Zusätzlich sollen sie sich nicht zu sehr an Menschen gewöhnen. Menschen sind nie nett zu wilden Tieren. Sie rotten systematisch alles aus. Nicht umsonst sind viele Tierarten in den letzten Jahrzehnten ausgestorben."

„Aber das kann man doch ändern."

„Da hast du recht. Ich glaube nur nicht, dass sich das bald ändern wird."

„Woher willst du das wissen?"

„Erst vor knapp über einem Jahr wurden die Eltern der Harpyien und die Mutter der Jaguare mit Batrachotoxin vergiftet und einer der wenigen Träger von diesem Gift, der Schreckliche Pfeilgiftfrosch, lebt nicht in der Gegend. Also hat jemand mutwillig dieses Gift verwendet. So etwas tun nur Menschen. Kein anderes Lebewesen auf dieser Welt wäre dazu imstande, so grausam andere Lebewesen zu quälen und töten."

„Du scheinst ja eine ziemlich festgefahrene Meinung zu haben", staunte der alte Mann.

„Wie soll ich sagen, die Menschen haben es immer und immer wieder bewiesen. Ich weiß, dass es auch gute Menschen gibt und Menschen mit besonders schweren Schicksalsschlägen, denen das Leben nicht leicht von der Hand ging. Aber die Mehrheit ist egoistisch und nur auf ihren eigenen Spaß und Luxus fixiert. Darunter haben dann vor allem die Wehrlosen und Unschuldigen zu leiden. Was in den meisten Fällen Tiere, Pflanzen und Kinder sind", wütete Daniel vor sich hin. Seine Meinung war in der Tat sehr starr, wie er gerade feststellte.

„Damit hast du recht. Die Menschen waren wirklich so", bestätigte der alte Mann ihm traurig.

Daniel blieb verdutzt stehen.

„Warum hast du auf einmal in Vergangenheitsform gesprochen?", hakte er sofort nach. So was konnte nicht unbemerkt bleiben. Welcher vernünftige Mensch würde so reden? Was war das nur für ein Mann?

„Weißt du es denn nicht?", meinte der alte Mann überrascht.

„Hä? Was wissen? Wovon redest du?"

„Vor mittlerweile knapp zwei Jahren sind so gut wie alle Menschen gestorben."

Daniel erstarrte mitten im Schritt. Erst nach einigen Sekunden ließ die Erstarrung ab, dafür blieb ein so tiefer Schrecken zurück, dass Daniel seinen Mund auf und zu machte.

„Bitte was?", fuhr er auf. Alle Menschen waren tot? Er fühlte, wie sein Blut aus dem Gesicht wich. Es wurde ihm schwindlig. „Das kann doch nicht sein. Wie kann nur so etwas sein? Das ist doch unmöglich. Das hätte ich doch mitbekommen", rief Daniel erstaunt aus.

„Hm, hast du nichts Ungewöhnliches mitbekommen?", entgegnete dieser seltsame Mann.

„Na ja, das Internet funktioniert nicht mehr und die Telefone funktionieren nicht mehr. Ansonsten bin ich ziemlich abgeschnitten von der Welt."

„Ist dir da nicht in den Sinn gekommen, dass da was vorgefallen sein könnte?"

„Was soll ich sagen, ich habe mir gedacht, dass es an meinen Geräten liegen könnte. Außerdem habe ich einen Auftrag zu erfüllen, bevor ich mit der Außenwelt kommunizieren darf. ... Aber warte! Wenn das wahr ist, warum sind du und ich dann noch hier? Warum leben wir noch? Was ist passiert?" Zu viele Fragen bombardierten sein Gehirn.

Der alte Mann schmunzelte. „Das ist eine gute Frage. Allerdings würde ich sie abändern. Ich würde mich aus dieser Gleichung herausnehmen und eher fragen: Warum bist du noch hier?"

„Jetzt versteh ich nichts mehr. Was meinst du damit?"

Daniel wusste nicht mehr, in welche Richtung das Gespräch sich entwickelte. Wer war dieser Mann nur? War er etwa kein Mensch?

„Wer oder was bist du?", fragte Daniel schließlich zögerlich.

„Ahhh, endlich die richtigen Fragen. Es ist immer wieder erstaunlich, wie selten Menschen in einer verzwickten Situation, die alles entscheidenden Fragen stellen. Wer ich bin? Hm ... Um ehrlich zu sein, bin ich kein Mensch und war auch nie einer. Doch die Wahrheit, wer ich bin, würde dich ziemlich schockieren. Darauf wette ich." Der alte Mann blickte ernst in die Ferne, als würde er etwas nachtrauern. Daniel schaute unschlüssig hin und her – irgendwie fühlte er sich fehl am Platz. Und das war irritierend. Wieso sagte der Alte so etwas? Er war seltsam, denn im letzten Satz hatte er sich selbst ausgeschlossen und redete auch sonst wirres Zeug. Vielleicht hätte Daniel ihn besser umgehen sollen und wäre besser direkt zu seinem Baumhaus gegangen. Dann würde er jetzt nicht in so einer verrückten Situation stecken.

„Du hättest mir nicht ausweichen können. Nachdem ich dich vor einer ganzen Weile gefunden hatte, habe ich dich nicht eine Sekunde aus den Augen gelassen. Ich wollte nicht, dass dir etwas passiert und außerdem wollte ich wissen, was für ein Mensch du bist."

Daniel zuckte zusammen. „Kannst du etwa Gedanken lesen?"

Der alte Mann schüttelte den Kopf, bevor er sagte: „Glücklicherweise besitze ich diese Fähigkeit nicht, ich bemitleide jeden, der sie besitzt. Jedoch sagt dein Gesicht einfach alles."

Ohne darauf einzugehen, kehrte Daniel auf das ursprüngliche Thema zurück. „Wenn es wahr ist, was du mir erzählst, hätte ich doch etwas mitbekommen müssen. Ich hätte etwas bemerken müssen."

Sobald Daniel das gesagt hatte, wusste er, dass es nicht wahr war. Er hatte die Beweise direkt vor seinen Augen gehabt. Auf einmal spielten sich die Unmengen von Bildern zerstörter Dörfer und die tausenden Leichen vor seinem Geist ab, die er vor zwei Jahren gesehen hatte. Die Erkenntnis musste ihm im Gesicht gestanden haben, denn er spürte den überraschend kräftigen Händedruck des alten Mannes auf seiner Schulter, als dieser versuchte ihn zu trösten.

„Wie konnte ich nur so dumm sein?", sagte Daniel leise. Ihm wurden die Knie weich und er musste sich an einem Baum abstützen.

„Weißt du noch, was du vor zwei Jahren im Oktober gemacht hast? Bist du ohnmächtig geworden?", fragte ihn der alte Mann.

„Ich weiß es nicht genau. Warte! Das einzige Mal, als ich außer Gefecht gesetzt war, war bei einem Verhör durch einen Drogenbaron. Sie hatten mich gefasst und waren gerade dabei, mich zu foltern. Gerade als sie mir die Fingernägel gezogen hatten, bin ich ohnmächtig geworden. Als ich wieder zu mir gekommen bin, lag um mich herum ein Berg menschlicher Leichen. Zuerst hatte ich gedacht, dass sie mich für tot gehalten haben mussten und mich entsorgt haben. Daher wollte ich nicht, dass die Söldner, welche mir komplett unbekannt waren, bemerkten, dass ich noch am Leben war. So unauffällig wie möglich bin ich schnell von diesem Ort geflüchtet und habe meine Wunden versorgt. Ich habe danach nur noch seltsame Wesen gesehen. Alle, die ich gesehen hatte, hatten entweder Reißzähne, blutrote Augen oder sogar Hörner und Flügel. Ich habe mich schon die ganze Zeit gefragt, welche Drogen diese Söldnertruppe genommen haben oder was für grausame Experimente an ihnen verübt worden sind."

„Diese sogenannten Menschen, die du gesehen hast, waren Gestaltwandler, Dämonen oder andere Arten der Übernatürlichen", erklärte der alte Mann ohne jede Gefühlsregung.

„Äh, wie bitte? Was sind Übernatürliche?"

„Hm, wie soll ich sagen. Neben den Menschen gab es schon immer unzählige Rassen, Arten und Individuen der Übernatürlichen. Sie sind früher häufiger in Erscheinung getreten. Allerdings begannen die Menschen, uns zahlenmäßig im Vorteil zu sein, weswegen sich die Übernatürlichen vor Jahrtausenden in den Untergrund verzogen haben. Die Menschen haben später nie etwas geahnt. Zwar gab es manchmal Geschichten, die in einigen Familien weitererzählt wurden. Allerdings wurden Geschichten zu Legenden und später zu Mythen und keiner glaubte mehr an uns."

„Das erklärt zumindest einen Teil der Merkwürdigkeiten in den vergangenen zwei Jahren. Aber hast du irgendwelche Beweise, dass mich das auch glauben lässt?"

„Hm, in einigen Kilometern ist eine kleine Siedlung von Ureinwohnern. Wir könnten dahin gehen. Da kannst du sehen, was passiert ist", meinte der Alte.

„Das brauchen wir nicht. Ich habe schon viele solcher Siedlungen gesehen. Allerdings hatte ich gedacht, das wäre durch dieses Drogenkartell passiert. Aber wenn es jetzt nur noch übernatürliche Wesen gibt, stellen sich mir zwei Fragen: Warum lebe ich als einziger Mensch noch und was bist du?"

„Die erste Frage ist ziemlich schwierig. Wie ich schon vorhin gesagt habe, wissen wir nicht, warum du überlebt hast. Das ist ein Rätsel, was wir noch lösen müssen. Allerdings habe ich über die letzten zwei Jahre ein Gerücht gehört, dass du nicht ganz allein bist. Vier weitere Menschen haben überlebt. Manch einer meinte, es wäre nur eine alte Prophezeiung. Von zwei Menschen wissen wir mittlerweile definitiv, aber dein Überleben haben wir bisher nur vermutet. Wir wussten nicht, wo du dich genau befindest und auch die restlichen zwei sind unauffindbar. Erst jetzt, da ich dich gefunden habe, begann ich, an diese Prophezeiung zu glauben", erklärte der alte Mann.

„Verstehe." Zumindest glaubte Daniel, es zu verstehen.

„Zu deiner zweiten Frage: Nicht alle Übernatürlichen sind böse oder haben sich gegen die Menschen gestellt. Wir sind genauso vielfältig wie die Menschen. Das geben auch die Mythen wieder. Trotzdem muss Vorsicht gewahrt sein, denn der erste Eindruck muss nicht immer wahr sein. Ich möchte nur gewährleisten, dass du in dieser Welt überleben kannst. Sie ist in den letzten zwei Jahren um einiges tödlicher geworden."

„Ohne Gegenleistung?" Daniel wurde sofort misstrauisch. Niemand tat etwas ohne eine Gegenleistung oder Hintergedanken.

Der alte Mann sagte nichts. Er schien lange darüber nachzudenken. Erst nachdem beide fast hundert Meter weitergegangen waren, brach er sein Schweigen.

„Ich will ehrlich zu dir sein, denn was anderes verdienst du nicht: Ich habe mir vor einigen Jahrhunderten eine schwere Schuld aufgeladen, die ich seitdem auf eine Art und Weise zu tilgen versuche. Allerdings wurde mir durch das Aussterben der Menschen diese Möglichkeit genommen. Jetzt will ich nur noch zwei Sachen: Einerseits möchte ich, dass du in der jetzigen Welt überlebst, andererseits muss ich herausbekommen, wer für dieses Sterben verantwortlich ist. Es kann nicht sein, dass solche psychopathischen Massenmörder frei herumlaufen können. Selbst in der Welt der Übernatürlichen ist diese Tat das absolut Bösartigste. Diese – egal wie viele es sind – müssen so schnell wie möglich zur Strecke gebracht werden. Niemand darf ungeschoren davonkommen."

Daniel schwieg. Das war jetzt mehr, als er erwartet hatte. Niemand würde so etwas sagen, wenn er es nicht meinte. Selbst bei einem Demenzkranken wären Gedankensprünge in dieser Logik vorhanden gewesen.

„Was wolltest du unbedingt wiedergutmachen? Und wieso willst du mir weismachen, dass du dich ändern wolltest?", fragte er daher geradeheraus.

„Ehrlich gesagt kann ich dir keinen Beweis für meinen Lebenswandel geben. Ich kann dir nur mein Wort als Kolibri des Südens geben."

Bis ins tiefste Mark erschüttert blieb Daniel stehen.

„D-Du bist der Kolibri des Südens?", fragte er stotternd. Mit einem Schlag fiel Daniel die Geschichte seines Geburtslandes Mexiko ein, dem Ursprungsland der Azteken, einer der blutigsten Hochkulturen, welche die Welt je hervorgebracht hat.

Über die zwei Jahrhunderte der Vorherrschaft der Azteken wurden bis zu 80.000 Menschen getötet und neben dem Sonnen- und Kriegsgott unzähligen anderen Göttern geopfert. Meist um dem Sonnengott genügend Kraft zu geben, mit der Sonne über den Horizont zu steigen und den Tag zu beginnen. Es wurde Krieger, Frauen, Sklaven und auch Kindern auf der Spitze einer Pyramide mit einem Obsidianmesser das Herz herausgeschnitten. Mit dem Blut bespritzten die Priester sich selbst und Altarbilder und opferten schließlich das Herz der Opfer dem Sonnengott.

Teilweise wurden wegen der hohen Opferzahlen auch sogenannte Blumenkriege geführt, nur um genügend Menschen in der Hand zu haben. Zusätzlich opferten sich einige Krieger selbst, was als hohe Ehre unter ihnen angesehen wurde. Dieser blutrünstige Sonnengott besaß den Namen Huitzilopochtli, Kolibri des Südens.

3. Kapitel: Oktober, Jahr 2 nach dem Ende der Menschheit

„Der General kennt seine Truppe", ist ein Satz, den du nach meiner Schule der Schwertkunst auf alle am Kampf Beteiligten anwenden kannst. - Das Buch des Feuers, Miyamoto Musashi

Eine einzelne dunkle Sturmwolke flog übers Land. Schneller als die restlichen Wolken und gegen den Wind. Wenn die Menschen noch gelebt hätten, hätten sie sofort Alarm geschlagen, doch diese interessierte Kelaino nicht. Es war ihr herzlich egal, entdeckt zu werden.

Kelaino hatte erst vor wenigen Wochen die kleine beschauliche Festung an Fraser Lake hinter sich gelassen. Als sie auf das dort lebende Paar gestoßen war, welches die Spitze der dort lebenden Gruppe gebildet hatte, war ihr sofort die Energie zwischen den beiden aufgefallen. Es war so lebendig gewesen und hatte sie regelrecht aufgeputscht.

Interessanterweise hatte sie die gleiche Energie auch bei dem weißen Tiger und seiner Frau in Europa gespürt. Sie wusste nicht, was das für eine Energie war, doch war Kelaino in ihrem jahrtausendelangen Leben so etwas vorher nur ein- oder zweimal begegnet. Damals waren es Menschenpaare gewesen, jedoch nie Übernatürliche. Verband die Übernatürlichen nichts miteinander? Konnten die Übernatürlichen sich nicht so vereinigen?

Die meisten übernatürlichen Paare waren nur kurzfristig zusammen gewesen und es hatte nie gut geendet. Wenn sie das nächste Paar – egal welcher Konstellation – fand, würde sie der Sache auf den Grund gehen. Eines Tages musste sie die Lösung zu diesem faszinierenden Rätsel finden, aber nicht jetzt. Wäre doch gelacht, wenn sie es nicht herausbekommen würde.

Jetzt jedoch musste sie erst mal den nächsten Menschen finden. Hoffentlich würde sie nicht zu spät kommen. Die Welt war brutal geworden. Schon bei der kleinsten Uneinigkeit fielen die Übernatürlichen übereinander her. Gerade überquerte sie die ehemalige Grenze von den USA zu Mexiko, als sie ein Ziehen in ihrem Herzen spürte. Irritierend. Was war das nur?

Zuerst dachte sie, dass sie es ignorieren könnte, doch nachdem sie einige Tage lang Mexiko durchsucht hatte, war es nicht mehr möglich. Das Ziehen war mit jedem Kilometer, den sie weiter südlicher kam, stärker geworden. Es wurde regelrecht schmerzhaft und es fühlte sich bald an, als würde ihr Herz langsam herausgeschnitten werden.

Also entschied sich Kelaino ihrer Suche nach diesen Menschen eine kurze Pause zu geben und dieser nervtötenden körperlichen Befindlichkeit nachzugehen. Erst wenn sie wusste, woran es lag, konnte sie sich ihm entziehen und weitersuchen. Sobald sie dem Ziehen nachgab, flog sie schneller als die Jetwinde in der Stratosphäre Richtung Südamerika – als würde jemand sie wie ein Gummi anziehen. Es war ungewohnt für sie. Dann drehte es sie nach Westen in die Richtung von Peru.

Und plötzlich war der Sog weg. Kelaino überschlug sich mehrere Male, bevor sie zum Stillstand kam, denn noch nie in ihrem Leben war sie so schnell geflogen. Die ganze Kraft, die sie nach vorne gezogen hatte, war verschwunden. Wie konnte das nur sein? Kelaino fühlte sich ihrer gesamten Macht geraubt. Sie konnte sich kaum bewegen, da sie ihre gesamte Energie für den Flug aufgebraucht hatte. Zum Glück war das einfache Schweben mit nur einem sehr geringen Energieaufwand verbunden, weswegen sie gar nicht mehr darüber nachdachte. Obwohl sie sich jetzt eigentlich ausruhen wollte, musste sie diese Gegend genauer durchsuchen. Hier lag etwas verborgen, dass sie anzog, wenn es auch nicht mehr so stark war wie in der anfänglichen Stärke.

Kelaino schaute sich um. Sie stand mitten im dichtesten Urwald. Überall ragten riesige Bäume auf, die mit Schlingpflanzen überzogen waren. Die Baumstämme des Waldes waren zudem mit grünem Moos bedeckt. Die Vögel zwitscherten und ab und zu konnte man das Brüllen eines Raubtieres oder eines Affen hören. Ein typischer Regenwald. Im Moment konnte Kelaino nichts erkennen, was diesen Sog bewirkt hatte. Also musste sie sich vielleicht einen größeren Überblick beschaffen.

Sie landete auf einem Baumwipfel und kletterte langsam runter. Dann setzte sie sich bequem auf einen Ast. Hier konnte sie mit dem Beobachten beginnen und sich sogar dabei ausruhen. Eine hervorragende Idee!

Kaum saß sie auf dem Ast, hörte sie ein leises Rascheln hinter sich. Etwas oder jemand kam auf sie zu. Kelaino blieb ganz ruhig sitzen, um keine Aufmerksamkeit auf sich zu ziehen, während sie ihre Krallen ausfuhr. Nicht einmal zu atmen, wagte sie. Die Anspannung in ihr stieg derweil.

Plötzlich traten zwei Männer aus dem Gebüsch unter ihr. Sie hätten für Kelaino nicht unterschiedlicher und doch ähnlicher sein können.

Der alte Mann hatte zwar die Erscheinung eines Menschen angenommen, doch anhand des übernatürlichen goldenen Glanzes der Haut und der Augen konnte sie sofort erkennen, dass er nicht so gewöhnlich war. Er war definitiv einer ihrer Leute. Der jüngere Mann war hingegen eindeutig ein Mensch. Seine kurz rasierten Haare, seine dunkle Haut und auch sein Gang verrieten ihn. Er war ein typischer Eingeborener aus Mittel- oder Südamerika. Er sah sogar entfernt wie einer aus dem Volke der Azteken oder Inkas aus. Seine grauen Augen bewegten sich unablässig hin und her und suchten die Gegend ab.

Was sie jedoch beide gleich machte, war diese Dunkelheit in ihrer Ausstrahlung und im Kern, die für Kelaino absolut appetitlich wirkte. Die angeborene Dunkelheit des Menschen steckte tief in seiner DNA und würde bestimmt köstlich schmecken.

So eine Dunkelheit war besonders vor über tausend Jahren bei unzähligen Menschen weltweit sehr weitverbreitet gewesen, doch in den letzten hundert Jahren war sie weniger geworden, aber nie komplett verschwunden. Einmal hatte Kelaino für sich die Theorie aufgestellt, dass solche Dunkelheiten nur im Zusammenhang mit vorangegangenen Vergewaltigungen und Missbrauch der Mütter erzeugt worden ist. Doch gab es für ihre These keine wirklichen Beweise oder Fakten. Doch in diesem Moment wurde ihr auch klar, dass sie vielleicht die letzte Chance hatte, den Grund dieser Dunkelheit zu erfahren. Es schien, als würde es das letzte Mal sein, dass sie diese Dunkelheit sehen und vielleicht sogar kosten dürfte. Das musste sie unbedingt genießen.

Aber erst mal musste sie abwarten und beobachten. Zu Beginn sollte die Beute observiert werden. Sie konnte ihn nicht einfach so überfallen. Informationen waren um einiges wichtiger. Zusätzlich wusste sie nicht, was es mit dem irritierenden Übernatürlichen auf sich hatte. Er konnte was weiß für Absichten mit diesem Menschen haben. Gut wie böse – und solange das nicht klar war, würde sie sich womöglich ins offene Messer stürzen.

Sie war so in ihre Beobachtung versunken, dass sie erst im letzten Moment spürte, wie zwei große Vögel rechts und links von ihr landeten. Was waren das für Tiere? Wo hatte sie diese Vögel schon einmal gesehen? Dann wusste sie es: Es waren majestätische schwarzgraue Harpyien mit flauschigen weißen Bäuchen. Seit jeher liebte Kelaino diese Raubvögel. Sie waren genauso stürmisch und gebieterisch wie sie selbst.

Diese beiden Exemplare waren Weibchen – das konnte Kelaino an ihrer Größe erkennen – und das Seltsame war, dass sie Schwestern waren. Kelaino spürte eine Verbindung zwischen den beiden. So was kam in der Natur nicht vor. Harpyien zogen immer nur ein einziges Küken groß. Das andere starb noch im Ei aufgrund bewusster Vernachlässigung durch die Eltern. Mehr Jungvögel großzuziehen, schafften sie nicht.

Diese beiden Weibchen schauten sie zuerst an, was fast zehn Sekunden dauerte, bevor sie sich schließlich an Kelaino schmiegten. Das Vertrauen war gefasst und Kelaino riss überrascht die Augen auf und ihr kam ein leiser Laut über die Lippen. Sofort erstarrte sie. Hoffentlich hatten die beiden Männer sie nicht gehört. Vorsichtshalber hüllte Kelaino sich mit ihren Schatten ein, aber es war bereits zu spät.

Die beiden Männer blieben stehen und schauten sich suchend um. Der alte Mann entdeckte sie schließlich, denn er meinte verwundert: „Huch, eine Harpyie mitten hier im Urwald in Südamerika? Das ist ungewöhnlich. Ich hatte euch nicht so weit außerhalb eurer Reviere erwartet."

Der Mensch drehte sich verwundert um. „Da sind doch nur meine beiden Harpyien. Die sind hier nicht so selten."

„Die meine ich auch nicht", sagte der alte Mann zu dem Menschen, bevor er sich erneut zu Kelaino wendete. „Komm runter, Harpyie, lass uns friedlich miteinander reden. Ansonsten denkt der Mensch noch, ich wäre verrückt."

Kelaino fuhr sich mit einer Hand übers Gesicht. Sie wusste im ersten Moment nicht, was sie machen sollte. Der Übernatürliche war ihr freundlich vorgekommen, wollte anscheinend nur mit ihr reden, doch genau wie bei den Menschen gab es sehr viele hinterlistige Übernatürliche. Der Unterschied bestand darin: Wenn die Übernatürlichen begannen, eine List zu spinnen, gab es meistens viel Blut und vor allem Tod. Es gab nur selten Grauzonen. Das Ende war immer ein Blutvergießen epischen Ausmaßes. Die Übernatürlichen waren zu mächtig, als dass es ihnen um das reine psychologische Mobbing ging.

Andererseits, warum würden sich Übernatürliche mit einem Menschen abgeben, wenn sie einzeln so schwach waren? Auch die stärksten Männer waren, so die gängige Sichtweise der Übernatürlichen, keine ernst zu nehmenden Gegner. Niemand würde sich mit ihnen abgeben. Allerdings hatte sie in den letzten Monaten zwei Paare gesehen, die diese Aussage widerlegt hatten. Die Menschen waren stärker, als es den Anschein hatte, besonders ihre innere Stärke war erstaunlich.

Vielleicht sollte sie es einfach wagen und sich überraschen lassen. Zur Not konnte sie schneller als der Wind wieder von hier verschwinden. Außerdem hatte sie selbst einige Überraschungen auf Lager. Damit stand sie auf und sprang vom Ast runter.

Daniel hatte den Schock, dass er mit Huitzilopochtli höchstpersönlich sprach, nur schwer überwinden können. Doch hatte alles, was der Sonnengott erzählt hatte, auf eine seltsame verquere Art und Weise Sinn ergeben. Und wenn das noch nicht das Surrealste war, hatte der Kriegsgott ihm schließlich angeboten, dass er ihn „Kolibri" nennen durfte. Es war ein überraschendes Angebot, ihn zu duzen. Daniel fühlte sich geehrt, aber er hatte trotzdem das Gefühl, dass etwas fehlte.

Während sie durch den Urwald gingen, hatte sich Daniel über diese überraschende Wendung Gedanken gemacht. Wenn das alles stimmte, war etwas sehr Schreckliches passiert. Irgendjemand trug die Schuld daran. Auf einmal war Kolibri stehen geblieben und hatte nach oben geschaut. Nachdem er etwas von einer Harpyie gesprochen hatte, hatte auch Daniel hochgeschaut. Allerdings hatte er nur Nacht und Schatten sehen können. Sie saßen mit einigem Abstand zueinander auf einem Ast einige Meter über dem Boden.

Erst nach fast einer Minute Warten löste sich ein größerer Schatten, welcher sich genau zwischen den beiden Vögeln befunden hatte, und glitt vom Baum nach unten. Daniel hatte Kolibris Behauptung zuerst nicht für voll genommen, doch war er eines Besseren belehrt worden. Auf dem Boden angelangt, verkleinerte und verformte sich der Schatten, bis vor ihm eine große Frau stand. Eine Frau, die so atemberaubend schön war, dass es ihm den Atem verschlug.

Ihre Haare waren schwarz, dass sich das Licht nicht einmal ansatzweise brach. Es wurde verschluckt. Zusätzlich waren ihre Augen komplett schwarz. Man konnte nicht mal die Pupillen erkennen. Normalerweise sahen solche Augen kalt aus, aber etwas war an ihnen anders. Es gab keine Falten an ihren Rändern. Scheinbar lächelte diese Frau nicht sehr oft. Ihre Wangenknochen waren hoch, welche den ernsten Blick weiter unterstrichen. Das breite Kinn hob sich leicht etwas, fast um Widerspruch entgegenzuwirken.

Daniel stand wie angewurzelt da und konnte seinen Blick nicht abwenden. Es war das erste Mal in seinem Leben, dass er von einer Frau auf Anhieb so fasziniert war. Umgekehrt schien es jedoch nicht der Fall zu sein, da sie ihm kaum einen Blick zuwarf, was Daniel ein bedauerte, obwohl es nichts Ungewöhnliches war. Er war nur ein mittelmäßiger Mann. Durchschnittliche Größe, durchschnittliches Gesicht und durchschnittliche Intelligenz. Ihr Blick war fest auf Kolibri gerichtet. Erst als der Kolibri zu sprechen begann, konnte Daniel seinen Blick abwenden.

„Meine Schwestern und ich haben gemeinsam beschlossen, uns auf die Suche nach den überlebenden Menschen zu begeben. Dafür sind wir jetzt einzeln in alle Himmelsrichtungen aufgebrochen. Allerdings habe nur ich bisher zwei Menschen gefunden. Meine Schwestern haben dafür andere Sachen entdeckt."

„Warum seid ihr so erpicht drauf, uns Menschen zu finden? Wollt ihr uns etwa töten?", unterbrach Daniel sie.

Ihm war es nicht geheuer, wie sich plötzlich alle für die überlebenden Menschen interessierten. Zuerst begegnete ihm Kolibri und dann kam eine sogenannte Harpyie daher und alle wollten etwas von ihm. Als ob Daniel so naiv war! Es gab definitiv einen Hacken und er musste ihn so schnell wie möglich finden, ansonsten würde er nicht mehr lange leben. Das hatte Kolibri immer wieder in seinen Monolog betont.

„Nein, nein. Töten wollen wir niemanden. Wir waren früher so was wie die Begleiter der menschlichen Seelen ins Jenseits. Durch das Sterben der Menschen konnten wir nicht sofort mit den gesamten sechseinhalb Milliarden menschlicher Seelen umgehen. Wir haben eine Vielzahl von Seelen verloren, aber es könnte noch etwas anderes dahinterstecken. Das sagt mir ein Instinkt, aber wir benötigen dafür konkrete Beweise. Zudem müssen wir Nachforschungen anstellen und die Leute bestrafen, die es hervorgerufen haben", fuhr die Harpyie fort, „Zudem haben wir unseren Job – die Seelen auf die andere Seite zu bringen – verloren."

„Heißt das, dass du zu den Guten gehörst?", hakte Daniel nach. Er wusste nicht, ob man es so einfach unterteilen konnte, aber man konnte es zumindest einmal probieren.

Jedoch konnte die Harpyie nicht antworten, da der Kolibri begann, laut loszulachen. „Das ist, glaube ich, der beste Witz, den ich in den letzten Jahren gehört habe."

Die Harpyie schaute den Kolibri zuerst böse an, bevor sie sich wieder Daniel zuwandte. „Mein Name ist Kelaino. In meiner Heimat nannte man mich ‚die Dunkle'. Ich war früher für die Leute zuständig, die sich in ihrem Leben Verbrechen zuschulden kommen lassen haben. Ihre Seelen waren nicht mehr rein, sondern verunreinigt. Dadurch waren sie mein Lebenselixier. Man könnte sagen, ich war die Schreckensfigur der Bösen."

Kolibri hatte sich mittlerweile von seinem Lachkrampf beruhigt. Er kicherte nur noch vor sich hin.

Jetzt sagte er zu Daniel: „Kelaino ist eine von sechs Harpyien. Sie ist auch die Berüchtigtste. Eine ihrer Schwestern hat mir von ihr erzählt."

„Welche meiner Schwestern? Ich habe bisher noch nie von dir gehört, Goldener. Und wann solltest du sie überhaupt gesprochen haben?"

„Das ist schon länger her. Ich hatte eine kurze Liaison mit deiner Schwester, der sogenannten Regenbogengöttin Arke. Sie hat mir viel von dir erzählt, sie war total von dir angetan."

Kelaino schien überrascht zu sein. „Warum sollte ausgerechnet Arke von mir erzählen? Wir reden doch nie miteinander. Wir sind so unterschiedlich, dass wir nicht gut miteinander ausgekommen sind."

„Sie findet das auch schade, aber etwas, meinte sie, würdet ihr beide nie auf einen gemeinsamen Nenner kommen."

Die Harpyie schaute zuerst traurig, doch verschwand dieser Ausdruck so schnell, wie er gekommen war. Daniel glaubte fast, dass er es sich nur eingebildet hatte.

„Ich hatte immer viel zu tun", redete sie sich heraus. „Leider gab es schon immer einen großen Anteil an bösen Menschen. Ich war dadurch ziemlich eingespannt."

Kelaino zuckte mit den Schultern, als wäre es der normalste Job auf der Welt. Daniel musste ihr insgeheim zustimmen. Bisher war sein Leben geprägt von der dunklen Seite der Menschen. Nur ab und zu war er mit freundlichen Leuten in Kontakt gekommen, doch die vermisste Daniel. Sie waren zwar wie ein Tropfen auf den heißen Stein, aber er hatte danach gedürstet. Wenn man jeden Tag nur mit dem Abschaum der Welt zu tun hatte, war ein Gespräch mit einem einfachen ehrlichen Straßenverkäufer eine Wohltat.

Jetzt musste er sich jedoch auf diese Wesen konzentrieren. Er sollte vielleicht besser keine Schwäche vor ihnen zeigen, sondern stark wirken. Schwache Menschen werden meist von anderen zum Frühstück gegessen. Allerdings musste er zunächst wissen, was die beiden von ihm wollten. Kolibri wollte ihn angeblich beschützen und was Kelaino wollte, erschloss sich ihm momentan noch nicht.

Zugleich schien er den beiden nicht so wichtig zu sein, als dass sie seinen Namen wissen wollten, stattdessen redeten sie über seinen Kopf hinweg und gingen nicht auf seine Fragen ein.

„Stopp, stopp, stopp! Könnt ihr mir kurz sagen, was ihr von mir wollt? Soll ich euch folgen wie ein dressierter Hund?", fragte er schließlich aufgebracht. Als die beiden ihn verständnislos anschauten, setzte er nach: „Ich soll euch also abkaufen, dass ihr beide urplötzlich zur selben Zeit bei mir auftaucht und nur das Beste für mich wollt? Na ja, verarschen kann ich mich auch allein. Von mir aus könnt ihr bleiben, wo der Pfeffer wächst. Ich habe noch etwas anderes zu erledigen. Die Verbrecher, welche ich gerade jage, haben zu viele Verbrechen an Kindern und Frauen begangen, als dass ich sie ungestraft davonkommen lassen will. Dazu brauch ich eure Hilfe nicht. Dass ihr die Netten seid? Das glaube ich zudem auch nicht."

Damit drehte er sich um und stapfte davon. Sofort folgten ihm seine Tiere. Egal, was passierte, auf sie konnte er sich verlassen. Lieber blieb er mit ihnen allein, als mit Übernatürlichen zu tun zu haben, welche ihn nicht ernst nahmen. Tiere waren einfach gestrickt.

Kelaino und der Kolibri blieben verdutzt zurück. In ihrem gesamten doch recht langen Leben hatte noch kein Mensch so mit ihnen geredet. Die meisten waren ehrfürchtig gewesen und hatten sich auf den Boden geworfen. Sie waren am Anfang stets angebetet worden. Entweder war dieser Mann sehr mutig oder einfach nur dämlich.

Kelaino entschied, vorerst davon auszugehen, dass er ein besonders mutiges Exemplar war. Wäre er dämlich, wäre es schwierig geworden, mit ihm zu reden oder gar zu arbeiten. Sie drehte sich zum Kolibri um, dieser zuckte jedoch nur mit seinen Schultern. Er wusste anscheinend nicht, was in den Mann gefahren war. Schließlich fragte sie: „Wer ist er überhaupt? Wie heißt er eigentlich?"

„Ähm, ich weiß es leider nicht. Ich habe ihn nicht nach seinem Namen gefragt."

Nach einigen Minuten Schweigens – bei dem beide in die Ferne starrten – ging Kelaino ein Licht auf. Sie hatten ihm nicht den nötigen Respekt entgegengebracht. Nicht mal seinen Namen hatten sie nachgefragt. Ganz schön missachtend war das gewesen. War der Kolibri auch auf diese Gedanken gekommen? Sie beide waren so von sich eingenommen gewesen und hatten den Menschen als niedere Kreatur betrachtet, dass sie ihm nicht mal so viel Bedeutung zugemessen hatten, nach dem Namen zu fragen. Sie hatten ihm keine Wertschätzung entgegengebracht und gerade in der derzeitigen Situation sollte man zumindest ein bisschen Achtung zeigen.

„Ich denke, das ist genau das Problem. Wir sehen ihn nur als einen von sechseinhalb Milliarden schwachen, doch ist er jetzt einer von fünf überlebenden Menschen – einer von einer somit fast ausgestorbenen Art. Er konnte sich schließlich bis jetzt hervorragend durchschlagen und hat vier tödliche Tiere im Gefolge."

Zerknirscht nickte Kolibri: „Daran hatte ich nicht gedacht. Komm, lass uns ihm in Ruhe folgen."

Beide gingen langsam los und folgten der Spur von diesem, wie Kelaino fand, seltsam faszinierenden Mann. Wo kam nur seine Dunkelheit her?

Daniel stand an seinem Schreibtisch, als die beiden in Sichtweite seines Baumhauses kamen. Er hatte sie schon vorher auf zwei unterschiedlichen Wegen bemerkt. Einerseits waren sie an seinen unauffälligen Bewegungssensoren vorbeigekommen, andererseits waren seine Vier unruhig, aber nicht aggressiv geworden. Sie waren immer noch das beste Alarmsystem, was er hatte, da die Bewegungssensoren bei besonders schweren Regenfällen ausfielen. Den tödlichen Hindernislauf musste er im letzten Jahr zurückbauen aufgrund der Tiere. Zahlreiche seiner Fallen hatte unbrauchbar gemacht. Seile, welche gespannt waren, um Signale zu geben, hatte er kappen müssen. Normalerweise wäre somit der Weg zu seinem Baumhaus komplett frei gewesen, aber dafür hatte er sich andere Wege überlegen müssen. Zusätzlich halfen ihm seine Jaguare seit einiger Zeit.

Während Daniel seine Erkenntnisse, weitere Versorgungsposten, mögliche Transportwege und Kontrollposten, von dem Lager, welches er heute gefunden hatte, in einer Karte eintrug, kamen die beiden in seinem Baumhaus an. Er fragte, ohne sich umzudrehen: „Na, auch schon da? Hat länger gedauert, als ich gedacht habe."

Kelaino antwortete ihm grummelig und mit entschuldigender Stimme. „Es tut uns leid, dass wir dich nicht ernst genommen haben. Kolibri und ich waren zu sehr mit uns selbst und der Suche nach Ursachen und den letzten Menschen beschäftigt. Dabei haben weder Kolibri noch ich dich als Person mit einem Namen wahrgenommen."

Dann meinte Kolibri, bei einer kurzen Pause von Kelaino: „Ich wollte dich nicht beleidigen. Wir haben dich nicht für voll genommen. Ich oder besser gesagt, Kelaino und ich möchten gerne in der nächsten Zeit mit dir zusammen arbeiten. Wir möchten dich unterstützen. Könntest du uns deinen Namen verraten?"

Jetzt drehte sich Daniel um. Er nickte, um zu zeigen, dass er die Entschuldigung annahm, und erwiderte: „Mein Name ist Daniel.

Also, wenn ihr hier bleibt, könnt ihr gerne auch mir helfen. Allerdings müsst ihr mir einen Moment geben, während ich alles eintrage."

Dann entstand ein unbehagliches Schweigen. Kelaino und Kolibri standen etwas unschlüssig im Baumhaus herum. Sie wussten nicht, was sie sagen oder tun sollten, während Daniel sich wieder zu seiner Karte umdrehte. Er musste versuchen, so viel wie möglich an Informationen und erste Gedankengänge, zum Beispiel wo könnten mögliche Stellen zum Eindringen in die Lager geben oder von welchen Seiten man sich eher fernhalten sollte, in die Karte eintragen und herausfinden, wo noch Lücken in seiner Recherche sich auftaten. Erst wenn er alles über das Lager wusste, konnte er es angreifen und vernichten. Er wollte schließlich keine versteckten Fallen auslösen.

Daniel spürte, wie die beiden sich neben ihn stellten. Zuerst sagten sie nichts, doch schauten sie ihm zu interessiert. Sie schienen nicht zu wissen, was er gerade tat. Nach einer Weile fragte Kolibri: „Das befindet sich doch in der Nähe, wo wir uns heute getroffen haben, oder?"

„Hm", murmelte Daniel zustimmend. Etwas fehlte noch an der Karte, aber er wusste nicht, was.

„Warum machst du das?", fragte ihn Kelaino.

„Bevor mein Chef vom Geheimdienst mich hierher schickte, hat er mir den Auftrag gegeben, diesen Drogenring auszuheben – eine Art Undercover-Mission. Ich muss noch diesen Auftrag ausführen, bevor ich mich in Ruhe um die anderen verkorksten Dinge in meinem Leben kümmern kann."

„Warum glaubst du, dass dieser Ring noch aktiv ist?", wollte Kolibri wissen. „Es kann doch sein, dass der Ring mit den Menschen gestorben ist. Kein Übernatürlicher würde jemals Drogen nehmen."

„Wenn du das sagst, dann müssen sie ihre Taktik verändert haben, denn die letzten Lager, die ich gefunden habe, alle noch aktiv waren, obwohl die Menschen ja angeblich seit zwei Jahren nicht mehr gelebt haben. Dafür tummelten sich zu viele Söldner in diesem Lager. Allerdings bin ich noch nicht zur Hauptzentrale, dafür waren die Lager nicht so gut geschützt und sie mussten von einem anderen Ort koordiniert werden, vorgedrungen. Diese versteckt sich noch irgendwo im peruanischen Urwald oder Gebirge. Das ist mein Endziel."

„Warum machst du das? Es gibt doch niemanden mehr, dem es hilft?", fragte Kelaino verständnislos.

„Als die Menschen noch gelebt haben, sind Tausende, wenn nicht sogar Millionen über die Jahre durch diesen Drogenring gestorben. Das kann ich nicht einfach auf sich beruhen lassen", sagte Daniel zornig. „Dieser Drogenring muss ausgelöscht werden. Danach kann ich mit euch auf die Suche nach den Ursachen von dieser Katastrophe gehen, aber erst möchte ich meinen Auftrag beenden. Ich glaube, ich bin kurz vor dem Ziel."

Sofort wurde Kolibri hellhörig. „Du willst den Drogenboss und seine Anhänger zur Strecke bringen? Ganz allein? Du bist tollkühn, wenn ich das sagen darf. Allerdings glaube ich, dass du Unterstützung benötigst, wenn du das durchziehen und überleben willst. Ich will dir gerne helfen, wenn du willst. Ich habe noch einiges auf Lager", meinte er selbstbewusst. Er hatte anscheinend viel Erfahrung, da er diese Arroganz so vor sich hertrug.

Daniel dachte einen Moment nach und sagte schließlich: „Ich könnte vielleicht einige zusätzliche Augen gebrauchen und Hilfe ist immer gut." Damit begann Daniel, die bisherige Lage und Informationen darzulegen und zeichnete auf, welche Lücken noch vorhanden waren. Die bisherigen Lager, welche er zerstört hatte, die Transportwege, welche er unbrauchbar gemacht hatte, und wo er glaubte, noch weitere sein könnten. „Ich brauche bestimmt noch einige Tage, bis ich alle notwendigen Informationen habe.

Bis dahin ist einfaches Observieren angesagt. Ich muss also ein kleines Lager in der Nähe aufschlagen. Die Abläufe der Wachwechsel herausbekommen, wie viele Söldner sich dort befinden und die besten Seiten heraussuchen, wo man besten angreifen kann."

Beide nickten synchron. Sie schienen zu verstehen, was er meinte. Sie sagten jedoch nichts weiter, sondern ließen Daniel weiter auf die Karte starren. Wahrscheinlich warteten sie ab, was er noch sagen wird.

„Ich werde mich morgen früh wieder auf den Weg zu diesem Lager machen. Ihr könnt mich begleiten, aber kommt mir lieber nicht in die Quere. Ich muss dieses Lager mit den gesamten Bewohnern zerstören, ohne Wenn und Aber. Aufgrund der von mir vorab zerstörte Lager sind die Versorgungsrouten schon teilweise zusammengebrochen. Das konnte ich bei den letzten zwei, drei Lagern erkennen."

Die beiden schauten sich unschlüssig an.

„Und wenn du dabei draufgehst? Was passiert mit deinen vier Haustieren?", fragte Kolibri. Daniel erstarrte. Die Vier waren doch nicht seine Haustiere.

Auch Kelaino meinte, ohne auf Daniel zu achten: „Du machst die ganze Zeit Jagd auf einen mysteriösen Drogenboss, den du nicht kennst und von dem du in der jetzigen Zeit nicht einmal weißt, ob es ihn noch gibt und was für Kräfte er hat. Es kann sehr gut sein, dass du nicht einmal in seine Nähe kommen wirst. Vielleicht steckt er dich mit einem Schnippen in Brand oder teleportiert dich weg, sodass du von einer Klippe stürzt. Er könnte sogar mithilfe von Pyrotechnik deine vier Lieblinge töten. Lass es doch lieber auf sich beruhen und versuch so gut wie möglich zu überleben. Du kannst deine Tage mit deinen Tieren genießen. Du kannst mit ihnen spielen und sie weiter trainieren."

Auf einmal wurde es im Wohnzimmer still. Es schien, als würde die Welt außerhalb des Baumhauses den Atem anhalten. Seine Vier richteten sich auf. Sie schienen auf die sich plötzlich düstere Stimmung zu reagieren. Daniel war wie erstarrt, das Wort Haustiere hatte ihn leicht aus der Bahn geworfen. Glaubten die beiden wirklich, dass die Jaguare und Harpyien zahme kleine Haustiere waren, die nicht eigenständig denken konnten? Dass sie nicht selbstständig genug waren, um allein zu überleben? Gut, sie kamen immer wieder zurück, aber aus eigenem Willen.

Daniel richtete sich langsam auf und legte seinen Stift ruhig zur Seite. Kelaino und Kolibri schauten sich verunsichert an. Sie schienen nicht zu wissen, was sie Falsches gesagt hatten.

Daniel schaute beiden in die Augen. „Ich will mal eines zurechtrücken. Ich habe ein ganzes Jahr geopfert, dass diese vier groß werden und so selbstständig wie möglich sind. Sich ihrer Natur bewusst sind. Es sind letztlich Raubtiere. Es stimmt, sie sind wie Kinder für mich, doch wenn Kinder erwachsen werden, muss man sie gehen lassen.

Ich hatte die ganze Zeit das Ziel vor Augen, alle vier auszuwildern. Sie haben sich alle zu wilden Tieren entwickelt, die mir ihre Treue geschworen haben. Doch alle vier haben anscheinend ihren Bezugspunkt gewählt.

Wir fünf bilden ein Team, eine eingeschworene Einheit. Solltet ihr also auch nur dran denken, mich auf eine Art und Weise verarschen oder verraten, werden die Vier euch beiden in Stücke reißen, bevor ihr einen weiteren Atemzug nehmen könnt? Das kann ich euch versprechen. Wenn ihr mich begleiten wollt, müsst ihr die vier als eine Einheit von mir akzeptieren. Wenn ihr es nicht wollt, könnt ihr euch auf der Stelle verziehen."

Seine Vier gaben ihm den Rückhalt gegen die Übernatürlichen. Die Jaguare grollten leise und die Harpyien hatten ihre Kopffedern angriffslustig gesträubt. Einen Moment konnte man die Vögel und Affen außerhalb des Baumhauses hören. Dann ging Kolibri zu seinen vier und beugte sich zu ihnen runter. Er beruhigte sie nicht, sondern schaute ihnen direkt in die Augen.

Daniel verwirrte dieses Verhalten. Er hatte eine komplette Ansprache gehalten und Kolibri beachtete ihn nicht mal? Er verstand diese Übernatürlichen nicht. Nach einer geschlagenen Minute war Kolibri noch immer nicht aufgestanden.

„Deine vier haben dich als ihre zentrale Figur angenommen, da hast du recht. Sie wissen deine Aufopferung über das letzte Jahr hinweg sehr zu schätzen. Daher bleiben sie stur bei dir. Du bist ihr Oberhaupt. Sie würden dir überallhin folgen und sogar für dich sterben. So einfach wirst du sie nicht mehr los." Kolibri lachte leise.

„Ich will aber nicht, dass sie für mich sterben. Sie sollen leben und eigenständig durch die Urwälder ziehen", meinte Daniel zu Kolibri. „Sie sollen nicht in meinen Kleinkrieg hereingezogen werden."

„Das kannst du leider nicht mehr entscheiden. Die vier haben sich entschieden, dir zu folgen. Ob du nun willst oder nicht", meinte Kolibri ernst.

Daniel schwieg. Er wusste nicht, was er sagen sollte. Diese Bestätigung seiner Vermutung hatte er definitiv nicht erwartet. Waren es die wahren Gedanken seiner vier? Er konnte es nur hoffen. Kurz dachte er nach, ob es etwas an seinem Verhalten ändern würde, aber dem war nicht so. Er liebte und respektierte seine vier wie vorher, wenn nicht sogar noch mehr.

„Also, wenn du es ernst meinst, mit deinen Aussagen – und falls sie wahr sind, können wir das Thema abschließen. Werdet ihr das und meine kleine Einheit akzeptieren? Mich unterstützen, bis der Drogenring ausgehoben ist?", löste sich Daniel von seinem Gedankenchaos.

„Das werden wir sehr gerne tun. Vielleicht werde ich dadurch auch endlich ein paar Antworten zu dem Massenmord an den Menschen finden. Die Suche dauerte mittlerweile schon seit zwei Jahren an. Aber bist du auch bereit, für diesen Auftrag dich in Gefahr zu begeben? Denn wer auch dahintersteckt, wird es sehr gefährlich werden", durchbrach Kelaino ihr Schweigen. Kolibri nickte zustimmend.

„Ich bin zu stur, um zu sterben", sagte Daniel entschlossen. Er hatte sich bisher noch nie Gedanken darüber gemacht und würde jetzt nicht damit anfangen. Es würde niemand um ihm weinen. Früher wären seine Verwandten und Großeltern am Boden zerstört gewesen, doch jetzt waren sie tot. Also brauchte er sich darum keine Gedanken mehr zu machen. Er war allein in dieser Welt.

4. Kapitel: Oktober, Jahr 2 nach Ende der Menschheit

Bist du zum Angriff entschlossen, so bewahre unverändert deine ruhige Haltung und schlage unvermittelt und blitzschnell zu. - Das Buch des Feuers, Miyamoto Musashi

An diesem Abend saßen alle drei noch tief in die Diskussion versunken zusammen. Daniels Tiere, mittlerweile wieder ruhig, hatten sich teilweise zu seinen Füßen zusammengerollt oder saßen auf seiner Stuhllehne. Es schien, als würden sie der Diskussion aufmerksam lauschen.

Kelaino fragte auf einmal Daniel: „Wie hast du es eigentlich geschafft, Strom zu erzeugen – mitten in der Wildnis?"

Daniels Antwort war recht simpel: „Da es schon eine Vielzahl erneuerbarer Energiequellen gab, als die menschliche Welt unterging. Daher habe ich mein eigenes kleines Kraftwerk aus alten Bauteilen von den umliegenden Dörfern zusammengeschraubt, wobei ich immer angenommen hatte, dass der Drogenring diese Dörfer ausradiert hatte. Einmal hatte ich sogar Glück und eine vollständige Anlage bekommen. Somit konnte ich jetzt eine eigene Wind- und auch Wasseranlage montieren."

Gerade als sich Kelaino überrascht über diese Technologie äußern wollte, meinte Daniel: „Ich habe zwar Strom, allerdings kann ich diesen nur an speziellen Tagen richtig mit ganzer Stärke nutzen. So habe ich nur genügend Strom für Licht, wenn es besonders stürmisch ist oder der Fluss aufgrund von Regen anschwillt. Eine Solaranlage wäre sinnlos gewesen, da es hier im Regenwald zu viel Schatten und Niederschlag gibt. Meine Sensoren ums Haus herum funktionieren dafür den ganzen Tag über, da sie nur einen sehr geringen Stromverbrauch haben. Über Nacht spare ich lieber den Strom, falls am Tag darauf ich mehr Strom benötige, daher halten mich meine vier Begleiter auf dem Laufenden. Es wäre sowieso zu gefährlich, nachts Licht einzuschalten. Ich wäre so sichtbar wie ein bunter Vogel. Also bleibe ich lieber unsichtbar.

Für die Zukunft muss ich mir jedoch etwas anderes einfallen lassen. Mein Kraftwerk wird nicht für alle Ewigkeiten in Betrieb sein können. Die Bestandteile sind nicht so widerstandsfähig, wie ich es mir anfangs gedacht hatte. Aber das hat noch etwas Zeit."

Kolibri nickte zustimmend. „Früher haben sich meine Krieger auch so lange wie möglich unsichtbar gehalten, damit sie den Überraschungseffekt für sich nutzen konnten. Es war jedes Mal schön mit anzusehen. Ich liebe es, wenn die Kriegsstrategien so funktionieren."

Jetzt wurde Daniel neugierig. „Was meinst du mit deinen Kriegern? Wer waren sie?"

„Mein Volk besaß früher vier unterschiedliche Kriegerkasten: die Geschorenen, die Otomis, Jaguar – und die Adlerkrieger. Jede Kaste hatte ihre Besonderheiten, die sie einzigartig machten, jedoch waren meine absolute Lieblingskaste die Jaguar – und die Adlerkrieger. Sie hatten etwas Ursprüngliches und Natürliches an sich. Darüber werde ich dir später berichten, jetzt ist nicht genügend Zeit dafür, wir müssen uns auf den Angriffsplan für das Lager konzentrieren. Erzähl mir kurz noch mal, was wir morgen genau in der Nähe des Lagers zu tun haben werden." Kolibri war sehr interessiert an dieser Mission.

„An sich ganz einfach. Zuerst müssen wir die Wachposten finden und deren Totenwinkel ermitteln. So können wir unbemerkt einen Weg in die Gebäude oder Baracken finden. Zusätzlich müssen wir den Rhythmus der Ablösezeiträume herausfinden. Hier liegt ein großer Risikofaktor vor. Sie dürfen uns nicht während der Durchführung überraschen. Daneben muss ich noch herausbekommen, wie viele von diesen Übernatürlichen sich zusätzlich in dem Lager befinden und wo die Schwachstellen der Gebäude sind. Sobald ich alle nötigen Informationen habe, werde ich mir einen Plan überlegen, wie wir am besten angreifen."

„Hast du eine Idee, wie du deine vier einbinden wirst?", fragte Kelaino. Sie wusste, dass sie alle Ressourcen, die zur Verfügung standen, nutzen mussten.

„Bisher haben sie so was noch nicht gemacht. Sie sind dazu nicht ausgebildet. Ich hatte zuletzt für ein Jahr Pause gemacht und alle vier großgezogen. Ich werde sie bestimmt nicht mit hereinziehen, vielmehr versuche ich schon seit geraumer Zeit, sie fortzuschicken, aber ich glaube langsam, dass es überhaupt nicht mehr möglich wäre. Bisher haben sie mich nur verlassen, wenn sie auf Nahrungssuche gegangen sind. Danach waren sie sofort wieder da. Ich kann nur hoffen, dass sie sich morgen nicht verraten werden."

„Wieso denkst du, dass sie es nicht tun werden?", lautete die neugierige Frage von Kelaino. Sie schien es nicht zu verstehen, dass Tiere keine militärische Einheit bilden konnten, welche man wie Menschen hin und her dirigieren konnte.

„Ein wenig musste ich ihnen im letzten Jahr beibringen, etwa wann sie bei einer Jagd leise sein müssen. Schließlich müssen sie in der Wildnis überleben. Sie sind darin zu regelrechten Meistern geworden."

„Was anderes hätte ich auch nicht erwartet. Ich habe nicht umsonst diese Raubtiere zu meinen Kriegersymbolen gewählt. Sie sind mit die gefährlichsten Tiere auf dieser Welt", meinte Kolibri. Seine Brust war vor Stolz geschwellt.

Am nächsten Morgen, lange vor dem Sonnenaufgang, machte sich die Gruppe auf den Weg. Es war eine sternenklare Nacht. Der Mond war noch nicht untergegangen und die Sterne waren noch am Himmel zu sehen. Daniel konnte es nicht glauben, dass er jetzt

eine kleine Soldatentruppe hatte, aber würden sie gut zusammen-
arbeiten? Konnte das funktionieren? Er würde sehen, wie es nun
weiterging.

Schwarz, Finster, – die beiden Jaguare – Nacht und Schatten – die
Harpyienweibchen. Wieso noch mal hatte er sich solche Namen
ausgedacht? - arbeiteten zum Glück zusammen wie eine gut ge-
ölte Maschine. Sie durchstreiften die Umgebung und hielten die
Augen nach Gefahren auf. Kelaino befand sich direkt hinter Daniel und Kolibri bildete die Nachhut. Während Daniel bis auf das
letzte Stück Haut mit Waffen bedeckt war, hatte Kelaino keine
einzige Waffe dabei und Kolibri trug nur diesen seltsam ausse-
henden Knüppel mit Obsidianschneiden mit sich. Aus einem unbekannten Grund kam die Waffe Daniel bekannt vor, doch wusste
er nicht, woher. Vielleicht würde es ihm später einfallen.

Mithilfe seines Kompasses kamen sie nach fast vier Stunden in der
Nähe des Lagers an, diesmal ging es schneller, da sie manche Stellen anders liefen, um schneller zu sein. Mittlerweile war auch die
Sonne aufgegangen und strahlte heiß auf den Lichtungen, die sie
überquerten, herunter. Daniel kletterte auf einen Baum, um sich
mit seinem Fernglas ein genaues Bild zu machen.

Kelaino hatte sich in ihre Schatten gehüllt und war ins Lager gegangen, um von dort aus zu beobachten. Während Daniel die
Wachposten zählte und sich ihre Positionen und Routen merkte,
welche ziemlich schlampig waren, denn sie zeigten keine Wach-
samkeit bezüglich ihrer Umgebung, spürte er, wie sich ein war-
mer Körper neben ihn in die Baumgabel legte.

Es war Finster, bei ihm konnte man noch den Hauch einer Fell-
musterung zu sehen, was bei Schwarz nicht mehr der Fall war.
Das wusste Daniel, da der Jaguar immer bei ihm war, wenn sie
unterwegs waren. Schwarz trieb sich dagegen eher in der Gegend
rum und schien sie zu observieren. Zuerst war Finster ihm gefolgt, wie das Kind seiner Mutter. Mittlerweile schien er sich jedoch mehr als Leibwächter zu sehen. Nacht, welche ein bisschen

dunkleres Federkleid als Schatten hatte, und Schatten hatten sich in der Zwischenzeit in die Luft erhoben und flogen scheinbar träge hin und her, als wären sie nur zufällig in dieser Gegend. Trotzdem schien ihnen nichts zu entgehen. Ihre Augen bewegten sich unablässig hin und her. Bei Gefahr würden sie sich todesmutig darauf stürzen.

Daniel konzentrierte sich wieder auf das Lager und beobachtete die Wachposten. Niemand war besonders aufmerksam. Viele lehnten sich auf Stöcke oder ihre Gewehre. Entweder waren sie so schlampig und sorglos, weil keine Menschen mehr lebten, oder sie versuchten ihren noch unbekannten Gegner in eine Falle zu locken. Daniel war auf alles vorbereitet, er hoffte allerdings auf Ersteres, doch er musste abwarten, was Kolibri und Kelaino berichteten. Bestimmt war es nicht so einfach.

Kelaino schritt vorsichtig durch das Lager. Sie hatte sich durch die Wachen gemogelt und begann nun, sich die Gebäude näher anzuschauen. Mit ihrer Dunkelheit fiel sie den meisten Übernatürlichen und allen Menschen nie auf. Es war wie ein Unsichtbarkeitsumhang. Trotzdem konnten andere mit ihr zusammenstoßen, weswegen sie aufpassen musste, wohin sie ging.

Sie war so daran gewöhnt, dass es sie ziemlich überrascht hatte, dass Daniel sie trotz ihrer Schatten ganz direkt angesehen hatte. War es ihm vielleicht aufgrund seiner eigenen Dunkelheit möglich, ihre Tarnung zu durchschauen? Oder funktionierte ihr Unsichtbarkeitszauber nicht mehr so wie früher? Sie wusste es nicht, aber vielleicht konnte sie das Rätsel demnächst lösen. Kelaino musste es wissen, wenn sie in Zukunft überleben wollte. Nichts brachte den Tod so schnell wie unerkannte Schwächen.

Während sie durch das Lager ging, konnte sie erkennen, dass die Wachen zwar auf den ersten Blick nachlässig dastanden, sich jedoch in den Gebäuden bis an die Zähne bewaffnete Heerscharen von Söldner befanden. Es war ein bunter Mischmasch aller möglichen Übernatürlichen: Dämonen, Vampire, Gestaltwandler, Kobolde und sogar Trolle. Was alle miteinander vereinte, war die absolute Bösartigkeit in ihren Augen. Die Wesen gehörten zu den grausamsten und brutalsten.

Sofort begann Kelaino, das Wasser im Mund zusammenzulaufen. Sie hatte sich bisher selten von Übernatürlichen genährt, da es Menschen im Überfluss gegeben hatte. Jetzt musste sie ihre Ernährung umstellen, doch mit solchen Leckerbissen vor ihren Augen konnte sie sich das gut vorstellen. So eine Dunkelheit würde ein wunderbares Festmahl für sie ergeben, aber noch nicht in diesem Moment. Später war noch genug Zeit dafür.

Sie lief weiter und schaute sich das Lager genauer an. Es schien eine gut vorbereitete Falle zu sein und Kelaino wusste auch, auf wen sie warteten. Daniel schien viel Staub aufgewirbelt zu haben. Der Drogenboss wollte ihn haben, tot oder lebendig.

Auf einmal landete eines der Harpyienweibchen auf einer Kiste direkt vor ihr. Es war Nacht, so glaubte Kelaino, zumindest zu erkennen. Jedoch schaute das Tier nicht sie an, sondern blickte neugierig in die andere Richtung. Was machte es hier nur? Auf den ersten Blick konnte Kelaino sich keinen Reim darauf machen, doch dann fiel es ihr auf.

Einer der Wachposten hatte begonnen, sich halb zu ihr umzudrehen. Anscheinend war er einer der Wenigen, der zumindest teilweise durch ihre Dunkelheit sehen konnte. Schnell versteckte sich Kelaino hinter den Kisten und wartete ab. Hatte Nacht sie mit Absicht gewarnt? Sehr ungewöhnlich für so ein Tier, aber sehr willkommen. Diese Vögel waren äußerst intelligent.

Während Kelaino wartete, dass die Luft wieder rein war, schaute sie sich um. Die Lagerbaracken sahen so heruntergekommen aus, dass sich Kelaino fragte, wie sie überhaupt noch stehen können. Die Söldner kümmerten sich definitiv nicht um die Häuser oder ihre Ausstattung. Denn die Waffen sahen auch nicht besonders gepflegt aus. Wahrscheinlich stützten sie sich auf ihre übernatürlichen Fähigkeiten. Dann sah sie es und es lief ihr kalt den Rücken runter: In dem Lager lag sehr viel Papier herum. Vorsichtig und unauffällig kroch Kelaino zu einem Blatt hin und schaute es sich genauer an, um sich zu vergewissern. Es war ein alter Flyer. Auf ihm war das Datum vom ersten Oktober vor zwei Jahren gedruckt. Es wurde von einer Party geschrieben, zu Ehren des Endes der Menschheit. Oh nein, wie konnte man nur so etwas feiern? Waren die alle so krank oder psychopathisch?

Wusste der Drogenboss etwas davon, was damals passiert war? Hatte er etwas damit zu tun? Denn wer feierte schon eine Party, wenn gerade Milliarden von Menschen gestorben waren. Dann war sein Schicksal besiegelt. Kelaino steckte den Flyer in ihre Tasche. Vielleicht fiel Daniel was dazu ein. Kaum hatte sie das getan, hörte sie, wie Nacht mit einem leisen krächzenden Laut davonflog. Das Zusammenschlagen der Flügel war so gut wie geräuschlos. Offenbar hatte Daniel sie hervorragend trainiert.

Mit einem kurzen Blick über den Kisten konnte sie erkennen, dass der Soldat weitergezogen war. Schnell machte sie sich auf und durchsuchte die letzten Winkel des Lagers, bevor sie sich wieder unauffällig auf den Rückweg machte.

Nach einer Weile hatte sie schließlich den Baum erreicht, in dem Daniel zur Observierung saß. Neben ihm lag einer der schönen schwarzen Jaguare, es war Finster, wenn Kelaino es richtig erkannte. Sie wurde langsam besser darin, die Tiere auseinanderzuhalten. Gerade wollte Kelaino zu Daniel hochklettern, als Nacht auf einem Ast vor ihr landete.

„Vielen Dank, dass du mich gewarnt hast", flüsterte sie dem Vogel leise zu. Mit einer Hand strich sie ihm über den Kopf. Dem Vogel schien es zu gefallen, denn er legte vertrauensvoll seinen Kopf in Kelainos Hand. Das Tier brachte ihr ein Vertrauen entgegen, was Kelaino bisher noch nicht kannte. Selbst ihre Schwestern machten einen Bogen um sie. Oder war sie es selbst, die einen Bogen um ihre Schwestern machte? Hatte sie Angst, dass die Dunkelheit auch ihre Schwestern verschlang? Das konnte Kelaino nicht sagen. Sie wusste es nicht, denn sie hatte Angst, die Wahrheit wäre zu grausam für alle Seiten.

Sofort schob sie die unschönen Gedanken zur Seite. Sie musste jetzt an etwas Wichtigeres denken. Zügig kletterte sie zu Daniel hoch und setzte sich, ohne etwas zu sagen, neben ihn. Finster schaute nicht mal in ihre Richtung. Er stufte sie offenbar nicht als Bedrohung. Seltsam wie schnell sich das Blatt gewendet hatte. Daniel setzte kurz sein Fernglas ab und schaute sie an. Sein intensiver Blick aus strahlenden blauen Augen schien bis tief in ihre Seele zu reichen. Ein unwohl wand sie sich. Es dauerte einen Moment, bis er etwas sagte. Vielleicht musste auch er nach Worten suchen.

„Und, hast du was gefunden?", fragte er endlich nach.

„Ich denke, das ist definitiv eine Falle. In den Gebäuden befinden sich fast hundert Männer, alle bewaffnet bis an die Zähne und bestehend aus den unterschiedlichsten Arten von Übernatürlichen."

„Verdammt, dann müssen wir sehen, wie wir Sprengladungen an das Haus anbringen, ohne entdeckt zu werden. Lass uns heute Abend in meinem Baumhaus darüber nachdenken, wie wir die Falle am besten neutralisieren können."

Es herrschte ein paar Minuten Schweigen, bevor sich Kelaino daran erinnerte, dass sie den Flyer gefunden hatte.

Schnell holte sie ihn raus und meinte zu Daniel: „Es gibt wahrscheinlich eine Verbindung zwischen dem Drogenboss und den Ereignissen vor zwei Jahren."

Daniel nahm das Stück Papier in die Hand und blickte darauf. Sein Gesicht wurde starr. Nicht ein Muskel zuckte. Seine Augen wurden so kalt wie Eis und die Dunkelheit in ihm noch schwärzer. Kelaino konnte diese intensive Finsternis beinahe auf ihrer Zunge schmecken. Es war ein angenehmer rauchiger weicher Geschmack, der außergewöhnlich war. Der Geschmack erinnerte sie an einen guten Whisky, der mit den Jahren immer besser wurde. Es beinhaltete das Versprechen nach Blut.

So schmackhaft diese Dunkelheit auch war, musste Kelaino darauf achten, dass diese Quelle der Köstlichkeit möglichst lange am Leben blieb. Es war ihre letzte Chance auf diese leckere Dunkelheit, denn die anderen Menschen, welche sie bisher kennengelernt hatte, hatten nicht diesen Geschmack von Düsternis. Die Frage war nur: Wie konnte lange Daniel überleben, wenn er sich schon die ganze Zeit auf so einer Kamikazemission befand?

Kelaino riss sich zusammen, sie konnte nicht die ganze Zeit mit einem sabbernden Mund vor Hunger neben dem Mann stehen. Er war ein denkendes Wesen und definitiv nicht unattraktiv. Innerlich schüttelte sie den Kopf. Sie ließ sich zu sehr von ihm ablenken. Vielleicht sollte sie weiterziehen und ihn allein lassen. Kelaino wusste nicht, was sie eigentlich wollte. Der Mann brachte sie durcheinander. Ihr Seelenfriede wurde bedroht.

Daniel traute seinen Augen nicht. Diese sogenannten übernatürlichen Wesen hatten vor zwei Jahren eine Party geschmissen, für den Massenmord an den Menschen. Was waren das nur für kranke Leute? Er zerknüllte das Papier in seiner Hand und hätte es am liebsten weggeworfen, aber er durfte nicht auffallen. Jetzt würde diese Gruppe erst recht sterben. Jeder einzelne. Es würde definitiv keine Gefangenen geben.

Er blickte zu Kelaino, um etwas zu sagen, doch stockte er. Sie schaute ihn mit so einem Hunger an, dass es ihm den Atem verschlug. Doch was war das für ein Hunger? Körperlicher Art oder sah sie ihn als Nahrung? Das konnte er nicht sagen. Ihr Blick wurde schnell wieder undefinierbar. Er räusperte sich, um sich zusammenzureißen.

„Hast du den Flyer in dem Lager gefunden?"

„Es lagen davon sehr viele herum", antwortete Kelaino. „Auf dem Boden und auf den Fässern. Überall!"

„Dann mal los. Ich will keinen Stein mehr auf einem anderen sehen", sagte Daniel mit grimmiger Stimme.

Es war keine Frage, sondern eine Aussage, die wie in Stein gemeißelt war. Kelaino nickte. Der Drogenring musste ausgelöscht werden.

„Wir sollten noch warten, bis Kolibri zu uns stößt, dann werden wir uns einen Schlachtplan überlegen. Den morgigen Tag darf das Lager nicht überstehen und die Übernatürlichen auch nicht."

Finster schnaubte kurz wie zur Bestätigung. Er hatte anscheinend zugehört – konnten Tiere die menschliche Sprache vielleicht doch verstehen? Nein, das ist nur Wunschdenken, eher hat der Jaguar auf die Stimmlage und Gesichtsausdruck reagiert.

Nach fast zwei Stunden des Wartens mit nur sehr wenigen gewechselten Worten kam Kolibri zu ihrem Baum geschlendert. Trotz des Schweigens war Kelaino näher zu ihm gerutscht. Ihre Wärme fühlte sich gut an. Finster war die ganze Zeit über nicht von seiner anderen Seite gewichen.

Sobald er Kolibri bemerkt hatte, hatte er wieder geschnaubt und ein kurzes Brüllen losgelassen. Zuerst hatte Daniel gedacht, Finster wollte sie wohl verraten – allerdings befanden sie sich im peruanischen Regenwald. Das Brüllen von einem Jaguar war hier nichts Ungewöhnliches. Kurze Zeit später kam Schwarz über die Bäume zu ihnen geklettert und auch die beiden Harpyienweibchen landeten neben Daniel und Kelaino.

Jetzt waren sie wieder alle vereint wie eine Familie. Daniel holte eine Karte aus seinem Rucksack und begann, die zusätzlichen Informationen einzutragen, während Kolibri sich auf einen Ast ihm gegenübersetzte. Zuerst sagte er nichts und schaute Daniel zu, wie er weiterschrieb. Das konnte er aus den Augenwinkeln erkennen.

„Du weißt schon, dass das eine Falle ist, ja?", sagte Kolibri nach einer Weile.

„Kelaino hat mir von den Übernatürlichen in den Baracken erzählt", gab Daniel zurück.

„Es sind nicht nur die Baracken, sie haben auch ein paar Fallen drum herum aufgestellt. Wenn sie zuschnappt, ist dein Leben verwirkt", versuchte Kolibri ihn zu überzeugen.

Daniel dachte nach. Sie brauchten einen Schlachtplan – einen sehr guten. Doch was wäre der beste Weg?

Alle drei berieten sich bis spät in die Nacht, teilweise in heftigen Diskussionen. Schließlich hatten sie sich auf etwas geeinigt. Am nächsten Morgen würde der Angriff starten.

Der Mann, welche die Morgenwache übernommen hatte, schaute in den Himmel. Ein einsamer Raubvogel zog seine Kreise in der klaren Morgenluft und durch das Licht der aufgehenden Sonne über dem Lager. Er schien Ausschau nach kleinen Tieren zu halten. Als er jedoch nichts fand, zog er wieder ab. Es war noch zu früh. Die Nachtschwärmer begaben sich zu ihrem Unterschlupf und die Tagtiere wachten gerade erst auf.

Die Wache hatte sich lässig an die Gebäudewand gelehnt und machte betont den Anschein, als würde sie schlampig und unaufmerksam sein. Er hatte den klaren Auftrag, diese Illusion zu erwecken, als wäre er gelangweilt. Doch dieses Erscheinungsbild war echt. Ihm war absolut langweilig. Der Grund für diese Scharade über das letzte Jahr hinweg war ihm nicht mitgeteilt worden. Doch das war ihm im Moment auch egal. Diese Gesamtsituation war nur langweilig.

Auf einmal hörte er ein Rascheln. Der Wächter wollte sich gerade umdrehen, doch kam er nicht mehr dazu.

Mit einem schnellen kraftvollen Ruck brach Daniel ihm das Genick. Er fing den Wächter auf, bevor er auf den Boden fiel. Vorsichtig und lautlos ließ er ihn auf den Boden gleiten. Es musste absolut geräuschlos passieren, sonst würden die anderen noch auf ihn aufmerksam werden.

Schnell schaute er sich um. Niemand hatte etwas bemerkt, gut. Er glitt an der Hauswand der Baracke entlang und suchte einen ganzen bestimmten Punkt, ein Schwachpunkt des Gebäudes. Allerdings war das bei diesen Baracken nicht einfach. Sie hatten keinen direkten Schwachpunkt. Dafür waren die Häuser zu klein und stabil gebaut. Das hatten sie zwar bedacht, aber es war trotzdem schwierig. Vielleicht wäre es besser, die Türen zu verbarrikadieren, dann konnte er mithilfe einer Brandbombe ein Feuer legen und die Söldner hatten keine Chance, lebend herauszukommen. Es war grausam, aber notwendig. Lieber sie als er und seine Tiere. So viel Nächstenliebe für diese Monster besaß er nicht.

Wenn die beiden anderen in das Lager eindringen und die übrigen Übernatürlichen nach und nach erledigen können, konnte er die Brandsätze noch bei den zwei weiteren Gebäuden ablegen, würden. Das würde zu einer massiven Schwächung ihres Gegners führen, denn die Anzahl von lebendigen Ressourcen wurden so drastisch minimiert. Es durfte kein Einziger überleben, und das war der beste Plan, der in der kurzen Zeit, seit Kelaino und Kolibri zu ihm gestoßen waren, realisierbar war.

Vorsichtig schlich er weiter. Plötzlich hörte er laute Kampfgeräusche. Als er um eine Häuserecke schaute, zuckte er zurück, denn er erkannte das Nacht und Schatten sich gerade um einige Wächter sich kümmerten. Sie hackten mit ihren Schnäbeln nach den Augen und auch ihre Krallen zerkratzten deren Gesichter. Die Männer hatten nicht den Hauch einer Chance. Die Wächter wären ihm sonst gefährlich nahe gekommen, ohne dass er es bemerkt hätte.

Überrascht von diesem Einsatz der beiden Harpyien – aber froh – machte er sich unentdeckt auf den Weg zum nächsten Haus. Als er mithilfe eines kleinen Spiegels, welchen er auf den Boden vor dem letzten Haus gefunden hatte, vorsichtig reinschaute, erkannte er, dass dieses Haus ein Kontrollzentrum sein musste, denn es waren mehrere Karten im gesamten Raum verteilt und es waren Fähnchen darauf gesteckt. Hier waren bestimmt wertvolle Informationen gespeichert, die er noch gebrauchen konnte. Dieses Haus durften sie nur minimal beschädigen.

Allerdings befanden sich darin noch einige Übernatürliche, welche erst mal beiseite geschafft werden mussten. Allein konnte Daniel nicht gegen diese Wesen bestehen, dafür hatte er als Mensch keine besonderen Fähigkeiten wie bei den Übernatürlichen. Bei den letzten Lagern hatte er mehr oder weniger den Überraschungseffekt auf seiner Seite gehabt, doch mit jedem Angriff hat natürlich auch der Drogenring dazu gelernt. Gemeinsam mit Kelaino und Kolibri könnten sie es schaffen. Dabei fiel ihm ein, dass er gerne sehen würde, wie Kelaino kämpfte. Er konnte es sich in seinem Kopf schon richtig vorstellen, wie sie ihre Gegner mit ihrer gefährlichen Eleganz tötete.

Schnell versuchte er diesen äußerst interessanten Gedanken zur Seite zu schieben, bevor er sich festsetzten konnte, aber es war schon zu spät. Jetzt sah er diesen Gedanken wie eine endlose Schleife als Kopfkino vor sich.

Konzentriert ging er mit leisen, achtsamen Schritten zur nächsten Baracke. Diese war wieder randvoll mit Soldaten gefüllt. Also wurde das normale Übernachtungsgebäude jetzt zur Falle umfunktioniert.

Schnell und geräuschlos verbarrikadierte er die Tür und legte die Brandbombe an einer der Wände ab. Jetzt musste er sich schnell wieder verstecken, nicht das noch jemand sah, dass er was abgelegt hatte und die Bomben somit entdeckten. Dann wäre der gesamte Plan zunichtegemacht worden. Sobald die Feuer ausbrachen, konnten Kelaino und Kolibri in das Lager eindringen. Plötzlich legte sich die kalte Klinge einer Machete an seine Kehle. Daniel verharrte augenblicklich still.

„Wen haben wir denn da? Ein kleines Menschlein. Ich dachte, ihr wärt alle ausgestorben", kam die höhnisch kalte Stimme von einem Wächter, der sich hinter ihm angeschlichen hatte.

Daniel versuchte nicht zusammenzuzucken – schließlich wollte er sich nicht selbst seine Kehle aufschneiden – und überlegte, wie er sich befreien konnte. Verdammt, er war zu siegesgewiss gewesen.

„Was soll ich nur mit dir machen? Dich gleich umbringen oder dich langsam im Beisein der anderen zu Tode foltern? Meiner Meinung nach interessanter und spaßiger. Vielleicht bekommen wir sogar raus, wer deine Komplizen sind. Du kannst nicht allein überlebt und all die Angriffe durchgeführt haben. Du bist nur ein einfacher Mensch." Es klang wie eine Beleidigung.

„Ich habe keine Komplizen. Ich bin allein." Daniel durfte Kolibri und Kelaino, geschweige denn seine Vier nicht verraten. Hoffentlich durchschaute der Wächter seine Lüge nicht. Wer wusste schon, was die Übernatürlichen mit ihren verbesserten Sinnen mitbekamen. Darum umging er die Wahrheit mit einer veralteten Wahrheit, welche nun eine Lüge darstellte.

„Blödsinn. Das nehme ich dir nicht ab. Kein Mensch kann die letzten zwei Jahre in einem Regenwald überlebt haben, den wir kontrollieren", unterbrach ihn der Wächter genervt. „Ich werde dich jetzt fesseln. Ich bin schneller und stärker als ihr, langsamen Menschen, also denk nicht mal daran, dich zu wehren. Du würdest mir eher noch einen Gefallen tun."

Damit entfernte er die Klinge, jedoch glaubte Daniel dem Wächter, dass er schneller war. Schon allein, als Daniel nur mit einer Hand zuckte, hielt der Wächter sofort seine Machete wieder in der Angriffsstellung. Das Gleiche passierte auch, als Daniel einen Fuß nach hinten zog. Daher bewegte er sich nicht, sondern überlegte lieber, wie er aus dieser Situation lebend herauskommen konnte.

Plötzlich spürte er einen Schlag von einem weiteren Wächter, der sich lautlos angeschlichen hatte, und fiel nach vorne. Bevor er jedoch schmerzhaft aufprallte, rollte er sich ab. Sofort stand er wieder kampfbereit und sah sich um, wer ihm den Schlag verpasst hatte.

Finster hatte den Wächter lautlos angefallen und hielt nun dessen Kopf zwischen seinen Kiefern. Dann hörte Daniel ein Knacken wie von einer Walnuss. Auf der Stelle erschlaffte der Wächter. Finster hatte dessen Kopf im wahrsten Sinne des Wortes wie eine Nuss geknackt.

Sobald der Wächter tot war, schaute Finster Daniel an und verschwand im angrenzenden Urwald. Faszinierend.

Sofort drehte er sich um und hielt Ausschau, ob jemand die Situation beobachtet hatte. Dem war zum Glück nicht so. Schnell befestigte er noch an den anderen zwei Gebäuden die Bomben. Dabei beobachtete er noch mehr seine Umgebung, um nicht noch einmal böse überrascht zu werden. Dann versteckte er sich hinter einem größeren Strauch, holte die Zünder raus und aktivierte die Bomben. Schon nach wenigen Sekunden begannen an den Baracken die Flammen hochzuschlagen. Daniel konnte die Todes-schreie der Soldaten hören, als sie versuchten, sich aus den ver-barrikadierten Häusern zu befreien. Anscheinend war keiner die-ser Söldner feuerfest, wie er es bei einem seiner vorhergehenden Angriffe miterlebt hatte und damals er keine Ahnung hatte, wie das sein konnte. Ohne eine Gefühlserregung schaute er zu. Für solche Monster waren seine Gefühle spätesten mit dem Flyer ge-storben.

Heraneilende Wächter versuchten die Gefangenen zu befreien, doch es ging zu langsam voran. Daniel gab schließlich das verein-barte Signal: Als alle sich um das Feuer kümmerten, führte er sei-nen Angriff fort. Aus den Augenwinkeln konnte er erkennen, wie eine dunkle Wolke in das Lager flog. Kelaino war gekommen. Kurz darauf war ein goldener Blitz zu sehen. Jetzt ging das Schau-spiel erst richtig los.

Am liebsten hätte Daniel ihr beim Kämpfen zugesehen. Aller-dings musste er sich jetzt um seinen eigenen Anteil an diesem Ge-fecht kümmern. Während Kolibri und Kelaino für Unruhe sorg-ten, machte er sich auf den Weg zurück zum Kontrollzentrum. Er musste sichergehen, dass keine der Informationen verloren ging.

Plötzlich hielt ihn eine Truppe Soldaten auf. Blitzschnell richteten sie ihre Gewehre auf ihn, schossen jedoch noch nicht. Was wollten sie von ihm? Bestimmt brauchten sie irgendwelche Antworten von ihm.

„Stehenbleiben!", befahl einer der Soldaten.

Daniel bewegte sich nicht einen Zentimeter nach vorne. Dann hörte er Fußgetrappel hinter sich. Daniel schaute sich um. Rings um ihm herum hatten sich Soldaten aufgestellt. Er war eingekes-selt. Die Falle war zugeschnappt. Verdammt, wie hatte das nur passieren können?

Vorsichtig legte er seine Machete, welche er kurz vorher aufgehoben hatte, auf den Boden und nahm dabei unbemerkt eine Blendgranate von seinem Gürtel. Als er sich wiederaufrichtete, ließ er sie entsichert auf den Boden fallen, wo sie auf der Stelle explodierte. Vorher schloss er die Augen und griff wieder zu seiner Machete. Dann sprang er zu den Soldaten, welche sich auf den Boden wälzten.

Gnadenlos metzelte er sie nieder. Die einfachste Methode war, ihnen den Kopf abzuschlagen oder einen zügigen Schnitt durch die Eingeweide. So ein Tod war langwierig und äußerst schmerzhaft. Jedoch hatten einige harte Schuppen um ihren Körper, was das Köpfen oder Zerteilen des Bauchbereiches schwierig gestaltete, wenn nicht sogar unmöglich machte.

Die Soldaten hinter ihm, fünf an der Zahl, begannen nun, sich wieder zu erheben. Daniel war in Schwierigkeiten. Er hatte keine Mittel, um die Schuppen bedeckten Soldaten zu töten, denn weder Machete noch Pistole würde helfen. Gegen solche Männer hatte er schon einmal gekämpft. Nur mit Mühe und Not hatte er diesen mit einem Sprengstoffsatz töten können.

Die Soldaten kamen langsam auf ihn zu und kreisten ihn erneut ein. Keiner trug dabei eine Schusswaffe. Nur ihre Hände besaßen Krallen, welche sich kampfbereit ihm entgegenstreckten. Verdammt, die einzige Methode gegen diese Wesen, die ihm noch blieb, war der Nahkampf. Wenn er zumindest eine Lücke in den Reihen des Gegners schlug, dann würde er es vielleicht schaffen zu entkommen. Leider wusste er nicht, welche Fähigkeiten diese Soldaten besaßen. Daniel musste es jedoch versuchen. Er würde nicht kampflos sterben.

Also ging er in Kampfposition. So unscheinbar wie möglich begann er Millimeter für Millimeter, sich zu einem der Soldaten zu bewegen. Diese wurden langsam aber sicher nervös. Das hatten sie damit nicht erwartet, dass er auf sie zukommen würde. Damit erzielte Daniel die Erhöhung des physischen und psychischen

Druckes auf seine Gegner, sodass der Schwächste die Nerven verloren und als Erstes angriff. Das würde dann auch die anderen überraschen. Das hatten ihm seine Lehrer in der Armee beigebracht. Gefühlt wurde es, um ihm totenstill und auch die Zeit schien sich zu verlangsamen. Alles konzentrierte sich auf diesen Augenblick. Daniel hielt den Atem an und baute die Spannung in seinem Körper weiter auf. Seine Körpersprache veränderte sich, was auch eine Änderung bei den Soldaten hervorrief.

Schließlich hielten es die Soldaten nicht mehr aus und griffen ihn gemeinsam an. Sie öffneten dabei ihre Deckung. Innerhalb einer halben Minute konnte Daniel mit hektischen Schlägen von Armen und Beinen drei von den fünf Angreifern zurückwerfen. Das half ihm, sich auf nur zwei Gegner zu konzentrieren.

Die hatten sich von der Überraschung schnell erholt – wahrscheinlich hatte sie nicht mit so einem Gegner gerechnet – und begannen, ihn mit Schlägen zu traktieren, allerdings nun mit einer größeren Vorsicht. Sie hatten dazugelernt. Leider konnte Daniel diese zwei nicht rechtzeitig ausschalten, sodass seine Chance verflog wie ein Blatt im Wind. Die anderen drei erholten sich von seinen Schlägen und kehrten in den Kampf zurück. Schon jetzt fühlte er, wie seine Kräfte erlahmten. Der Schweiß brannte ihm in den Augen und seine Muskeln taten ihm weh. Doch er musste sich zusammenreißen und veränderte seine Taktik. Schließlich musste er nun gegen fünf Soldaten kämpfen, welche nun gemeinsam angriffen. Immer wieder versuchte er sie mit ihren Angriffen gegenseitig auszuknocken. Das schaffte er auch einige Male, bevor er merkte, dass er diesen Kampf nicht mehr lange durchhalten konnte. Schon in diesem Moment spürte er wie seine Schläge langsamer wurden, weswegen er seinen alten Fehler begann und mit mehr Kraft diese versah. Was natürlich zur Folge hatte, dass seine Gegner ein noch einfacheres Spiel hatten mit ihm. Verdammt, jetzt konnte ihm niemand helfen. So eine Übermacht von solchen Wesen hatte er noch nie in seinen vorhergehenden Überfällen gehabt. Daniel war froh, dass er Unterstützung hatte. Allerdings befanden Kelaino und Kolibri sich auf der anderen Seite des Lagers.

Doch auf einmal kam noch mehr Bewegung in den Kampf. Gerade als er einen Soldaten von hinten würgte, sprangen zwei schwarze Flecken sprangen plötzlich zwei Soldaten an und zwei graue stürzten sich vom Himmel aus auf zwei weitere Soldaten. Alle seine Tiere hatten sich todesmutig in den Kampf geworfen. Während Schwarz und Finster auf ihren Hinterpfoten standen, schlugen sie immer wieder mit ihren Vorderpfoten auf ihre Gegner ein und bissen in deren Gesichter. Die Soldaten versuchten sich mit ihren Krallen und Schwertern gegen die Jaguare zu wehren. Doch hatten sie nicht die geringste Chance, gegen zwei Jaguare mit vier tödlichen Krallen besetzten Pfoten und einem mit Raubzähnen gefüllten Maul. Die beiden machten mit nur wenigen kraftvollen Schlägen und Bissen kurzen Prozess.

Alle Soldaten lagen schlussendlich blutüberströmt auf dem Boden, wobei das Blut gelblich aussah. Finster und Schwarz hatten ihre Köpfe zwischen den Kiefern. Dann hörte Daniel nur noch ein schmatzendes Knacken und die Körper erschlafften vollständig. Schließlich wandten sich die beiden Jaguare zu den Soldaten um, welche von den Harpyien in Schach gehalten wurden.

Nacht und Schatten hatten es mit ihren scharfen Krallen nach und nach geschafft, ihnen die Augen auszukratzen und die Gesichter zu zerhacken. Die Soldaten lagen wimmernd auf dem Boden und hielten ihre blutüberströmten Hände vor die zerrissenen Gesichtern. Die Vögel hackten mit ihren Schnäbeln bis in den Schädel rein. Es war ein fürchterlicher langsamer Tod. Andererseits standen diese Soldaten in Verbindung mit einem Drogenring, der Frauen, Männern und Kindern etwas ebenso Unmenschliches angetan hatte. Sein Mitleid hielt sich also in Grenzen. In der Zwischenzeit hatte Daniel den Soldaten getötet und griff einen fassungslos dastehenden Soldaten mit seiner Machete an.

Aus den Augenwinkeln konnte Daniel erkennen, dass die Jaguare zu den Soldaten von den Harpyien rübergesprungen waren und bissen zu. Wieder erklang ein schmatzendes Knacken und die Soldaten waren erledigt.

Sobald er den Soldaten erledigt hatte, stand Daniel wieder auf. Er schaute sich das Werk von den Tieren und ihm an und fühlte stolz über diese Leistung.

Just in diesem Moment schwärmten seine Tiere aus. Hatte er ihnen das alles im letzten Jahr beigebracht? Eigentlich nicht, denn er hatte sie gelehrt, nach Futter zu jagen. Er verstand es nicht, doch er würde bestimmt nicht diesem geschenkten Gaul ins Maul schauen. Daniel war froh, dass er seine vier unterschätzt hatte.

Während er versuchte wieder zu Atem zu kommen, machte er sich auf den Weg zur Kontrollzentrale. Bei der Hälfte des Weges schloss Kelaino zu ihm auf.

„Die eine Hälfte der Soldaten haben wir erledigt und die andere Hälfte wird gerade von Kolibri in Schach gehalten, genauer gesagt getötet. Die Brandbomben waren gut gelegt", erstattete sie ihm Bericht.

„Hmm", sagte Daniel nur, nicht sicher, was er dazu sagen sollte.

„Was wirst du jetzt tun?", fragte sie ihn neugierig.

Wahrscheinlich war sie verwundert, warum er so zielgerichtet auf das Kontrollzentrum zuging.

„In dem Haus, da drüben, befindet sich anscheinend der Kontrollpunkt. Zumindest habe ich beim Hereinschauen einige Karten mit Fähnchen gesehen. Ich hoffe, ich werde Informationen zu weiteren Standorten finden. Allerdings sind noch fünf weitere Soldaten da drin – das ist jedenfalls noch vor wenigen Minuten der Fall gewesen, bevor wir den Überfall gestartet haben. Sie werden sich wahrscheinlich schon bewaffnet haben und auf uns warten. Unser Angriff war nicht gerade lautlos. Wenn wir gleich hereingehen, sollten wir zudem aufpassen, dass wir nicht zu viel zerstören. Ich benötige möglichst viele Informationen, um die noch vorhandenen Stützpunkte zu finden und zu vernichten. Vielleicht finde ich sogar etwas, um die Hauptzentrale von diesem Ring endlich einkreisen zu können."

Kelaino überlegte kurz, bevor sie antwortete: „Okay, verstanden. Ich werde als Erstes hereingehen und du kommst circa zehn Sekunden später. Das sollte genügen, damit ich sie hinreichend geschwächt habe, dass wir sie zusammen erledigen können."

Daniel nickte. Er war neugierig, wie Kelaino es schaffen wollte, die Soldaten so weit zu schwächen, dass sie nur noch eine geringe Gefahr darstellten. Er wollte nicht direkt danach fragen, aber das brauchte er auch nicht. Es sah so aus, als würde er die Antwort darauf jetzt zu sehen bekommen. Daniel war richtig gespannt darauf. Zusammen gingen beide zu der entsprechenden Baracke und blieben vor der Tür stehen.

„Zehn Sekunden, sobald du die Tür geöffnet hast. Ich werde sie nach meiner Wandlung nicht öffnen können, da ich nicht mehr Menschenhänden haben werde", sagte Kelaino.

Dann veränderte sie sich. Kelaino begann sich in ihre bekannte dunkle Wolke einzuhüllen. Seltsamerweise konnte Daniel immer noch genau erkennen, was sich in dieser Wolke befand. Lag das an ihrer besonderen Verbindung? Oder ließ sie ihn ihre wahre Gestalt sehen? Daniel konnte es nicht sagen. Denn als er jetzt genauer hinschaute, erkannte er wie sehr sie unglaublich veränderte hatte.

Sie stand immer noch auf zwei Beinen, doch hatten diese sich um einiges verlängert und sahen nun wie überdimensionierte schwarze Vogelbeine aus. An den Füßen befanden sich scharfe

Krallen von derselben Farbe, die so lang wie Daniels Hand war. Ihr gesamter Oberkörper war mit tiefschwarzen Federn bedeckt, welche das Licht regelrecht aufsaugten und nur Dunkelheit übrigließen, wie dieses Vantablack, mit dem einmal ein BMW lackiert wurden war. Man hatte nichts außer schwarz erkennen können. Kein Licht hatte sich darin gespiegelt. Aus ihren Armen waren große lange Flügel geworden, welche mit gleichartigen Federn bedeckt waren. An deren Enden befanden sich wiederum scharfe Krallen, welche Daniel an urzeitliche Vögel erinnerten. Es waren tödliche Instrumente für den Kampf. Sie war das faszinierendste und gefährlichste Geschöpf, was er je gesehen hatte. Denn wie konnte so eine Gestalt, welche normalerweise der Alptraum in Person war, für ihn so anmutig erscheinen. Alles an ihr war im Einklang miteinander. Nichts sah fehl am Platz aus.

Das Einzige, was unverändert war, war ihr Kopf, nur dass dieser sich jetzt weitaus höher befand.

„Du bist bemerkenswert mit deiner Verwandlung", hörte er sich sagen.

Überrascht zuckte Kelaino zurück. Anscheinend hatte das noch nie jemand zu ihr gesagt – das stand ihr ins Gesicht geschrieben. Nach einem kurzen Augenblick besann sie sich wieder auf ihre bevorstehende Aufgabe.

„Öffne die Tür", befahl sie ihm.

Augenblicklich drückte Daniel die Klinke runter und blieb dabei hockend in der Deckung. Schließlich wollte er nicht, dass jemand ihn wegen einer Unachtsamkeit erschoss. Nur Kelaino in ihrer gesamten herrlichen Dunkelheit stand mitten im Sonnenlicht vor dem Eingang. Die Antwort auf das Öffnen der Tür ließ nicht lange auf sich warten: Nur den Bruchteil einer Sekunde später begannen die Maschinengewehre der Söldner zu rattern.

Doch die Kugel durchschlugen Kelaino nicht. Es schien, als würden sie von ihr aufgesogen werden, denn Daniel konnte zwar die

Wellen des Aufschlages auf ihrer Haut erkennen, aber keine Eindringlöcher oder Blut, welches herunterfloss. Unbeeindruckt schritt Kelaino in die Baracke und Daniel begann, in seinem Kopf die verabredeten zehn Sekunden abzuzählen. Sobald die Zeit um war, blickte er vorsichtig um die Ecke.

Alle fünf Soldaten hingen zappelnd in der Luft, um ihre Hälse schlang sich jeweils eine Ranke von Kelainos Dunkelheit, dabei wimmerten sie wie kleine Kinder. Für Schreie fehlte ihnen die Luft. Anscheinend hatte keiner von ihnen so etwas schon erlebt, und nach dem heutigen Tag würden sie es auch nie wieder erleben. Bevor Daniel zu den Soldaten hingingen, blickte er zu Kelaino hin. Ihr Gesicht war sehr angespannt. Ein einzelner Schweißtropfen rann ihre Schläfe herunter. Lange würde sie also das nicht durchhalten. Schnell ging Daniel zu jedem hin und stach ihnen mit seiner Machete in ihre Herzen, bevor er sie vorsichtshalber enthauptete. Danach sanken die Leichen auf den Boden. Daniel schaute sich um. Nichts anderes war in diesen Raum zu Schaden gekommen. Ein Glück! So waren, zumindest auf den ersten Blick, keine Informationen verloren gegangen.

„Das war atemberaubend!", rief er aufgeregt.

„Ähm, danke, später", erwiderte Kelaino zurückhaltend.

Bestätigend nickte Daniel. Er freute sich schon darauf. Bestimmt war es spannend, zu hören, was sie erzählen würde. Jetzt schaute er sich erst mal in der Baracke um. Die herumliegenden Karten waren zum Glück brauchbar. Keiner hatte sie verbrannt oder Wasser oder andere Flüssigkeiten über sie geschüttet. Mit äußerster Vorsicht rollte und faltete er sie zusammen und steckte sie in einen Rucksack, der in einer Ecke stand. Dann begann er die Schubläden der Tische zu durchwühlen. In vielen war nur das übliche Büromaterial, jedoch fand er ein paar Bücher, die die Logistik von diesem Lager mit anderen Stützpunkten aufzeigte. Weiterhin befand sich ein schwarzer Beutel mit Edelsteinen in einer

Schublade. Beides packte Daniel in den Rucksack, vielleicht hatten sie etwas zu bedeuten. Währenddessen hatte auch Kelaino begonnen, die Baracke zu durchwühlen.

„Hast du noch etwas gefunden?", fragte er sie daher. Er wollte nichts übersehen. Noch einmal würden sie nicht die Chance haben, hierherzukommen.

„Ich habe noch ein Logistikbuch gefunden. Ansonsten nur einige handgeschriebene Papiere über irgendwelche Transporte von Materialien. Weiter nichts."

„Dann lass uns das noch einpacken. Nichts darf übrig bleiben. Keiner darf wissen, dass wir hier waren und Informationen und Daten mitgenommen haben. Dieses gesamte Lager muss den Erdboden gleich gemacht werden. Wir müssen diesen Ort zerstören. Wenn jemand die Überreste von unserem Kampf entdeckt, könnte er oder sie Rückschlüsse auf unsere Kampfkraft ziehen. Daher sollten wir am besten einen Krater hinterlassen. Somit kommen keine Informationen in falsche Hände geraten."

Während Kelaino den Rest einpackte, suchte Daniel nach einem guten Punkt im Raum, wo er das Feuer legen könnte. Schließlich hatte er ihn, direkt an einem Seiteneingang des Gebäudes, wo der Wind in das Haus rein blies, gefunden und legte die Brandbombe. Dann scheuchte er Kelaino raus, bevor er die Bombe schließlich scharf stellte und sich beeilte, aus dem Haus herauszukommen. Nach einer Minute hörte er die Explosion, der Knall war lauter als Daniel gedacht hatte, und schon kurze Zeit darauf schlugen die Flammen höher. Schwarze Wolken stiegen in den Himmel hoch und verdunkelten die Sonne. Es war getan. Das Lager war nicht mehr. Die Tierwelt kreischte aufgeregt und beruhigten sich auch nach einer Weile nicht mehr.

Draußen warteten schon seine Tiere und Kelaino und auch der Kolibri war gekommen. Mit einem Seufzer sackten Daniels Schultern herunter. Erst jetzt wurde ihm bewusst, wie erleichtert er

war. Wieder ein Stützpunkt weniger. Er schaute lächelnd zu seinen vier Wilden herunter, als diese plötzlich begannen zu zittern,
bevor sie umfielen.

5. Kapitel: Oktober, Jahr 2 nach der Menschheit

In dem Gefühl, alles neu zu beginnen, fass einen neuen Rhythmus und entdecke so den Weg zum Sieg. - Das Buch des Feuers, Miyamoto Musashi

Die Welt stand still. Der Wind schien sich gelegt zu haben und kein Laut war zu hören. Daniel wusste nicht, wie er es geschafft hatte, dass diese Tiere so treu und loyal zu ihm waren. Doch er musste alles in seinen Möglichkeiten tun, um sie am Leben zu erhalten. Doch er wusste nicht, was ihnen fehlte.

Beim Abtasten ihrer Körper entdeckte er die Ursache. In jedem der Tiere steckte ein Pfeil wie von einem Blasrohr der Ureinwohner, der von den Jaguaren war sogar größer als der von den Vögeln. Jeden einzelnen hatte er herausgezogen und hielt seine Zunge darüber. Er erkannte das Gift – Batrachotoxin. Dasselbe Gift, was auch die Eltern der Vier getötet hatte. Doch das Gegengift gab es hier nicht, sondern viel weiter entfernt. So schnell würden sie nicht drankommen, was somit den Tod für seine Tiere bedeutete.

„Was ist passiert?", fragten Kolibri und Kelaino zeitgleich. Sie standen hilflos neben ihm.

„In wenigen Minuten werden sie nicht mehr da sein." Daniel war am Boden zerstört. Erst in diesem Augenblick bemerkte er, wie viel Schweiß und Mühe er in die vier gesteckt hatte. Innerhalb von einem Jahr hatten sie sich in sein Herz gegraben und jetzt nahm jemand sie ihm einfach weg. Keinem Tier sollte jemals so etwas zustoßen und ausgerechnet seinen Vieren passierte es.

„Wie können wir helfen?", fragten beide synchron.

„Ich glaube nicht, dass es in eurer Macht ist, ihnen zu helfen. Es ist Batrachotoxin, das tödlichste Gift der Welt überhaupt." Daniel begann zu weinen. Sein Herz brach auseinander. „Es gibt nur ein Gegenmittel und das ist das Gift des Kugelfisches. Dieses Gift blockiert die Nervenenden, wodurch Batrachotoxin nicht weiter in den Körper getragen wird. Wenn sie danach die ersten 24 Stunden überstanden, wären die Chancen gut, dass sie überleben, aber wir haben dieses Gift nicht hier. Wir sind am Arsch der Welt. Hier gibt es nur verdammte Bäume. Ich werde sie verlieren. Oh mein Gott!" Daniel tastete wild an den Vieren herum. Seine Augen brannte von den unterdrückten Tränen und sein Herz klopfte in einem angstvollen Stakkato.

Auf einmal kam Bewegung in die beiden anderen, was Daniel zuerst nicht beachtete, da er sich über die noch warmen Körper seiner Tiere beugte.

„Kelaino wird dir das Gift besorgen. Sie ist so schnell wie der Wind. In der Zwischenzeit werde ich mit deiner Hilfe alle vier am Leben erhalten. Es ist riskant und kann auch dir gefährlich werden. Willst du es trotzdem probieren? ", fragte ihn Kolibri, während er sich runterbeugte.

Daniel sah durch Tränen auf. Konnten diese beiden ihm wirklich helfen? Daniel nickte nur. Konnte er das hoffen? Es musste so sein, da seine vier überleben um jeden Preis sollten.

Schnell legte Kolibri die beiden Harpyien an die Köpfe der beiden Jaguare.

„Beeilung, Daniel. Berühre alle vier mit deinen Händen, vielleicht auch Füßen. Du darfst zu keinem Zeitpunkt in den nächsten Stunden den direkten Hautkontakt zu ihnen verlieren. Sobald du den Kontakt verlierst, sterben sie innerhalb weniger Sekunden. Direkt vor deinen Augen", forderte Kolibri eindringlich.

Daniel berührte hastig mit ausgestreckten Fingern alle vier an ihren Köpfen, dann spürte er auf einmal den warmen Druck von Kolibris Hand in seinen Nacken. Das löste ein seltsames Gefühl aus. Es war als wäre sein Körper eingeschlafen und plötzlich wieder aufgewacht. Das Kribbeln war fast schmerzhaft. Einerseits hatte ihn Kolibri bisher nicht ein einziges Mal berührt, andererseits war es ein Kontakt, als ob seine Lebenskraft aus ihm heraus in die Tiere reingepresst wurde – wie bei einer Zitrone, wo man den Saft herauspresste.

Schon nach wenigen Minuten wusste Daniel, es würde eine sehr schwierige Zeit werden, bis Kelaino zurückkommen würde, eine Zeit, die ihm alles abverlangen würde. Mit jedem Augenblick würde es schwerer werden, doch würde er nicht aufgeben. Schon in seiner Zeit als Soldat hatte er gelernt, nie aufzugeben. Für diese Tiere würde er nicht aufhören.

Kelaino flog schneller als je zuvor durch den Himmel in Richtung des Amazonas. Dort sollten die meisten Fische der Welt leben, nur dass die sehr scheu waren. Es würde schwierig werden, sie zu fangen. Sie musste so schnell wie möglich viele Kugelfische fangen. Sie wusste nicht, wie viele sie brauchte, doch die Zeit drängte. Jetzt ärgerte sie sich, dass sie in der Eile nicht nachgefragt hatte. Doch es war alles so schnell gegangen, dass ihr die Zeit einfach gefehlt hatte.

Auf eine seltsame Art und Weise waren ihr die vier Tiere von Daniel in den letzten Tagen wichtig geworden -besonders die Vögel. So spürte sie auch jetzt, wie sie den Vieren am liebsten alles von ihr gegeben hätte, nur damit sie überleben würden. Ihre gesamte Lebenskraft, wenn es denn sein musste.

Der Urwald wurde immer dichter und die Flüsse wurden zahlreicher. Sie landete in einem der zahlreichen Nebenflüsse und begann, vorsichtig in dem dichten Laubwerk nach Kugelfischen zu suchen. Dabei stand sie in dem flachen Wasser am Ufer und bewegte mit ihren Händen vorsichtig die Wasserpflanzen hin und her, um keine Fische aufzuscheuchen.

Nachdem sie mehrere Minuten verschwendet hatte, fand sie schließlich in einen kleinen Seitenarm des Flusses mehrere Assel-Kugelfische. Sie waren mit dicken gelb-braunen Streifen bedeckt, sodass Kelaino sie fast übersehen hätte. Sobald sie die Fische aus dem Wasser holte, starben sie innerhalb weniger Sekunden. Hoffentlich blieb das Gift erhalten. Vorsichtig legte sie die Tiere in eine Tasche, welche sie sich geistesgegenwärtig von Daniel geborgt hatte, als er sich um seine Tiere kümmerte. Als sie ein paar zusammen hatte, flog sie mit Höchstgeschwindigkeit zurück zu Daniel und Kolibri. Die Zeit rannte ihr wie Sand zwischen den Fingern durch.

Trotzdem benötigte sie fast zehn Stunden hin und zurück, als sie schließlich wieder ankam. Kaum war sie gelandet, schaute sie zu der kleinen Gruppe. Das Bild, was sich ihr bot, war erschreckend. Alle vier Tiere lebten zwar noch, was in der minimalen Atembewegung ihrer Brustkörbe zu sehen war. Jedoch war Daniel zusammengesunken und um einiges abgemagert. Seine vorher so ausgeprägten Muskeln waren eingefallen. Seine Lebenskraft war fast am Ende, denn seine Haut war nicht mehr braun gebrannt, sondern so blass wie bei einem Glas Milch. Der Schweiß lief ihm um das plötzlich sehr hagere Gesicht mit den eingesunkenen Augen. Die Augen schauten nicht mehr strahlend in die Gegend, sondern waren getrübt und blass. Seine Hände hielt er krampfhaft auf den Köpfen der Tiere. Er zitterte am ganzen Körper, doch er hielt den Kontakt. Kelaino vermutete, dass das sehr schmerzhaft für ihn sein musste.

Nicht nur er war dem Ende nahe, auch Kolibri war hinter ihm zusammengesunken. Die vormals goldene Haut war so blass wie ein bedeckter Himmel geworden, seine sonst bunten Federn am Kopf aschgrau. Er sah wie der alte gebrechliche Mann aus, den er bei ihrer ersten Begegnung gemimt hatte. Seine Hand hatte sich um Daniels Nacken krampfhaft zusammengezogen.

Anscheinend hatte Kolibri seine Macht nicht nur genutzt, um Daniels Lebenskraft auf die Tiere zu übertragen, sondern auch eine gehörige Position seiner eigenen Lebenskraft. Als Mensch besaß Daniel wahrscheinlich nicht genug Lebenskraft, um die Tiere allein retten zu können.

Was das für den sterblichen Menschen und die halb toten Tiere bedeutete, konnte sie nicht sagen. Übertragungen der Lebenskraft hatten immer Nebenwirkungen. Die äußerten sich immer anders. Das Ergebnis konnte schrecklich sein.

Augenblicklich setzte sie sich neben die Gruppe und holte die Fische aus ihrer Tasche. Schnell verwandelte sie eine Hand in Krallen und nahm mit geübten Griffen die Kugelfische auseinander, bis sie zur giftigen Galle vorgestoßen war. Zumindest ihre Krallenfertigkeit bewies sich mal wieder als nützlich.

Jetzt wurde es schwierig. Sie wusste nicht, wie viel Gift sie jeweils benötigten, um den Tod der vier Tiere zu verhindern. Schließlich brauchten die Vögel wegen ihrer Körpergröße weniger als die Jaguare. Die Antwort kam in einem geflüsterten kraftlosen Ton von Daniel.

„Das Gift hat sich bereits durch einen großen Teil um die Bereiche der Eintrittswunden gefressen. Du musst mit kleinen Einstichen das Gift der Galle in geringen Mengen in diesen Bereichen einführen. Zu große Mengen würden sie auch töten. In meiner Ausbildung wurde im Überlebenstraining in der freien Wildbahn alles über Gifte und Gegengifte beigebracht. Sei bitte vorsichtig. Ich kann sie nicht verlieren. Das werde ich nicht überstehen."

Kelaino nickte. Sie hatte verstanden. Sie zog ein schmales Messer aus den Seitentaschen von Daniel und begann, zuerst alle Bereiche um die Wunden mit kleinen Einschnitten zu öffnen. Dann nahm sie mithilfe einer dünnen Nadel, die sich in der Tasche bei Daniel gefunden hatte, kleine Tropfen Blut und Lebergemisch, um sie schließlich vorsichtig in die kleinen Schnittwunden einzuträufeln.

Sie wusste nicht, ob es helfen würde. Sie musste auf das Beste hoffen. Nachdem sie bei allen Vier diese Prozedur vorgenommen hatte, lehnte sie sich erschöpft zurück. Jetzt war Abwarten angesagt.

In den nächsten fünf Stunden tat sich nicht viel, nur die Atmung der Tiere wurde langsam kräftiger, doch lagen sie immer noch reglos auf dem Boden.

Dann kam Bewegung ins Spiel. Als Erstes rührten sich die Harpyien. Ihre Flügel und Füße begannen zu zucken, bevor sie sich langsam aufrichteten. Ihre Augen schauten hin und her, während die Flügel leicht zuckten. Sie schienen verwirrt zu sein. Schließlich sprangen die Vögel an die Seite von Kelaino. Sie schoben ihre Köpfe in ihre blutverschmierten Hände und rieben sich an ihr. Kelaino konnte nicht anders, als beide in ihre Dunkelheit einzuhüllen, sie somit vor der grausamen Welt zu schützen, falls die beiden Jaguare nicht wieder aufwachen sollten.

Kelaino schaute wieder auf und hoffte, dass es die Wirkung rasch einsetzte. Schon bei den ersten Zuckungen der Harpyien war die Hand von Daniel kraftlos auf die Jaguare gerutscht. Bei diesen dauerte es noch länger, bis die ersten Kontraktionen der Muskeln kamen. Zuerst zuckte nur der Schwanz, anschließend begannen die Pfoten sich zu bewegen. Erst am Ende öffneten sie die Augen. In diesem Moment atmete Kelaino erleichtert auf. Jetzt würde alles gut werden – zumindest war das ihre Hoffnung.

Dankbar schloss sie ihre Augen und hob den Kopf in Richtung des Himmels. Das Leben hatte wieder einmal über den Tod gesiegt.

Daniel spürte, wie ihn etwas an der Schulter anstupste. Doch war er so erschöpft und in seine Körperhaltung versteift, dass er sich nicht rühren und den Störenfried wegschieben konnte. Er musste doch noch immer seine Tiere retten. Nur vereinzelte Geräusche des Waldes, Schrei von einem Affen, das Brüllen eines wilden Jaguars und das Zwitschern der Vögel, waren zu hören. Es war dunkel um ihn herum. Erst mit einiger Verspätung stellte er fest, dass seine Augen geschlossen waren.

Oh Scheiße! Plötzlich fuhr er zusammen. Schwarz! Finster! Nacht! Schatten! *Seine Tiere!* Was war mit ihnen passiert? Er hatte den Kontakt verloren. Sie würden jetzt sterben. Daniel versuchte sich aufzusetzen, doch seine kraftlosen Arme knickten unter ihm weg und er fiel schmerzvoll zurück auf den Boden.

Durch den Schock konnte er die Augen öffnen – und was er sah, konnte er im ersten Moment nicht glauben, aber dann erfüllte es ihn mit unsagbarer Freude. Alle vier lebten und hatten sich um ihn herum versammelt. Sie waren es gewesen, die ihn immer wieder angestupst haben. Tränen des Glücks liefen ihm die Wangen herunter. Der Kampf ums Überleben der Tiere war erfolgreich gewesen. Sie lebten, und das war das Wichtigste für ihn.

Die vier Tiere kamen zu ihm und strichen mit ihren Köpfen an ihm entlang. Sie bezeugten ihre Zuneigung und ihrer Loyalität, ihn wiederzusehen, bis er durch ihren Übermut auf den Boden fiel. Daniel musste laut loslachen und breitete seine Arme um sie aus.

Nach einer Weile schaute er sich um und konnte erkennen, dass Kelaino und Kolibri neben ihm saßen. Beide sahen erschöpft aus.

„Wie geht es euch?", fragte Daniel mit dünner Stimme. Dabei erschrak er vor sich selbst. So schwach hatte er noch nie geklungen.

„Es wird langsam besser. Du warst fast drei Stunden außer Gefecht gesetzt. In der Zwischenzeit konnten wir uns ein wenig erholen. Wir haben nur noch darauf gewartet, dass du wieder aufwachst, bevor wir uns auf den Weg zurück machen", antwortete Kelaino. Auch ihre Stimme war nicht die kräftigste. Der Weg zum Amazonas war nicht spurlos an ihr vorbeigegangen.

„Ich kann nicht versprechen, dass ich es bis dort durchhalten werde", gab Daniel zu. „Ich kann mich kaum auf meine Arme aufstützen."

„Wir können dich abwechselnd tragen und Pausen machen, wenn es nicht mehr geht. Trotzdem wird es ein langer Rückweg werden, den wir lieber sofort antreten. Wir waren schon zu lange hier und werden wahrscheinlich noch einen ganzen Tag, wenn nicht sogar länger unterwegs sein."

Kelaino quälte sich hoch und auch Kolibri stellte sich auf. Beide hielten ihre Hände in seine Richtung. Sobald er diese ergriff, zogen sie ihn kraftvoll hoch. Sie mussten ihn einen Moment halten, da er ansonsten umgefallen wäre. Daniel benötigte eine geschlagene Minute, um sich an das Stehen zu gewöhnen. Als Erstes klemmte Kolibri seinen Arm unter Daniels Schulter. Langsam verließen sie so die noch rauchenden Ruinen des zerstörten Lagers.

Daniel war froh, diesen Ort zu verlassen. Zu viele grausame Dinge waren hier geschehen, die nie hätten passieren dürfen. Etwas hatte sich gewandelt. Sein Lebensweg hatte sich verändert wie ein Wind, der sich gedreht hatte.

Mit einem Arm fegte er den Schreibtisch leer und brüllte vor Wut auf. Er hatte schon wieder ein Lager verloren und diesmal war es sogar eine der Kommandozentralen gewesen.

„Wie konnte das passieren? Ich dachte, wir hätten die Lager mittlerweile hinreichend abgesichert!", brüllte er den Überbringer der schlechten Nachrichten an. „Ihr hattet sogar den Befehl, eine Falle in allen noch verbliebenen Lagern vorzubereiten, verdammt noch mal."

„Wir hatten auch alles abgesichert und befehlsgemäß die Falle aufgestellt und uns vorbereitet. Doch dann brachen in dem Lager mehrere Feuer aus. Es ging alles so schnell", kam die angstvolle Antwort. „Auf einmal waren da ein Schatten und ein goldener Blitz und haben alle Soldaten niedergemetzelt. Später habe ich noch einen Menschen gesehen. Er hatte diese seltsamen Tiere dabeigehabt. So was habe ich noch nie gesehen! Es war wie ein Alptraum."

„Und du hast dich versteckt wie ein erbärmlicher kleiner Feigling?", schnurrte der Anführer süßlich. Solche sprunghaften Wechsel waren immer gefährlich. Da mussten die anderen um einiges mehr aufpassen. Denn er liebte es, mit der Ruhe vor dem Sturm zu spielen.

„Ne … nein. Ich habe die Tiere mit einem Blasrohr mit Batrachotoxin vergiftet. Sie dürften inzwischen keine Bedrohung mehr darstellen. Somit sind nur noch der Mensch und dieser seltsame Schatten und Blitz übrig."

„Und dann bist du einfach so zu mir gekommen? Was erhoffst du dir von mir, weil du ein paar Tiere erledigt hast? Einen Orden? Eine Beförderung?"

„Ich wollte Ihnen nur von dieser Gruppe mit dem schwachen Menschen erzählen, Sie sind durch mich entscheidend geschwächt. Sie können uns nicht mehr so einfach angreifen." Dem Soldaten lief der Angstschweiß über den Rücken. „Die Lager können nun gewiss verteidigt werden."

„Hm, das reicht mir nicht. Dafür, dass du nicht mit deinen Kameraden gestorben bist, musst du bestraft werden. Ich hasse Feiglinge. Aber ich werde mir nicht selbst die Hände an dir schmutzig machen, schließlich hast du mir ein paar Informationen gebracht." Sachte legte der Anführer seine Hand auf die Wange des Soldaten. Dieser zuckte zusammen und begann zu zittern. „Ich werde dich meiner rechten Hand übergeben. Sie hatte lange nichts mehr zum Spielen gehabt."

„Nein, Boss, bitte nicht. Es tut mir leid. Ich werde alles tun, was Sie wollen, aber geben Sie mich bitte nicht zu *ihr!*", schrie der Soldat. Diese Bestrafung war weitaus schlimmer, als hätte der Boss ihn getötet.

Doch es war zu spät. Die Wachen hatten den Soldaten unter die Arme gegriffen und zogen ihn rücksichtslos raus. Das Heulen hörte erst auf, als die Tür sich von selbst hinter ihnen schloss und er wieder allein war. Er fragte sich, wie ein mickriger Mensch den Zauber hatte überleben können. Die ganze verdammte Welt sollte endlich menschenfrei sein.

Der Regen prasselte in einem schnellen Stakkato auf das Dach des Baumhauses. Daniel lag auf seinem Bett und musste sich von dem Transfer seiner Lebenskraft auf seine Tiere sowie der anschließenden Wanderung zurück zu seinem Baumhaus erholen. Kelaino und Kolibri hatten sich schon komplett erholt – typisch für Übernatürliche – und saßen über den Karten und Büchern. Sie lasen sie laut vor, sodass Daniel mithören und wenn nötig mitdiskutieren konnte. Schließlich war es seine Mission.

Was in den vergangenen fünf Tagen passiert war, hatte dazu geführt, dass Kolibri und Kelaino nicht mehr nur danebenstehen konnten. Nach dem Attentat auf die Tiere und den Flyern wollten sie aktiv gegen diesen Ring angehen.

Während Kolibri und Kelaino mit Daniel über das Kartenmaterial debattierten, lagen und saßen die Tiere auf ihrem Ast draußen und ließen es sich gut gehen. Die Vergiftung und der Weg zurück war für sie sehr anstrengend gewesen, aber jetzt ging es ihnen besser. Sie hatten auch schon wieder gefressen. Die Kraft kehrte zurück. In wenigen Tagen wurden sie wieder fit sein.

Mit einem Mal stützte Daniel sich stöhnend auf und quälte sich vorsichtig zum Tisch. Schnell holte Kolibri ihm einen Stuhl und Daniel ließ sich schwerfällig darauf nieder. Sein Blick glitt über die Karten. Dann zeigte er auf mehrere Orte, welche schon durch-gestrichen waren.

„Diese habe ich vor zwei Jahren bis letztes Jahr alle nach und nach ausgeschaltet. Somit bleiben nur noch hoffentlich wenige Stücke. Hoffentlich ist die Hauptzentrale dabei", meinte er.

„Schauen wir mal. Lass uns lesen, was in den Logistikbüchern steht. Da gibt es bestimmt ein paar Hinweise über die Transport-wege. Aber zuerst eine andere Frage, die mich brennende interes-siert. Was ist eigentlich in diesem Beutel?", fragte Kelaino.

Sie beugte sich neugierig neben Daniel über den Tisch. Dabei stieg ihm ihr Geruch in die Nase und er musste an sich halten, um bei der Sache zu bleiben. Sie hatte etwas Rauchiges an sich, was an-genehm in seiner Nase kitzelte.

Daniel holte die zwei kleinen Steinkugeln raus. Sie waren nur schwerere Murmeln. Eine war ein grüner Stein mit gelben und orangen Streifen. Sobald Daniel sie in der Hand hatte, fühlte er, wie seine Energie mit einem Schub zurückkehrte, als hätte er eine Dosis LSD abbekommen. Einen Moment lang stutzte Daniel, dann zuckte er innerlich mit den Schultern. Es war seltsam, aber er konnte damit leben. Schließlich war die Welt irrsinnig genug. Und er brauchte Energie, um den restlichen Drogenring auszuheben. Trotzdem schaute er auf die Steine. Was wollten die Leute in die-sen Lagern mit simplen Steinen? Die gab es doch haufenweise. Aber etwas an ihnen war ihm vertraut vorgekommen, als würden sie zu ihm sprechen.

„Wisst ihr, was das ist?", fragte er neugierig.

„Es ist ein Heliotrop. Er steht für die Krieger unter dem Einfluss des Mars. Es soll die Kämpfer unterstützen. So einen Stein habe ich lange nicht mehr in der Hand eines Menschen gesehen", ant-wortete Kolibri nachdenklich. „Behalte ihn am besten immer möglichst nahe bei dir. Wie sieht der andere Stein aus?"

Daniel holte ihn raus. Es war ein grauweißer, gelblich-roter Stein. Er hielt ihn prüfend vor seine Augen. Bei diesem wusste er nicht direkt, was er sich denken sollte. Der Stein war merkwürdigerweise ... anders. Kolibri griff vorsichtig nach der Kugel.

„Das ist ein Zeolithe. Seltsam, eigentlich passt er nicht gut zu einem Heliotrop. Er steht für die Harmonie und den Zusammenhalt in einer Gruppe. Hm, vielleicht solltest du ihn trotzdem behalten. Du weißt nicht, was noch auf dich und deine Familie zukommt. Eventuell wirst du ihn noch brauchen."

„Warum soll ich eigentlich die Steine behalten? Kann sie nicht jemand anderes gebrauchen?", fragte Daniel verständnislos. Er war doch ein starker sehr ausgebildeter Kämpfer.

„Sie bilden eine direkte Verbindung zur Erde und fördern unterschiedliche Eigenschaften. Zusammen ergeben sie eine kraftvolle Steigerung der Fähigkeiten und Fertigkeiten der Menschen. Manch einer würde das eher beschreiben als Zugabe von Energie. Zumindest konnten wir solche Steigerungen von Talenten ab und zu sehen. Meistens jedoch, wenn der Träger selbst daran glaubte. Als die Menschen noch gelebt haben, wurde das als Esoterik abgestempelt und die meisten haben es als Humbug bezeichnet."

Daniel murmelte vor sich hin. Ein wenig verstand er es, was Kolibri ihm erzählte. Er hatte eine starke Veränderung gespürt, als er den ersten Stein berührt hatte. Aber sollte er das glauben? Zumindest wurde es nicht schaden, die Steine bei sich zu haben. Vielleicht konnte er sie notfalls als Wurfgeschosse verwenden?

Er nahm den Lederbeutel und steckte die Steine wieder hinein. Danach band er ein dünnes Band herum und hängte es sich um den Hals.

Daniel richtete sich wieder auf. Jetzt musste der Fokus wieder auf seiner Mission liegen, die Zerschlagung des Ringes. Sie hatten jetzt wenigstens einige Ziele, die sie angreifen konnten. Er drehte sich vorsichtig um und stand auf.

Daniel stellte sich an sein Fenster und schaute zu, wie der monsunartige Regen fiel. An einigen Stellen konnte er sogar einen Regenbogen sehen. Wann hatte er vergessen, was es für schöne Dinge des Lebens und der Natur gab? Er schaute zu seinen Vieren, wie sie ganz entspannt in den Ästen hockten. Sie schienen immer noch entkräftet zu schlafen, da alle ihre Augen geschlossen hatten.

Vorsichtig kletterte Daniel aus dem Fenster auf den Ast. Als er es sich jedoch darauf direkt neben ihnen gemütlich machte, erwachten sie, krochen zu ihm und legten sich erschöpft neben ihn oder setzten sich auf seine Schultern. Daraufhin schienen sie abermals einzuschlafen.

Überrascht schaute Daniel auf. Der Regen lief sein Gesicht herunter. Was für ein reines Gefühl das war! Als er den Kopf zu seinem Baumhaus drehte, sah er, wie Kelaino am Fenster stand und lächelnd zu ihm hinschaute. Ihr Gesicht war friedlich und sanft. Sie nickte ihm zu. Anscheinend wollte sie über ihn wachen, während er bei seinen Tieren blieb. Sie brauchten sich gegenseitig wie eine Familie, um den Schrecken der vergangenen Tage zu überwinden.

Sie wussten nicht, was mit ihnen passierte. Ihre Muskeln schienen auseinanderzureißen und jeder einzelne Knochen brach. Sie konnten das Knacken richtig hören. Ihre Zähne schmerzten und fielen aus. Neue Zähne wuchsen direkt darunter nach. Sie wollten schreien, aber kein einziger Laut kam aus ihren Mäulern. Sie wussten nicht, was sie machen sollten, um diesen Höllenschmerzen zu entkommen.

Plötzlich fiel ihnen ihr Fell ab. Jetzt waren sie nackt und es war so kalt, wie noch nie in ihren Leben. Sie krümmten sich in der Hoffnung, dass diese Veränderungen und diese Schmerzen bald vorbei waren. Sie brauchten doch ihre ursprüngliche Form, um ihre Familie zu schützen.

Daniel wachte auf, weil sich etwas verändert hatte: Der Regen hatte aufgehört und Dampf stieg vom Erdboden auf, allerdings war es nicht das gewesen, was ihn geweckt hatte. Während er noch versuchte seine Gedanken zu ordnen und sich über die vergangenen Tage klar zu werden, streckte er eine Hand aus und streichelte einen seiner Jaguare.

Sofort zuckte er zurück. Seine Hand hatte nackte Haut berührt, statt des weichen Fells, das er erwartet hatte. Ruckartig drehte er seinen Kopf. Um ihn herum lagen vier nackte Menschen, zwei Männer und zwei Frauen. Deren Körper hatten sich regelrecht um Daniel herumgewickelt. Ihre Gesichter waren schmerzverzerrt und die Körper zur Fötushaltung zusammengekrümmt.

„Kelaino!", rief Daniel leise. „Kolibri! Kommt her! Schnell!"

Er hörte ein lautes Poltern im Baumhaus. Zeitgleich begannen die zwei Männer und Frauen sich zu bewegen. Daniel schaute überrascht dabei zu, wie ungelenkig diese Vier versuchten sich aufzusetzen und dabei nicht von dem Ast zu fallen. Es sah aus, als würden sie ihre eigenen Körper nicht kennen. Etwas skurril.

„Hä, was geht denn hier ab?", hörte er die erstaunte Stimme von Kelaino. Sie stand gemeinsam mit Kolibri am Fenster. Beide hatten ihre Augen und Münder weit aufgerissen.

„Ich habe keeinee Ahnung!", antwortete Daniel gedehnt.

Er schaute sich die Männer und Frauen genauer an. Sie waren alle die Mitte zwanzig und hatten lange schwarze Haare. Ihre Augen waren gelb, doch war das Gelb unterschiedlich stark ausgeprägt. Ihre Gesichter unterschieden sich voneinander und doch konnte

Daniel erkennen, dass es Schwestern und Brüder waren. Eine Familie. Aber woher kamen sie? Und wo waren seine vier Tiere? Oder – die Idee war eigentlich zu seltsam – waren diese vier Menschen seine Vier? Nein, das konnte nicht wirklich sein. Und doch befanden sie sich vor ihm.

Eine knappe Minute später standen alle auf dem Ast und schauten an sich herab, als hätten sie noch nie einen nackten menschlichen Körper gesehen, nicht einmal ihren eigenen. Danach hoben sie die Köpfe und sahen sich gegenseitig in die Augen. Ihre Gesichter hatten einen ungläubigen Ausdruck und sie blieben weiterhin sprachlos, doch verdeckten sie dabei nicht ihre Geschlechtsteile. Ihnen schien die typische Schamhaftigkeit der Menschen zu fehlen.

Nacheinander richteten sie ihren Blick auf Daniel und begannen zu lächeln. Keiner schaute dabei weg. Bevor Daniel etwas sagen konnte, strichen sie stürmisch an seinen Körper entlang.

„*Mamaaaa!*", riefen sie gleichzeitig voller Freude aus.

Das Blut, das vorher in Daniels Gesicht geschossen war, wich nun wieder daraus. Er hörte Kelaino und Kolibri laut loswiehern. Sie bekamen einen regelrechten Lachflash.

„Ähm, Leute, ich bin nicht eure, äääh, Mutter. Ich bin nicht mal eine Frau."

Kelaino und Kolibri johlten noch lauter. Sie hielten ihre Bäusche vor Lachen.

„Aber du hast uns doch großgezogen", sagte einer der Männer in einer tiefen knurrigen Stimme.

„Hääää …" Selbst in Daniels Ohren klang das ziemlich dümmlich. „Ich habe zwei Jaguare und zwei Harpyien großgezogen, keine Menschen! Ich habe keine Kinder!"

Die vier Menschen schauten sich noch einmal an, bevor sie nacheinander sprachen.

„Wir sind Schwarz ..."

„Finster ..."

„Nacht ..."

„Schatten!"

Mit offenem Mund hörten Kolibri und Kelaino ihnen zu. Alle drei schauten sich die Männer und Frauen genauer an, doch Daniel war es peinlich, so schamlos auf die nackten Körper der Männer und Frauen zu schauen.

„Äh, Leute, ob ihr jetzt wirklich die seid, die ihr sagt, lasst uns erst einmal ins Baumhaus gehen. Da kann ich euch was zum Anziehen geben", meinte Daniel verlegen.

Vorsichtig löste er sich von den Vieren und kletterte ins Baumhaus zurück. Die Menschen folgten ihm vorsichtig und nach wie vor ungelenkig. Sogleich machte Daniel sich auf die Suche nach geeigneten Kleidungsstücken. Es stellte sich als schwierig heraus.

Die Männer waren größer und weitaus muskulöser als Daniel. Er würde sie fast bullig nennen. Die Frauen hingegen waren nur wenig kleiner und etwas schmaler als Daniel, allerdings waren auch sie muskulös und sehnig wie Ausdauersportler. Nach einige Minuten hatte Daniel zumindest etwas für die Frauen gefunden. Für die Männer musste er Kleidung zerschneiden, damit zumindest die untere Hälfte des Körpers bedeckt war. Dabei ging ihm durch den Kopf, dass er froh sein konnte, dass seine Tiere nicht irgendwelche blutrünstigen Werwölfe sind – zumindest konnte er das Ausschließen, da es in der letzten Nacht keinen Vollmond gegeben hatte. Zumindest würde es eine ganze Weile dauern, bis er sie nicht mehr als seine vier Tiere sah.

Während er die Kleidung ihnen reichte, schauten sie einander verständnislos an.

„Warum sollen wir diese Dinge anziehen? Sie behindern uns in der Bewegungsfreiheit", meinte Finster arglos.

„Na ja, wie soll ich sagen? Es ist weniger für euch, sondern mehr unseretwegen, oder noch besser gesagt meinetwegen. Ich würde mich wohler fühlen, wenn ihr euch was anzieht. Es ist mir irritierend, euch die ganze Zeit nackt zu sehen."

„Hmm, okay, Mama."

„Die Ansprache können wir bei Gelegenheit auch ändern."

„Wie sollen wir dich denn nennen? Du hast uns doch großgezogen?", fragte Schatten neugierig.

„Allerdings bin ich ein Mann, daher könnt ihr mich entweder Daniel oder …", Daniel verstummte.

Er konnte das Wort „Vater" nicht rausbringen. Zu viel – oder besser gesagt zu wenig – Emotionen verband er mit diesem einen Wort, weswegen er es bisher nicht verwendet hatte und niemals verwenden wollte. Er verdiente diese Bezeichnung nicht. Daniel hasste sie regelrecht, weswegen er auch nie Kinder haben wollte. Niemals.

„Dann nennen wir dich in Zukunft einfach Dad", meinte Nacht.

„Neeeeiiinnn!", schrie Daniel entsetzt. Er wollte das nicht. Jedoch schauten ihn nun alle sechs verständnislos an. Keiner sagte etwas. Ihre Gesichter waren vollkommen erschrocken und enttäuscht. Alle standen ihm schweigend gegenüber, bis Daniel leise aufseufzte.

Wieso wollten sie ihm wirklich eine Bezeichnung geben? Wäre Daniel nicht einfach besser? Für ihn war diese Titel zu sehr negativ behaftet. Klar, für andere war es ein wohlwollender Titel, der Zuneigung. Aber für ihn war es das wahre Grauen?

Aber sollte er es wirklich den Vieren so etwas verweigern? Schließlich haben sie ihn auch als Mutter zuerst gesehen. Vielleicht sollte er ihnen zumindest etwas entgegenkommen.

„Okay, ihr könnt mich so nennen", meinte er schließlich. Er war jetzt ein Vater, den man auch wirklich so nennen wollte. Daniel hoffte nur, dass er nie so werden würde wie sein eigener Vater. Er betete inständig darum, denn er könnte es sich nie verzeihen.

Während sich seine vier Kinder anzogen, stellte sich Kolibri direkt neben ihn und Kelaino half den Vieren ihre Sachen anzuziehen – dabei kümmerte sich Kolibri um die Männer und Kelaino um die Frauen. Daniel versuchte unterdessen etwas aufzuräumen. Sonst würde es hier nur die komplette Unordnung herrschen. Währenddessen gingen die Vier im kompletten Chaos unter. So versuchte Finster eine Hose über den Kopf anzuziehen. Die Frauen hingegen hatten mit ihrer Oberweite und den Shirts zu kämpfen.

„Ich finde es immer noch erstaunlich, dass unsere gemeinsame Energie es geschafft hatte, die Vier nicht nur zu retten, sondern sogar ihnen menschliche Formen gegeben. Bisher hatte ich noch nie von so etwas gehört. Allerdings stellt sich mir jetzt eine Frage. Was wirst du jetzt machen, da sie sich in Menschen verwandelt haben?", fragte Kolibri leise.

„Ehrlich gesagt, ich weiß es nicht. Ich habe nie über Kinder nachgedacht, wollte selbst nie welche haben. Jetzt habe ich auf einmal gleich vier Erwachsene. Zum Glück ist die Pubertät schon vorbei, ich wüsste nicht, ob ich so etwas überstanden hätte", versuchte Daniel zu scherzen, bevor er wieder ernst wurde, „Ich weiß nur nicht, was ich machen soll. Ich kann kein Vater sein. Das liegt mir nicht in den Genen." Daniel zuckte mit den Schultern. Beide schwiegen und schauten den anderen weiter zu. In ungelenken Bewegungen liefen die vier Neu-Menschen in dem Baumhaus hin und her. Es sah aus wie eine kleine Robotertruppe.

Schließlich meinte Kolibri, anscheinend um ihn von seiner aufsteigenden Panik abzulenken: „Möchtest du sie weiter ausbilden?"

„Ausbilden? Was meinst du damit?" Daniel blickte jetzt Kolibri an.

„Während der letzten Mission haben alle vier gehandelt wie eine Einheit mit dir als ihrem Vorgesetzten. Du hast es geschafft, den Blutdurst der Raubtiere zu bündeln und aus ihnen Soldaten zu machen."

Daniel schwieg eine lange Zeit und dachte nach. Über das vergangene Jahr, über der Erziehung der Tiere und wie sie jetzt Menschen waren. Selbst die erstaunliche Erklärung von Kolibri machte auf eine abgedrehte Art und Weise Sinn. Denn er hatte es selbst gespürt, wie die Energie von Kolibri durch ihn geflossen wie ein Fluss und hatte auch Teile von ihm mitgenommen.

Seine Welt hatte sich noch einmal in einer viel zu kurzen Zeit um 180 Grad gedreht. Wie viele Wendungen würden noch auf ihn zukommen, bevor er endlich sein Ziel erreichte? Während er Kelaino beobachtete, stellte er fest, dass er bei einigen Wendungen nicht abgeneigt wäre.

„Ich denke, ich sollte sie weiter ausbilden. Ich werde vielleicht nicht ihr Vater sein, aber ihr Ausbilder. Jetzt, glaube ich, bräuchte ich eure Hilfe. Ich muss ihre speziellen Fähigkeiten und Grenzen kennenlernen, bevor ich beginnen kann, ihnen die unterschiedlichsten Fertigkeiten in ihrer menschlichen Form beizubringen. Letztlich können sie uns unterstützen, wenn es um den Kampf gegen den Ring geht."

„Wir werden dir helfen, allerdings kann ich dir nur helfen, sie weiter auszubilden. Für richtige Kämpfe habe ich nicht mehr die Kraft. Ein großer Teil meiner Lebenskraft ist auf euch fünf übergegangen, was ich auch gern gemacht habe. Für harte Kämpfe werde ich wahrscheinlich einige Jahre der Regeneration benötigen – oder ein blutiges Opfer und Anbetung. Und diese Last möchte ich nicht an dich übergeben. Dein Herz soll nicht mit so etwas belastet werden. Es würde zu sehr auf dein Gewissen schlagen. Das möchte ich aber nicht."

„Hm, ich kann mir denken, dass du das nicht willst. Ich nehme deine Hilfe sehr gern an. Hoffentlich wird auch Kelaino mir helfen."

Beide schwiegen wieder und schauten weiter der Harpyie und den vier erwachsenen Kindern zu, wie sie ungelenkig versuchten ihre menschlichen Bewegungsabläufe kennenzulernen.

6. Kapitel: Dezember, Jahr 2 nach der Menschheit

Der einzig wahre Sinn des Heiho ist es, mit dem Gegner zu kämpfen und ihn zu besiegen. Einen anderen Sinn gibt es nicht. - Das Buch des Feuers, Miyamoto Musashi

Zwei Monate waren mittlerweile vergangen. Sie waren voller Arbeit gewesen. Daniel und seine Kinder – noch konnte er sich nicht richtig damit anfreunden – waren zusammengewachsen wie eine kuriose Familie. Es gab jetzt mehr Diskussionen, da seine Vier sprechen konnten. Die Frauen sprachen hin wieder ein paar Worte und die Männer schauten sich lieber alles genau an, bevor sie sprachen –typische Rollenklischees. Seltsamerweise genoss es Daniel auf eine verquere Art und Weise.

Weiterhin hatten sie in den zwei Monaten begonnen, die Grenzen der Vier auszuloten und teilweise zu überschreiten, und diese waren weiter gesteckt als gedacht. Es war nicht nur, dass sie schneller und flexibler waren, die Jaguare konnten ihre Krallen und Reißzähne auch in Menschenform ausfahren. Ihre Sinne waren weiterhin so scharf wie die von Jaguaren. Bei den Harpyien war es ähnlich. Ihre Körper waren sehr beweglich. Sie konnten ihren Kopf drehen wie in ihrer tierischen Form. Ihre Sehfähigkeit war um einiges schärfer als bei den Jaguaren, sie konnten sogar auf mehrere Kilometer entfernt eine Ameise erkennen. Ziemlich beeindruckend, wie Daniel fand.

Als Daniel sie fragte, ob sie wieder ihre tierischen Formen annehmen könnten, schauten sich die Vier kurz an.

Finster erwiderte, „Ich denke schön. Wir spüren immer noch die Bestien in uns."

Damit verwandelten sich alle Vier mit schmerzverzerrten Gesichtern wieder in Jaguare und Harpyien. Es sah ziemlich gruselig aus, wie sich die Schnauzen und Schnäbel bildeten und aus ihrer Haut das Fell und die Federn sprießten. Nach einem Moment in ihrer animalischen Form kehrten sie zum Menschsein zurück.

„Leider tut es etwas weh, allerdings denke ich, dass wir uns daran gewöhnen können", gab Nacht zu.

Doch das Außergewöhnlichste war, dass sie sich weiterhin in ihre ursprüngliche Gestalt zurückverwandeln konnten.

Daniel war einen Moment lang sprachlos. Mit dieser Fähigkeit waren sie jetzt sogar noch gefährlicher geworden. Das Wissen der Kriegskunst und Kampftechniken, was sie wie ein Schwamm aufzogen, setzten sie gnadenlos ein – egal, in welcher Gestalt. Zumindest konnte Daniel nun viel besser mit ihnen kommunizieren und das Beste aus ihnen herausholen.

Kolibri hatte ihnen alles über seine Zeit als Kriegsgott der Azteken erzählt und ihnen die Kriegskunst beigebracht. Weiterhin hatte Kelaino sich den jungen Harpyien angenommen und hatte ihnen zu einer weiteren Gestalt verholfen: Nacht und Schatten konnten sich wie Kelaino verwandeln, in Formen, die genauso schön und kraftvoll waren wie Kelainos andere Gestalt – nur kleiner. Als sie es das erste Mal ausprobiert hatten, war Daniel gerade unterwegs gewesen, um Nahrung zu suchen. Daher war er extrem überrascht gewesen, als er wiedergekommen war und plötzlich drei mythische Harpyien gesehen hatte.

In diesen Monaten hatte Daniel auch Zeit gefunden, seine Kinder auf eine andere Art kennenzulernen. Er hatte sie ab und zu gefragt, ob sie dieses Leben überhaupt wollten, doch seltsamerweise war die Antwort immer gleich ausgefallen: Es war genau das, was sie wollten. Zusätzlich betonten sie immer wieder, wie froh sie waren, dass er ihr Leben gerettet hatte. Jetzt wollten sie ihn dafür in seiner Mission unterstützen – was seltsam war, wenn man bedachte, dass dieses Ehrgefühl von ursprünglichen Tieren kam, die nur das Gesetz der Natur kannten.

Nach zwei Monaten meinte Kolibri schließlich, dass sie nun so weit waren. Sie konnten jetzt die letzten Stützpunkte auseinandernehmen, bis auf den letzten Mann. Mit einer Mannschaft von sieben Kriegern waren sie so stark, wie Daniel es nie gedacht hatte – auch wenn es gegen eine ausgewachsene Armee von Supersöldnern nur wie ein kleiner Tropfen auf den heißen Stein wirkte. Doch es würde dieser Tropfen dem Drogenring so schwer wie möglich machen. Daniel fühlte sich so zuversichtlich wie schon lange nicht mehr. Es war ein gutes Gefühl, trotzdem hatte er die Befürchtung, dass es nur ein kurzer Zustand sein würde, bevor erneut düstere Zeiten auf ihn warteten.

„Gibt es weitere Sichtungen oder Hinweise, wo ihr die drei Unruhestifter finden könnt?", fragte er. Die letzten zwei Monate waren zu ruhig gewesen. Etwas würde passieren, da war er sich sicher. Er fühlte es in seinen Eingeweiden. Doch wollte er nicht darauf warten. Dieser Mensch war wie ein schmerzhafter Dorn zwischen den Zehen, der sich immer weiter eingrub.

Dieser Mensch tauchte auf, nur um sein Lager zu zerstören, danach verschwand er einfach wieder. So ein verdammter Bastard. Warum war er nicht gestorben wie der restliche Teil der Menschheit? Für seine Unverfrorenheit würde er büßen.

„Wir haben etwas anderes gefunden. In den letzten zwei Monaten haben wir immer wieder seltsame Ausbrüche von vier neuartigen Energien gespürt. Wir haben versucht, sie zurückverfolgen, allerdings dauerte es immer nur sehr kurz, dann waren diese Energie verschwunden. Wir konnten sie nur grob einkreisen." Sein Untergebener verstummte.

Ungeduldig fuhr er ihn an: „Und wo ist es?"

„Mitten im Urwald, nicht unweit von dem Lager, welches vor einem Jahr als Letztes vernichtet worden ist. Auf der Karte liegt es relativ nah beieinander, doch durch den Dschungel wird es einen guten Tag dauern, bis wir dort ankommen."

„Dann durchsucht die Gegend. Dreht jeden einzelnen verdammten Stein um. Schaut in jedes beschissene Loch. Ich will die Drei haben. Möglichst lebendig, aber wenn es nicht anders geht, bringt sie um. Hauptsache, diese Unbequemlichkeit ist endlich vom Tisch und ich kann mich wieder um meine richtigen Geschäfte hier in Südamerika kümmern. Ich will endlich auf die anderen Kontinente expandieren."

Damit winkte er seinen Untergebenen genervt weg. Warum mussten seine Leute manchmal so unfassbar dämlich sein? Konnten sie nicht einmal ihren eigenen Kopf einsetzen? Musste er immer für sie mitdenken?

Alle hatten sich in Stellung gebracht. Während Schatten in ihrer Harpyienform über die Lichtung flog, hatte sich Nacht als Mensch in den Bäumen weit oben versteckt. Sie würde die Scharfschützin bei dieser Mission sein. In den letzten Wochen hatten sowohl Daniel als auch Kolibri die beiden Harpyien dahin gehend ausgebildet.

Finster und Schwarz durchstreiften auf leisen Sohlen das Lager und würden Kelaino, Kolibri und Daniel später Rückendeckung geben. Kelaino indes hatte sich auf die andere Seite des Lagers begeben und würde von dieser Seite aus beginnen, ins Lager einzudringen.

Sie würde die Übernatürlichen so stark wie möglich dezimieren. In der Zwischenzeit würde Kolibri versuchen, das Lager zu schwächen. Das bedeutete die Systeme zur Überwachung zu deaktivieren. Daniel war für die Anbringung der Sprengladungen und Splitterbomben an den Häusern zuständig.

Auf einmal stieß Schatten einen langen Vogelschrei aus. Das war das Signal. Die Mission hatte begonnen. Kolibri hatte sich sofort ins Lager begeben und schon nach wenigen Sekunden hörte man Kampfgeräusche und Todesschreie der Soldaten. Kelaino war gleichzeitig ins Lager eingedrungen, denn die Geräusche waren auch von der anderen Seite zu hören.

Daniel hingegen hatte sich nur langsam in Bewegung gesetzt. Einerseits weil er die schweren Sprengsätze in seinem Rucksack trug – und zu viel Vibration diese explodieren lassen könnte, aber auch weil einige Teile davon instabiler waren. Große Erschütterungen würde da nicht nur seinem Rücken Schaden zufügen, sondern sogar seinen ganzen Körper ausradieren.

Während Daniel durch das Lager schlich, fielen ab und zu versteckte Soldaten neben und hinter ihm tödlich getroffen zu Boden. Finster und Nacht taten ihren Job hervorragend. Jetzt konnte Daniel langsam die Ausmaße des Lagers auf das genaueste mit all seinen Schwachstellen einschätzen. Vorher war es nur eine reine Schätzung gewesen. An einigen vorher besprochenen Stellen legte er jeweils einen Sprengsatz ab.

Sobald er fertig war, schaute er in den Himmel und stieß einen leisen Pfiff aus. Sofort gellte wieder ein Harpyienschrei von Schatten über die Lichtung. Das war das Zeichen für alle, das Lager schnellstmöglich zu räumen. Auch Daniel machte sich auf den Weg zurück. Die Mission war bisher gut verlaufen. Jetzt mussten sie nur noch den Rest überstehen.

Zumindest konnte er ohne die Sprengsätze besser kämpfen, was auch gleich einer der Söldner zu spüren bekam. Mit einigen wenigen, jedoch sehr zielgerichteten Schlägen nockte Daniel ihn aus und schnitt dem Soldaten den Kopf ab. Sein Motto lautete schließlich: „Keine Gefangenen!"

Schnell lief er zum Waldrand und drehte sich dort suchend um. Waren Kolibri und Kelaino schon aus dem Lager raus? Die Antwort kam ein paar Sekunden später. Beide tauchten unvermittelt neben ihm auf. Auch seine Tiere – seine Kinder – waren draußen. Er konnte sich immer noch nicht entscheiden, wie er sie nennen sollte.

Daniel betätigte den Zünder und mit einer gewaltigen Explosion war das Lager dem Erdboden gleichgemacht. Wieder fiel ein kleiner Stein von Daniels Herz. Diese ganze Drogenring-Mission, die am Anfang nach Kamikaze ausgesehen hatte, entwickelte sich zu einem absoluten Siegeslauf. Es stieg Euphorie in ihm auf. Bald hätte er es geschafft, dann würde er sich selbst in den Ruhestand versetzen. Das Leben war gut.

Beschwingt ging er mit den anderen zurück zum Baumhaus. Nach fast zwei Stunden kamen sie endlich an ihrem Zuhause an, doch das Bild, was sich ihnen bot, erschrak Daniel bis tief in das Innerste. Sein heiß geliebtes Baumhaus war nicht mehr.

Der gesamte Baum war wie von riesigen Krallen gefällt, regelrecht zerfetzt worden. Zusätzlich zu dieser totalen Zerstörung waren seine Sachen vor dem Haus verbrannt worden. Der Angreifer hatte sich die Mühe gemacht, alles zusammengetragen, und es dann angezündet. Seine Haushaltmittel, Bettgestell und alles Metall waren eingeschmolzen oder wie seine Kleidung und sein Bettzeug zu Asche verbrannt. Darunter auch die wenigen wichtigen Dinge für ihn. Es waren Gegenstände – wie eine alte Uhr, ein Ring und ein Klappmesser – von seinen Onkeln, Tanten, seinen Großeltern, die ihm in seiner Jugend Halt gegeben hatten, und auch der alles entscheidende Briefe von seiner Mutter. Doch jetzt war nichts mehr da. Alles zerstört und nicht mehr zu retten. Wie konnte so etwas nur passieren? Sein gesamtes Leben hatte sich in diesem Baumhaus befunden.

Daniel stand fassungslos mit geöffnetem Mund da. Ihm war nicht bewusst, wie lange er so blieb. Sein Kopf war wie leer geblasen.

Als Kelaino ihre starken Arme um ihn schlang, kehrte er langsam zurück in die reale Welt. Ihr Kopf lag in seiner Halsbeuge. Sie murmelte tröstend auf ihn ein, auch wenn Daniel nicht verstand, was sie sagte. Ihre Unterstützung half ihm über diesen ersten Schock hinweg. Seine Vier hatten sich auf der Stelle in ihre Tiergestalt verwandelt und begonnen, die Umgebung abzusuchen. Kolibri drückte sanft mit einer Hand seinen Arm.

Nach einer Weile hielt er Kelaino kurz, bevor er sie losließ. Erst jetzt schritt er zu den Überresten seiner Wohnung. Zuerst suchte er mit den Augen alles ab, bevor er sich schließlich hinkniete und die noch warme Asche durchwühlte. Seine Bewegungen waren langsam und effizient.

Er hoffte auf wenigstens ein bisschen Glück. Vielleicht war die kleine Kiste aus Holz, in der sich seine kostbarsten Sachen – Bilder seiner gesamten Verwandtschaft – befanden, doch nicht zerstört. Er hoffte es, aber er fand nichts.

Daniel schloss seine Augen. Auf der Stelle brannte es hinter seinen Lidern. Traurig ließ er seinen Kopf hängen. Er musste sich mit dem Gedanken abfinden, dass nichts mehr von seiner Familie existierte. Ihm blieben nur die verblassenden Erinnerungen aus seiner Kindheit. Er sackte in sich zusammen und hielt mit seinen Armen seinen Schädel.

Auf einmal spürte er, wie seine Kinder, alle vier, sich an ihn drückten. Ihre Köpfe legten sich auf seine Oberschenkel und Halsbeugen. Sie hatten ihre Durchsuchung der Umgebung beendet und sorgten sich um ihn. Jetzt hatte er eine Familie, die ihn liebte, und so seltsam es auch klang, er liebte sie auch von Herzen. Damit beschloss Daniel, dass er diese Familie bis zu seinem Tod beschützen würde. Auch wenn er sich eingestand, dass es für ihn noch nicht selbstverständlich war. Denn mit seiner Mutter hatte er keine richtige Familie gebildet.

Er richtete sich auf und schaute entschlossen zu Kelaino, „Ich will denjenigen, der das getan hat, tot sehen."

Kelaino schluckte. Daniels Wut war von einer Sekunde zu anderen in die Höhe geschossen. Er wollte Blut sehen, und das möglichst schnell. Irgendjemand war in diesem ehemals so schönen Baumhaus eingedrungen und hat es so zerstört. Ein Heim, was ihm so viel bedeutet hatte und jetzt zu Asche verbrannt war.

Sie wollte auf eine seltsame Weise, dass dieses Heimatgefühl wieder zu ihm zurückkam. Aber wie? Wie konnte man ihm so ein Gefühl wiedergeben? Doch eines war sicher, der Verantwortliche für diese dieses Feuer muss sterben. Also nickte sie Daniel zu. „Wir werden herausbekommen, wer das getan hat."

Auf einmal verwandelten sich Finster und Schwarz. In ihrer menschlichen Gestalt waren sie über einen Kopf größer als Daniel. Manchmal fühlte sich auch Kelaino in ihrer Menschengestalt neben ihnen klein. Finster richtete seinen Blick auf Kelaino und dann auf Daniel.

„Schwarz und ich haben einen Geruch aufgenommen. Hier sind fünf bis zehn Wesen gewesen. Die Duftspuren sind noch nicht alt, maximal zwei Stunden. Sie müssen etwa zu der Zeit hier gewesen sein, als wir gerade das Lager vernichtet haben. Das kann kein Zufall gewesen sein. Sie müssen uns beim Lager gesehen haben und haben dann unsere Spur hierher zurückverfolgt. Aber das gibt uns auch wieder einen Vorteil, wir können ihrer Spur ebenso problemlos verfolgen."

Kelaino nickte. Ein Vorsprung von zwei Stunden sollte machbar sein. Sie selbst konnte die Gruppe einholen, allerdings war Daniel nur ein Mensch. Er konnte es nicht an Schnelligkeit mit ihnen allen aufnehmen.

„Ich kann die Gruppe zügiger finden, allerdings wird es schwierig werden, eine so große Gruppe allein zu attackieren. Ich weiß nicht, welche Übernatürlichen Teil dieser Gruppe sein werden. Sie könnten Stärken und Fertigkeiten besitzen, die meinen überlegen sein könnten. Wir sollten daher lieber zusammenbleiben."

Daniel nickte schweigend – seine Wut hatte ihm die Sprache geraubt. Er verstand sie, dass konnte sie an seinem Blick erkennen. Schnell nahm er ein paar von seinen Macheten aus den Halterungen seiner Hose und steckte sie zusätzlich in die Seitentaschen. Keine weiteren Waffen, denn es gab nichts mehr, was er hätte sonst mitnehmen können. Seine selbst hergestellte Munition für die Pistole, ebenso wie diese, sowie seine Ersatzmacheten waren dahin.

Kelaino schaute zu Kolibri. Er hatte die ganze Zeit neben ihnen gestanden, ohne etwas zu sagen. Jetzt blickte er traurig auf und nickte. Er verstand, was es bedeutete, etwas sehr Wichtiges zu verlieren … und sich dann dafür rächen zu wollen. Das konnte Kelaino an seiner entschlossenen Miene erkennen.

"Was ist mit dir passiert, dass du weißt, was wir nun tun müssen?", fragte sie neugierig. Irgendetwas an ihm deutete auf eine dunklere Geschichte hin.

„Meine eigene Schwester Coyolxauhqui hatte meine Mutter Coatlicue getötet, nur weil sie schwanger geworden war. Aus dem Grund habe ich wie die meisten meiner Geschwister ermordet. Ich war damals so sehr in Rage gewesen, Es war absolutes Gemetzel gewesen.

Besonders mit Coyolxauhqui war ich äußerst schonungslos gewesen. So habe ich sie geköpft und ihren Kopf in den Himmel geworfen, sodass er verglüht war. Meine Mutter sollte sehen, was ich ihr zuliebe getan hatte. Später behaupteten einige Azteken, dass der Kopf zum Mond geworden sei, aber der Mond war schon davor dagewesen.

Danach hatte mein Blutdurst zehntausende Menschen das Leben gekostet. Doch Jahrtausende später war mir klar geworden, was ich angerichtet hatte. Ich hörte auf, meinen Hunger nach dem roten Lebenssaft auszuleben. Aus Scham und Schuldgefühl zog ich mich als Eremit in die Berge zurück."

Kelaino hätte nie gedacht, dass Kolibri eine so blutrünstige Geschichte hatte. Aber er war noch nicht fertig.

„Später habe ich, um meine Schuld zu sühnen, einigen einzelnen Menschen geholfen, sich zu Kriegern zu entwickeln. Bei wenigen hatte er Glück gehabt und sie hatten die Menschheit vorwärtsgebracht, Frieden und Wissen verbreitet, zum Beispiel Miyamoto Musashi. Sein Buch war bis zum Ende der Menschheit ein wichtiges Lehrbuch der eigenen Weiterentwicklung gewesen. Es wurde von Managern in ihrem Berufsleben genutzt, als es die Kriegerkaste nicht mehr gab.

Allerdings gelang es mir bei nicht jedem. Manchmal habe sie die schlimmsten Monster hervorgebracht, die die Welt bisher gesehen hatte. Hitler und Stalin hatten Millionen Menschen umgebracht, nur weil sie nicht ihrer selbstherrlichen, verkorksten Vorstellung einer idealen Welt entsprachen.

Die Rückschläge waren letztlich größer gewesen als die Fortschritte, weswegen ich mich vor einigen Jahrzehnten zurückgezogen und habe niemanden mehr geholfen. Ich hatte es sattgehabt mich mit den Menschen überhaupt abzugeben. Aber letztlich hat jemand noch einen schlimmeren Alptraum entfesselt. Das kann ich nicht auf mich beruhen lassen. Sonst wäre ich nicht hier und werde Daniel und seinen Kindern in größtmöglich helfen."

Alle hatten sich mittlerweile zu dem Kolibri umgewandt und hatten ihn voller Faszination zugehört. Keiner sagte auch nur ein Wort für mehrere Minuten.

„Lasst uns losgehen, solange die Spur noch frisch ist. Vielleicht finden wir die Verantwortlichen vor der Nacht", sagte Kolibri letztlich entschlossen zu den ihnen hin. „Um es zum Teil wieder gutzumachen, soll Daniel die Kerle auf dem Silbertablett serviert bekommen."

Gemeinsam gingen sie los. Finster und Schwarz führten ihre kleine Truppe an. Sie folgten der Spur wie Bluthunde. Es ging kreuz und quer durch den Urwald. Gespräche gab es nicht. Die beiden Harpyien hatten sich in die Luft verzogen und kreisten über ihnen. Daniel hatte seit den Ruinen seines Baumhauses nichts mehr gesagt.

Kelaino wusste nicht, ob sie schon nähergekommen waren. Sie konnte es nur hoffen. Schließlich begann es langsam, dunkel zu werden, und die Verfolgten waren immer noch nicht in Sicht.

Bei der Wanderung ging Kelaino durch den Kopf, dass Daniel zu ruhig war. Nicht nur, weil er kein Wort von sich gab, es schien auch in seinem Innersten ruhig zu sein. Seine Augen waren emotionslos. Keine zornigen Gedanken, keine Verzweiflung, gar nichts. Selbst seine Dunkelheit war so unergründlich wie die Tiefsee. Sobald sie aufgebrochen waren, hatte sich sein aufgewühlter Blick zusehends beruhigt und war komplett leer geworden. Er war jetzt vollständig darauf fokussiert, die Zerstörer seines Baumhauses zu finden und zu töten.

Als es schließlich dunkel war, mussten sie eine kurze Rast machen. Daniel musste sich kurz an das unterschiedliche Lichtverhältnis gewöhnen. Für Kelaino und die anderen war es kein Problem. Jedoch hatte auch Daniel in den letzten Tagen in einem Nebensatz erwähnt, dass seine Augen etwas besser geworden waren. Er konnte besser sehen – selbst im Dunkel, was Kelaino ziemlich seltsam gefunden hatte. Vielleicht hatte es etwas mit der Transformation der geballten Lebenskraft zu tun?

Um etwas besser in dem finsteren Wald sehen können, nahm Daniel wortlos einen Stock, den er zur Fackel zügig umfunktioniert – indem er ein altes Stück Leinen, welches einmal ein Taschentuch gewesen ist, um eine Spitze wickelte und mit einem Feuerzeug anzündete, wanderten sie weiter. Auf einmal landete Nacht vor ihnen und verwandelte sich in ihre menschliche Form. Umgehend nahm sie die Fackel und löschte diese. Bevor die anderen auch nur etwas sagen konnten, begann sie auch schon selbst zu sprechen.

„Etwa einen Kilometer von hier ist ein kleines Lager aufgebaut. Es befinden sich etwa zwanzig Übernatürliche darin. In der Mitte befindet sich eine Person, da muss der Anführer sein, welche von zwei Männer bewacht wird. Alle haben Waffen in den Händen, als würden sie auf einen Angriff warten. Ich denke, wenn wir sie jetzt attackieren, werden wir es schwer haben und vielleicht sogar versagen. Die Leute sind kampfbereit und die Falle wartet nur auf uns, um sich schließen."

Alle schwiegen. Daniel wollte die ganze Sache endlich hinter sich bringen, doch verstand er auch, dass sie jetzt abwarten mussten. Er setzte sich auf eine riesige Baumwurzel, welche fast so groß war wie er, und fuhr sich mit einer Hand durch sein raspelkurzes Haar.

Kelaino setzte sich neben ihn. Sie schwieg. Anscheinend hatte sie keine Ahnung, was sie sagen sollte und ehrlich gesagt, er auch nicht. Schließlich holte sie tief Luft.

„Ich weiß, es ist schwierig, aber wir warten noch etwas, damit Nacht und Schatten die Gruppe weiter beobachten können. Wir werden in der Zwischenzeit versuchen unterschiedliche Posten, um das Lager herum, zu beziehen. Vielleicht, wenn es dunkler wird, werden einige der Übernatürlichen müde und eröffnen uns eine Möglichkeit zum Angriff", versuchte sie zu Daniel durchzudringen. Er antwortete nicht und sie schwieg erneut.

Kelaino schwieg, scheinbar wusste sie nicht, was sie sagen sollte. Allerdings siegte schließlich die Neugier. „Was war in dem

Baumhaus, was dir so besonders wichtig war?", fragte sie vorsichtig.

„Ich besaß eine Kiste mit Erinnerungsstücken von meiner Familie. Jetzt ist alles zu Asche zerfallen." Daniel schwieg und murmelte schließlich: „Ich will jetzt nicht darüber reden. Es ist aus und vorbei. Meine Familie ist schon seit Langem tot." Es war das erste Mal, dass Daniel etwas in diese Richtung erzählt hatte.

Kelaino erschrak von dieser seltsam kalten Aussage. Daniel kam ihr auf einmal so hartherzig vor, kalt und ohne Gefühle. Wie konnte man nur so über seine Familie reden? Keine Gefühlsregung hatte in seiner Stimme gelegen. Als würde er sich innerlich von seiner Geschichte distanzieren. Auch die ihm ureigene Dunkelheit hatte sich wieder verstärkt und hüllte ihn tief ein. Kelaino konnte sie auf ihrer Zunge schmecken. Wenn sie nicht aufpasste, würde diese Dunkelheit Daniel verschlingen – und seltsamerweise wollte sie das nicht. Dafür mochte sie Daniel zu sehr. Er war ihr ans Herz gewachsen. Sie musste etwas dagegen tun.

Es musste eine Lösung geben, aber welche? Vorsichtig und unbemerkt streckte Kelaino ihre magischen Fühler hinter seinem Rücken nach ihm aus und griff in seine Dunkelheit. Sie beobachtete ihn, prüfte, ob er irgendetwas bemerkte, aber er grübelte weiter vor sich hin. Sobald Kelaino seine Dunkelheit in ihren Fühlern hatte, begann sie, ein wenig davon aufzusaugen. In dem Maß, indem sie sie absaugte, lichtete sich die Finsternis.

Es war nicht viel, nur eine kleine Kostprobe, doch reichte sie einerseits, um Daniel aus dem dunklen Grübeln zu reißen, und andererseits, um Kelaino süchtig danach zu machen. Es war das Köstlichste, was sie jemals in ihrem gesamten Leben gegessen hatte. Nichts hatte sie darauf vorbereitet.

Schnell stand sie auf, um ein bisschen Abstand zu Daniel zu gewinnen. Was war nur in sie gefahren? Sie konnte doch nicht einfach die Dunkelheit von Daniel, einer der letzten Menschen der

Welt, zu sich nehmen. Zudem von jemandem, dessen Dunkelheit so tief in seiner DNA eingebettet war. Sie hätte ihn leicht töten können, wenn sie unersättlich wurde – was bei ihm höchstwahrscheinlich war. Seine Dunkelheit war ein Teil von ihm. Wenn sie alles aufgesaugt hätte, wäre er gestorben. Oh, scheiße, was hatte sie nur getan?

„Was ist los, Kelaino?", hörte sie auf einmal Daniel hinter sich.

Erschrocken drehte sie sich um. Daniel stand direkt vor ihr, so nah, dass ihre Gesichter sich fast berührten. Kelaino zuckte zurück.

„Ähm, nichts. Ich bin nur … ich bin nur voller Wut auf die Leute, die dein Baumhaus zerstört haben", versuchte sie sich herauszureden.

Sie log nicht wirklich, da es irgendwie stimmte. Kelaino hatte mit dem Verschlingen der Dunkelheit auch einen Teil seiner Gefühle aufgenommen. Allerdings durfte sie ihm nicht sagen, dass sie ihn wie einer dieser idiotischen Blutsauger ausgesaugt hatte. Er würde es ihr nie verzeihen, das wusste sie. Denn einmal in den letzten Tagen hatte er nicht gerade gut gelaunt von diesen Übernatürlichen gesprochen. Wahrscheinlich, weil er bei einem Überfall unbewusst mit einem zu tun gehabt haben musste.

Allerdings schien Daniel ihr die Lüge abgenommen zu haben. Er stand direkt vor ihr und schaute ihr fest in die Augen. Dabei sah er sie nicht wie ein bösartiges Monster an, sondern wie ein normaler Mann eine ganz normale Frau ansah, mit Begehren in den Augen.

Irgendwann später trat Kolibri leise zu ihnen und unterbrach dieses seltsame Schweigen. „Ich denke, wir sollten langsam unsere Posten beziehen. Möglichst leise. Wir müssen noch ein Zeichen für den Angriff vereinbaren. Jedes Lichtzeichen würde sofort bemerkt werden und ich denke auch, dass um diese Zeit der Schrei einer Harpyie die Aufmerksamkeit erlangen würde. Was bleibt als Alternative?"

Finster meinte: „Schwarz und ich können das Zeichen geben. Wenn wir in unserer Tiergestalt brüllen, klingen wir wie die Jaguare, welche ihr Revier markieren, und die brüllen auch in der Nacht. Das würde hier ganz normal wirken. Es gibt in der Nähe mehrere Einzelgänger. Das konnten wir riechen. Wir würden also nicht auffallen."

„Okay, aber dann können wir nur zwei Gruppen bilden. Dann wären wir immer noch stark genug, dass wir keine unsere Schwächen zu tragen kommt. Eine Gruppe geht auf die andere Seite des Lagers. Die andere bleibt hier. Sobald wir mit dem Angriff beginnen, könnten wir fächerartig zuschlagen. Währenddessen können Nacht und Schatten mit ihrem Pfeil und Bogen die Wächter nach und nach ausschalten", breitete Daniel seinen Plan aus. Er schien sich endlich gefangen zu haben – oder lag es daran, dass sie die Verantwortlichen bald ihrer gerechten Strafe zukommen lassen würden? Kelaino wusste es nicht.

Die anderen um sie nickten. Sie alle waren damit einverstanden.

Daniel fuhr daher fort: „Ich werde mit Finster auf dieser Seite bleiben. Kolibri und Kelaino, ihr geht auf die andere Seite. Schwarz wird euch begleiten. Sobald die Luft rein ist, geben entweder Schwarz oder Finster das Signal."

Zuerst wollte Kelaino widersprechen, doch sie konnte es nicht. Dieser ganze Rachefeldzug musste von Daniel geplant und angeführt werden. Und schließlich war es kein schlechter Plan. Ein Zwei-Seiten-Angriff verwirrte die Verteidiger gewiss. Also setzten sich alle in Bewegung und bezogen vorsichtig ihre Posten um das Lager herum.

Daniel hielt sich weit oben im Baum fest und schaute auf das Lager hinunter. Neben ihm lag Finster auf einer Astgabelung und schien auf den ersten Blick zu schlafen, doch nur jemand, der ihn nicht kannte, würde das vermuten. Finster war auf das Äußerste angespannt. Seinem Gehör entging nichts.

„Du weißt schon, dass du das, was du verloren hast, nie wieder zurückbekommen wirst?", sagte Finster auf einmal. Daniel schaute überrascht zu Finster hin. Das war ein erstaunlich philosophischer Gedanke gewesen, den er ihm nicht zugetraut hatte. Finster meinte es bestimmt nicht gemein, trotzdem tat es Daniel im Herzen weh, er zuckte zusammen. Es war ein knallharter Fakt.

Normalerweise sagte Finster wenig, trotzdem war er das Sprachrohr seiner beiden Jaguare. Schwarz war sogar noch schweigsamer als Finster. Ihn konnte man schon fast als stumm bezeichnen. Vielleicht würde es sich irgendwann einmal ändern. Wer wusste schon was noch in der Zukunft passieren würde.

„Ich weiß, aber es waren Erinnerungsstücke an meine ursprüngliche Familie. Jedes einzelne war äußerst wichtig für mich. Sie stehen, für Woher ich komme und was mich im tiefsten Inneren ausmacht. Das kann ich nicht einfach ungesühnt lassen."

„Verstehe. Ich will dir nur sagen, dass du jetzt eine neue Familie hast. Die beiden Mädels, mein Bruder und ich, wir sind deine Kinder. Du hast uns aufgenommen, als wir zu klein für diese Welt waren, und großgezogen. Wir wollen doch nur, dass du glücklich wirst. Du kannst dich auf uns verlassen."

Finster hatte seine Reaktion mitbekommen, doch sagte er nichts. Seine Vier waren es mittlerweile gewohnt. Sie bemerkten sein Unwohlsein, gingen aber nicht darauf ein.

Es war immer die gleiche Verspannung, wenn man Daniel auf seine Vier ansprach. Kinder waren für ihn nie ein Thema gewesen, denn er wusste seit seiner Kindheit, dass er keine haben wollte. Daher war es immer noch für ihn ungewohnt, dass er menschenähnliche hatte. Finster schüttelte den Kopf und wandte sich ab. Für Daniel war es schwer und er wusste auch, dass er seine Vier damit jedes Mal wehtat, doch konnte er es nicht ändern. Er war noch nicht bereit, über seine Familie zu reden. Vielleicht würde er es nie sein. Er wusste es nicht.

Finster schaute weiter auf das Lager. Plötzlich spannte er sich sichtbar an. Daniel bemerkte es sofort und blickte ebenfalls runter. Es kam Bewegung in das Lager. Einige der Söldner hatten einen hohen Baumstamm aufgestellt und etwas daraufgesetzt. Die Söldnertruppe wartete also schon auf jemanden, den umsonst würden man nicht etwas auf den Präsentierteller platzieren. Erst nachdem Daniel eine Weile genauer hingeschaut hatte, wusste er, was er sah. Er konnte seinen Augen nicht trauen. Eine unsagbare Wut stieg in ihm auf.

Es war eine kleine, unscheinbare Kiste aus Holz, doch hätte Daniel sie überall wiedererkannt. Diese Kiste war aus einem dunklen Palisanderholz gefertigt. Die Ecken waren mit Stahl abgedeckt und in der Mitte prangte ein Symbol. Dieses Symbol, so wusste er, stellte eine Sonne dar, entweder von den Mayas oder Inkas, das konnte Daniel nicht genau sagen. Ein altes Familienerbstück. Darin bewahrte er seine wichtigsten Erinnerungsstücke auf.

Diese Übernatürlichen hatten nicht nur sein Haus verwüstet und zerstört, sondern auch seine Sachen gestohlen. Sie waren wertvoll gewesen. Selbst er vergriff sich nicht an den persönlichen Gegenständen, sondern nur die Fakten zu den nächsten Lagern und dem Oberhaupt im Hintergrund.

Daniel sprang auf und wollte sich schon auf das Lager stürzen. Finster konnte ihn gerade noch zurückhalten – und musste dafür all seine Kraft aufbringen.

„Daniel … Dad … warte bitte. Bitte! Was immer dir diese Kiste bedeutet, es ist es nicht wert, dafür zu sterben. Bitte beruhige dich.

Wir vier brauchen dich und wollen dich nicht verlieren. Du bist doch unser Vater", flehte ihn Finster leise und intensiv an.

Sofort hörte Daniel auf, sich zu wehren. Wie immer hatte dieses eine Wort eine gewaltige Macht über ihn. Jetzt verspannte er sich zur Salzsäure. Das dauerte fast zehn Sekunden bis Kelaino neben ihn auftauchte.

„Was ist passiert? Ich habe plötzlich gespürt, dass ihr unruhig werdet", flüsterte sie zu den beiden.

Daniel schwieg, jedoch antwortete Finster für ihn. „Diese Kiste, die sie vor wenigen Minuten auf den Baumstamm gestellt haben, gehört Daniel. Vielleicht ein Familienerbstück, ich weiß es nicht. Es scheint der Grund für seinen Ausbruch zu sein."

Daniel richtete seinen Blick auf Kelaino. Es war der kalte der Blick eines Mannes ohne Emotionen.

„Ich will sie alle tot sehen. Auf. Der. Stelle", wiederholte er seine Worte von zuvor, als er neben dem abgebrannten Baumhaus gestanden hatte.

Kelaino nickte. Sie konnte erkennen, dass die Warterei nun zu Ende war, so oder so. „Gib mir fünf Minuten, bis ich wieder auf der anderen Seite des Lagers bin, dann geben wir umgehend das Signal. Wir greifen als Erstes an, dann konzentrieren sie sich auf uns. Sie würden nur den Angriff auf unserer Seite erwarten. Ihr könnt dann leichter ins Lager eindringen."

Finster nickte, während er Daniel weiter festhielt. Anscheinend hatte er immer noch die Befürchtung, dass Daniel sich nach unten stürzte. Kelaino verschwand. Während beide warteten, versuchte Finster Daniel weiter zu mäßigen.

„Bitte, versuche erst, dich wieder zu beruhigen. Du darfst nicht angreifen, wenn du so aufgewühlt bist. Du würdest nicht mehr klar denken und am Ende machst du noch Fehler, die dich das

Leben kosten könnten. Und wenn nicht dein eigenes Leben, dann denk an Kelaino, Kolibri oder uns Vier. Willst du das?"

Es dauerte eine Weile, bis Daniel seine Emotionen in Worte fassen konnte, aber schließlich sagte er: „Nein! Ihr seid alle zu wichtig!"

Daniel bemerkte nach einem Moment, wie Finster sich über diese Worte freute. Seltsamerweise spürte er ein kleines Hochgefühl im Magen.

Nach fast fünf Minuten kam schließlich das Brüllen von Schwarz. Es war eines der lautesten Rufe, die Daniel von Schwarz je gehört hatte. Er musste sehr wütend sein.

Sofort kletterten Daniel und Finster vom Baum und schlichen sich zum Lager. Einen Augenblick warteten sie noch, bis sie von der anderen Seite die Kampfgeräusche hörten. Dann stürmten sie das Lager.

Natürlich wurden die Soldaten auch auf sie aufmerksam und kamen ihnen mit gezückten Schwertern entgegen. Anscheinend hatten sie keine Angst vor Schusswaffen – vielleicht wegen einer versteckten Panzerung oder so -, weswegen sie nur mit Schwertern auf sie zukam. Während Finster sie in Schach hielt und die Soldaten gnadenlos niedermetzelte, machte sich Daniel auf den Weg zur Kiste. Kurz bevor er sie erreichte, wurde er von einer Frau aufgehalten. Zumindest nahm Daniel an.

Sie zeigte all die äußeren Merkmale einer Frau – schlanker Körperbau, kleine Brüste und zarte Hände. Allerdings hatte sie graue Haut. Ihre Haare waren feuerrot, genauso wie ihre Augen. Es brannte ein Feuer in ihnen. Aus ihrem Rücken wuchsen riesige ledrige Flügel wie von einer Fledermaus, genauso wie ein stachelbesetzter Schwanz, der kampfbereit durch die Gegend schlug. Zusätzlich hatte sie messerscharfe blutrote Krallen an jeder Hand und aus ihrem Kopf wuchsen riesige pechschwarze Hörner. Sie war groß, größer sogar als Kelaino. Weiterhin trug sie eine Rüstung aus dicken steifen Lederplatten wie aus den frühen Zeiten, in denen es noch keine Metallverarbeitung gab. Sie war ein Dämon aus den Mythen von den Amazonen, zumindest meinte Daniel das, da er früher mal ein Bild von so etwas gesehen hatte.

Ihr Blick war auf ihn gerichtet. Ihre schwarzen Lippen vor den riesigen Reißzähnen verzogen sich zu einem abschätzigen Lächeln.

„Wen haben wir denn da?", sagte sie mit einer leisen hypnotischen Stimme, als würde sie ihn verzaubern wollen.

Etwas verriet Daniel, wenn er sich nicht schon gefühlsmäßig an seine Vier und Kelaino gebunden hätte, hätte ihn diese Stimme vielleicht in Versuchung gebracht, zu antworten. Aber so klebte diese Stimme nur an ihm wie alter Kaugummi. Absolut störend!

„Ich bin überrascht einen Menschen zu sehen. Hättest du nicht bereits seit zwei Jahren tot sein sollen?", fuhr sie fort.

„Es tut mir ja leid, dass ich noch lebe, aber ich denke, ich fühl mich ganz wohl damit und werde es dabei belassen", antwortete Daniel sarkastisch.

„Tja, genieße es, solange du noch kannst, denn du wirst nicht mehr lange am Leben bleiben." Die Frau nahm auf einmal eine Kampfstellung wie bei einem Boxkampf ein. Ihre Hände waren mit ihren messerscharfen Krallen nach vorne gerichtet. Schon die kleinste Berührung würde seine Haut aufreißen. Das wusste Daniel beim bloßen Anblick der Klauen.

Plötzlich nahm ihr Gesicht einen nachdenklichen Ausdruck an. „Seltsam, irgendwie kommst du mir bekannt vor. Habe ich dich schon mal gefoltert?", fragte sie ihn neugierig.

„Nicht dass ich wüsste. Jemand so Hässliches wie dich, da würde ich mich daran erinnern können. Ich bin nur gekommen, um meinen Besitz zurückzuholen. Du hast mein Haus zerstört und etwas mitgenommen, was dir nicht gehört."

„Du willst dich also rächen. Wie niedlich!", entgegnete die Frau. „Aber wo du es sagst, die Kiste kam mir von Anfang an irgendwie bekannt. Ich habe sie vor vielen Jahren schon einmal gesehen, in einer sehr faszinierenden Situation."

Daniel wurde bleich. Die Frau hob ihre Hand und tippte sich mit einer Kralle nachdenklich sachte auf die Wange.

„Stimmt, ich habe sie bei einer jungen Frau gesehen." Die Frau schwieg kurz. „Wo ich mir dein Gesicht so anschaue, erkenne ich darin das Ebenbild von deinem Vater." Die Frau begann hysterisch loszulachen.

„Woher kennst du meine Mutter und … meinen … V… V… Va …"

„Deinen Vater? Hast du etwa Probleme mit diesem Wort?" Die Frau lachte grausam und wurde dann wieder ernst. „Ich gebe dir jetzt ein kleines Rätsel auf. Rate mal, wer deinen Vater zu der Tat angestiftet hat?"

Daniel erstarrte. Diese Frau war dafür verantwortlich, dass seine Mutter …

„Neeinn!", brüllte er los. „Du miese Schlampe. Ich werde dich vernichten, dich langsam zu Tode foltern. Dich zerstückeln."

Daniel rannte auf sie zu und wollte sie mit seiner Machete erstechen, doch seine Gegnerin schlug ihm fast schon lässig mit der Rückhand ins Gesicht. Daniel flog zehn Meter weg und schlug gegen einen Baum. Er sackte zusammen und wurde fast ohnmächtig. Als sich sein Blickfeld wieder lichtete, sah er, wie diese Frau direkt vor ihm stand.

„Mein Guter, du bist ziemlich lustig. Ich denke, ich werde dich noch eine Weile am Leben lassen. Ich möchte doch zu gerne sehen, wie du versuchst mich zu töten. Glaube mir, es haben schon Abertausende probiert, aber wie du, bin ich noch quicklebendig.

Also auf ein baldiges Wiedersehen, worauf ich mich schon sehr freue. Wir haben noch etwas mit dir vor."

Damit schlug die Frau ihre Flügel mehrmals zusammen und flog in den Himmel. Dabei schwang sie Daniel ihren Schwanz noch einmal quer übers Gesicht, doch fühlte Daniel nichts, da er ihr voller Zorn und Hass hinterher sah. Er konnte nur spüren, wie das Blut an seiner Wange herunterlief.

Daniel begann, wie wahnsinnig zu schreien. Er schrie, bis seine Kehle sich blutig anfühlte und er sein Bewusstsein verlor.

7. Kapitel: Dezember, Jahr 2 nach der Menschheit

„Ein Körper wie ein Fels", bedeutet, dass du, wenn du den Weg der Schwertkunst beherrschst, imstande bist, augenblicklich hart wie ein Fels zu sein und unberührbar […] Nichts wird dich erschüttern können. - Das Buch des Feuers, Miyamoto Musashi

Daniel wusste nicht, wann es ihm das erste Mal aufgefallen war. Wahrscheinlich schon im Kindergarten. Jedes Mal, wenn er sah, wie andere Mütter ihre Kinder behandelten, fühlte er einen Stich in seinem Herzen.

Einmal fragte er seine Mutter: „Mutter, warum umarmst du mich eigentlich nicht? Hast du mich nicht lieb?"

Es war die normale kindliche Hoffnung auf Liebe gewesen. Er wusste nicht, was er erwartet hatte, aber bestimmt nicht diese Antwort.

Seine Mutter hatte ihn mit toten Augen angeschaut und meinte nur: „Nein, ich habe dich nicht lieb. Eigentlich kann ich deinen Anblick nicht ertragen."

Damit war sie aus dem Zimmer gegangen und hat Daniel sich selbst überlassen. In dieser Nacht hatte er lange geweint. Danach wurde es besser. Seine Großeltern, die ihn über alles liebten, und auch seine Tanten und Onkel brachten Daniel von nun an fast jeden Tag in den Kindergarten und später in die Schule. Sie holten ihn auch wieder ab, jedes Mal mit einer richtigen Umarmung und einem dicken Kuss auf seine Wange. Selbst als er älter wurde und eigentlich zu groß dafür, ließ er sich diesen Kuss geben.

Oft waren sie noch zu einer Eisdiele oder in den Zoo gegangen. Es waren die glücklichsten Stunden jeden Tages. Danach kehrten sie immer wieder zu seiner Mutter nach Hause zurück. Sie ließ ihn dann links liegen.

Die wenigen Male, wenn sie etwas zu ihm sagte, ginge es entweder um Hilfe im Haushalt oder darum, dass er seine Hausaufgaben machen

sollte. Das war ihr seltsamerweise sehr wichtig. Er durfte nur gute No-
ten mit nach Hause bringen. Sobald er schlechte Noten schrieb, durften
ihn seine Verwandten nicht mehr abholen. Dann holte sie ihn ab oder er
musste mit ihr allein ohne Umwege nach Hause gehen.

Einmal als kleiner Junge hatte er seine Großeltern gefragt: „Warum ist
meine Mutter so anders?"

„Wir wissen es leider nicht", kam die traurige Antwort. „Sie war in ih-
rer Kindheit das fröhlichste Kind in diesem Dorf. Sie hat so viel Schaber-
nack getrieben, allerdings konnten wir ihr nie lange böse sein. Hach, was
hat sie nur für niedliche Streiche gespielt, selbst dem Pfarrer. Sie hat
dafür bei ihm ab und zu im Garten mithelfen müssen."

„Einmal hat sie die Rückseiten der Bibel an die Gebetsbänke angeklebt.
Sie wollte nicht, dass man diese stehlen kann."

Daniel gluckste. Er konnte es sich fast nicht vorstellen.

„Dafür musste sie einen ganzen Monat im Kindergarten aushelfen",
meinte seine Großmutter.

„Ein anderes Mal hat sie den Schreibstift des Lehrers mit einem Perma-
nentmarker ausgetauscht, wodurch man die Schrift nicht mehr abwi-
schen konnte – es hatte zwar mächtig Ärger gegeben, aber es war trotz-
dem lustig gewesen. Das gab auch wieder einen Monat Gartenarbeit",
erzählte sein Großvater weiter.

Mittlerweile lachte Daniel laut.

„Ihre Streiche sind legendär geworden. Es erinnern sich immer noch
viele Menschen daran. Trotz alledem war sie eine der besten in der
Schule. Als sie ihren Abschluss mit fast 1,0 gemacht hat, wollte sie an
der Universität Medizin studieren. Sie wollte den Menschen helfen. Wir
waren beide sehr überrascht, aber wir haben sie unterstützt. Schließlich
ist sie unsere Tochter. Sie hatte alle Chancen verdient, die sie bekommen
konnte.

Allerdings blieb sie nur ein Semester dort. Sie kam verändert zurück und
hat sich sofort in ihr Zimmer verkrochen. Sie kam nur zum Essen holen

oder für die Toilette raus. Nach fast zwei Monaten erklärte sie uns, dass sie schwanger wäre mit dir. Seitdem hat sie sich erst recht zurückgezogen. Wir vermissen die Frau, die sich trotzig aller Gefahren stellte. Auch, wenn es durch ihre Streiche immer Gartenarbeit im Pfarrhaus bedeutete." Seine Großmutter weinte mittlerweile.

Die Großeltern hatten eine Weile geschwiegen und sich gegenseitig angeschaut. Trauer war in ihrem Blick, Trauer für die Frau, welche sich wie eine lebende Tote verhielt. Nach einer Weile sprach seine Großmutter weiter: „Wir haben unsere Vermutung, aber es ist nicht an uns, es dir zu erzählen. Sie muss es dir selbst sagen."

Damit war dieses Gespräch beendet und Daniel hatte nie wieder gefragt. Er scheute sich, sich an seine Mutter zu wenden. Daniel hatte sich später in seinen jungen Jahren damit abgefunden und gehofft, dass seine Mutter ihn irgendwann doch noch lieben würde. Er hatte alles getan und sogar mehr. Er war der Beste in seiner Klasse gewesen und auch sportlich hatte er neue Schulrekorde aufgestellt. Weiterhin hatte er sich sozial engagiert, hatte versucht bei der Essensausgabe für Obdachlose mitzuhelfen. Er war wie ein verdammter Samariter gewesen.

Als er schließlich in die Pubertät kam und das Gesicht eines Mannes bekam, behandelte ihn seine Mutter sogar noch kälter. Er verstand es nicht und hatte schließlich begonnen, seine Mutter zu hassen. Jetzt wollte er nicht mehr ihre Liebe oder ihre Beachtung gewinnen. Seine Noten rutschten von einem Tag zum anderen in den Keller.

Später kam schließlich seine Mutter in sein Zimmer und hatte ihn mit ihren toten Augen angesehen. Ohne Umwege sprach sie direkt das Thema an. „Sollten deine Noten nicht wieder besser werden, schicke ich dich weit weg auf ein Internat, wo dich deine Großeltern, Tanten und Onkel nicht besuchen können. Wo mindestens die Hälfte der Klasse deinen Namen trägt. Du bist nicht Besonderes in den Augen der anderen Menschen."

Daniel hatte sie angeschaut. Er nickte, er hatte es verstanden, und fragte sie: „Warum hast du mir dann überhaupt Namen Daniel gegeben? Es gibt so viele andere Jungen mit diesem langweiligen Namen, allerdings haben die meisten wenigstens noch einen kreativen Zweitnamen. Ich habe nichts."

„Als ich dich geboren habe, brauchte ich schnell einen Namen. Mir ist nichts anderes eingefallen auf die Schnelle", kam die lapidare Antwort.

Daniel war schockiert über diese Aussage und das Fehlen von jeglichen Emotionen in ihr.

„Hast du jemals oder wirst du jemals so etwas wie Liebe für mich empfinden?"

Daniel musste es wissen, auch wenn die Antwort ihn zerbrechen würde.

*„Nein, auf beide Fragen, und jetzt mach endlich deine Hausaufgaben."
Seine Mutter war aufgestanden und hatte ihn allein gelassen.*

Daniel hatte nicht geweint. Er hatte schon vor langer Zeit aufgehört, Tränen um das Verhältnis zu seiner Mutter zu vergießen. Er beendete seine Hausaufgaben und ging zu seinen Großeltern. Es war der Abend gewesen, wo er beschlossen hatte, dass er nie eigene Kinder haben wollte. Er wollte nicht dasselbe emotionslose Wrack werden wie seine herzlose Mutter, dieses kalte Wesen.

Sein Traum wanderte weiter. Jetzt waren es einige Jahre später. Er hatte sich vor wenigen Monaten in die Armee eingeschrieben, sobald er mündig war. Gerade hatte er den Anruf von seinen Großeltern bekommen, dass seine Mutter Selbstmord begangen hatte. Doch es hätte ihm nicht gleichgültiger sein können.

Seine Großeltern waren am Boden zerstört, als ihn leise darum baten, sofort nach Hause zu kommen.

Daniel war der Bitte seiner Großeltern auf der Stelle gefolgt. Sobald er angekommen war, hatten ihm seine Großeltern den ungeöffneten Abschiedsbrief seiner Mutter mit seinem Namen darauf überreicht. Der Brief, der vieles in seiner Sicht veränderte.

„Daniel! Daniel!", schrie Kelaino verzweifelt an.

Etwas war passiert, während sie das Lager nach einigen harten Kämpfen eingenommen hatten, doch sie wusste nicht, was. Sie hatte ihn markerschütternd schreien gehört und gesehen, wie eine Dämonin davongeflogen war. Im ersten Moment hatte sich in ihr die Angst festgesetzt, dass diese Dämonin ihn getötet hatte. Sie war so schnell wie möglich zu ihm gerannt.

Daniel hatte wie eine zerbrochene Puppe an einem Baum gelehnt und war bewusstlos gewesen. Einen Moment stand Kelaino bei diesem Anblick starr wie ein Fels, dann rannte sie zu ihm und kniete sich neben ihn. Sie hatte seinen Kopf in beide Hände genommen und geschüttelt. Sie war versucht, ihn aus seiner Ohnmacht herauszuprügeln, aber dadurch würde sie ihn wahrscheinlich erst recht verletzen.

Es dauerte einige Minuten, bis Leben in seinen Körper zurückkehrte. Allerdings ließ es sie noch mehr erschrecken als die vorhergehende Bewusstlosigkeit: Daniel begann zu weinen. Nach einer kurzen Weile schlug er schließlich die Augen komplett auf. Sein Blick war gebrochen und leer. Nur ein kleiner Lebensfunke fand sich darin, wie eine Kerze im Wind, die jederzeit ausgepustet werden konnte.

„Daniel! Sag mir, was los ist!", versuchte Kelaino eindringlich auf Daniel einzureden. Sie konzentrierte sich nur auf ihn und bekam nur am Rande mit, wie die letzten Soldaten um sie herum niedergemetzelt wurden.

Die beiden Harpyienschwestern hatten sich um sie beide herum positioniert und hielten Kelaino und Daniel den Rücken frei. Eine ganze Weile sagte Daniel nichts, doch dann begann er, unverständlich vor sich hin zu stammeln. Sein Blick war unstetig und noch immer hörte er nicht auf zu weinen.

Kelaino musste einen Entschluss fassen. Sie musste ihn unbedingt aus der umkämpften Zone holen. Vielleicht konnte er dann wieder klarer denken und sich fangen. Sie drehte sich zu den beiden

Schwestern um und rief: „Nacht! Schatten! Ich bring ihn von hier fort. Gebt mir Rückendeckung, falls sich noch jemand hier versteckt – und nehmt diese verdammte Kiste mit."

Sofort verwandelte sich Schatten in ihre Tiergestalt und flog zu der Kiste, um sie runterzuholen. Allerdings traf sie dabei ein Pfeil mitten im Flügel und sie stürzte aus zehn Metern Höhe in die Tiefe. Kelaino schaute mit Schrecken zu dem Vogel. Die Sekunde, die sie bis auf den Boden brauchte, dehnte sich ins Endlose aus.

Es wäre ihr Tod gewesen, wenn sie aufgeschlagen wäre – aber sie schlug nicht auf. Wie ein Blitz bewegte sich Daniel und stürzte zu ihr hin. Er hatte sie gerade so erreichen können und sicher aufgefangen. Danach sackte er wieder wie ein nasser Sack zusammen und fiel zurück in seinen apathischen Zustand. Sprachlos stand Kelaino da. Wie war ihm das gelungen? War es der sprichwörtliche Adrenalinschub, bei dem Anblick wie eine seiner Vier bewegungslos abstürzte.

Nacht trat neben ihn und nahm Schatten schweigend in die Arme. Ihr Gesicht war voller Angst um ihre Schwester und ihren Vater. Kelaino nahm hingegen Daniel auf die Arme. Sie gingen vom Schlachtfeld. Diesmal suchte sie nicht nach irgendwelchen Informationen, denn es war eine klassische Falle gewesen. Da gab es keine haltbaren Informationen. Mit einem kurzen Blick konnte Kelaino erkennen, dass die Söldner in Fetzen zerrissen wurden.

Anschließend versammelten sich die übrigen drei blutbespritzt um die beiden Verletzten. Kelaino schaute auf und schüttelte den Kopf. Es gab keine positiven Nachrichten.

Während Schatten nur am Flügel getroffen war, war Daniel psychisch schwer angeschlagen und die wichtigsten Knochen an seinen Armen und Beinen waren gebrochen. Dass er sich überhaupt hatte bewegen können, um Schatten zu retten, war ein Wunder. Das bereitete ihr am Kopfzerbrechen. Irgendwie schien sein Geist gebrochen zu sein. Seine Dunkelheit war zersplittert. Kelaino stand kopfschüttelnd auf.

„Die Knochen sind nicht das Problem, aber sein Geist ist das eigentliche Thema. Etwas hat ihn schwer zugesetzt, sodass er sich tief in sein Unterbewusstsein zurückgezogen hat. Ich weiß nicht, wie wir ihn herausholen können."

Alle schauten sich an und zuckten traurig die Schultern. Niemand hatte bisher mit so etwas zu tun gehabt.

Auf einmal sprach Nacht: „Als Schatten vor wenigen Minuten verletzt wurde, hat Daniel sie gerettet. Vielleicht hilft es, wenn wir vier als seine Kinder zu ihm sprechen. Vielleicht können wir ihn dadurch in seinem Unterbewusstsein erreichen."

Kelaino nickte. Sie hatte gesehen, wie Daniel reagiert hatte. Was auch immer mit ihm passiert war, war kurz ausgesetzt worden, als Schatten in tödlicher Gefahr gewesen war. Auch wenn er immer es probierte, abzustreiten, so liebte er diese Vier wie seine eigenen lieblichen Kinder.

Während Kolibri und Kelaino versuchten, Schatten mit ihrem Flügel zu versorgen, legten sich Nacht, Finster und Schwarz in Tiergestalt vorsichtig an Daniel und stupsten ihn immer wieder an. Er brauchte jetzt mehr denn je ihre Berührungen statt nur einfache Worte. Sobald Kelaino mit der Behandlung der Verletzung fertig war, legten sie Schatten dazu. Dann stellte sich Kelaino neben Kolibri und gemeinsam beobachteten sie die Gegend.

„Was, glaubst du, hat es ausgelöst?", fragte auf einmal Kolibri.

„Ich weiß es nicht. Ich habe eine Dämonin wegfliegen sehen, während Daniel ihr hinterher geschrien hat. Danach war er apathisch … bis auf die kurze Rettung von Schatten."

„Meinst du, es hat etwas mit dieser Kiste zu tun?"

„Kann gut sein. Schon vorher, sobald er die Kiste gesehen hat, war er komplett aufgewühlt gewesen. Ich konnte es fühlen. Deswegen bin ich zu ihm geflogen. Ich weiß leider nicht, was es mit dieser Kiste auf sich hat oder was in seinem Kopf passiert ist, aber wenn du bedenkst, dass er sich weigert, sich selbst als Vater anzusehen, gibt es definitiv eine Familiengeschichte dazu. Er will sie uns bloß nicht erzählen. Ich glaube, es fehlt noch Vertrauen. Schließlich scheint etwas tief in ihm sein Aufwachen zu blockieren."

„Manchmal gibt es Dinge, die es nicht wert sind, erzählt zu werden oder die einfach zu düster sind", schlussfolgerte Kolibri. „Besonders Menschen wollen nach außen nicht schwach wirken, weswegen sie ihre dunkelsten Seiten verbergen."

Kelaino nickte. Sie hatte Unmengen solcher Geheimnisse gesehen und wie sie die menschliche Seele verändert hatten. Letztlich zerstörten sie sich jedoch so lange, bis nichts mehr davon übrig war – wenn sie nicht zwischenzeitlich etwas fanden, wofür es sich zu Leben lohnte. Fanden sie es nicht, begingen einige Menschen Suizid oder vergruben sich so tief in sich selbst, dass sie irgendwann vor Wahnsinn, Trauer oder Depressionen starben.

Nie hätte Kelaino gedacht, dass sich Daniel so nah am Abgrund mit seiner Dunkelheit befand. Das jetzt so zu sehen, erschreckte sie bis ins Mark. Nachdenklich schaute Kelaino zu den Vieren hin, die Daniel immer wieder berührten.

„Ich denke, wir müssen uns um seine Brüche kümmern. Die Wunden könnten sich entzünden und wir wissen nicht, ob er eventuell innere Blutungen davongetragen hat. Kennst du einen Ort in der Nähe, der geschützt ist?", fragte sie Kolibri. „Ich möchte lieber nicht auf diesem offenen Gelände bleiben. Besonders jetzt nicht, wenn wir nicht so mobil sind."

Kolibri überlegte kurz, dann richtete er seinen Blick in den dunklen Himmel, als wollte er die Himmelsrichtung überprüfen.

„Nicht weit von hier sind ein paar Berge, wo es auch einige Wasserfälle gibt. Hinter einem davon befindet sich eine kleine Höhle,
in der ich mal einige Jahre lang meditiert habe."

„Aber wie bekommen wir Daniel durch den Wasserfall, ohne ihn
noch weiter zu verletzen oder zu vergiften? Letztlich könnte er
durch Bakterien im Wasser eine Infektion bekommen."

„Das können wir vor Ort sehen. Ich habe meine Höhle schon vor
einiger Zeit mit einem entsprechenden Mechanismus vorbereitet.
Jetzt müssen wir ihn erst mal dorthin hinbekommen."

Kelaino drehte sich um. Für einen kurzen Augenblick hatte sie gedacht, dass wieder Farbe in Daniels Gesicht zurückkehrte. Allerdings war es nur der gerade fahle Mondschein auf ihn. Kolibri
und sie gingen langsam zu der kleinen Familie und Kelaino kniete
sich wieder nieder.

„Leute, hört mir mal zu. Kolibri kennt hier in der Nähe eine kleine
Höhle, wo sich Daniel und Schatten erholen können, aber dafür
müssen wir beide bewegen. Das wird besonders bei Daniel
schwierig, da er eventuell innere Verletzungen hat."

Nacht verwandelte sich in einen Menschen. „Ich werde meine
Schwester tragen. Ich denke, die Jungs können unseren Dad bewegen. Vielleicht auf einer Trage. Sie sind stärker als wir."

Jetzt verwandelten sich auch Finster und Schwarz. Finster begann
sofort zu sprechen. „Schwarz, du nimmst den Oberkörper, ich
den hinteren Teil."

Zügig rissen sie ein paar frische kleine Äste von den Bäumen ab.
Die daran befindlichen Zweige der beiden Äste verflochten mit
einigem Kraftaufwand sie fest miteinander, sodass fest Gewebe
zwischen ihnen entstand.

Sobald sie Daniel vorsichtig daraufgelegt hatten und Schatten mit
ein paar Stricken an ihn befestigt hatten, liefen sie los. Während
sie durch den Wald gingen, überkam Kelaino eine Müdigkeit, die

ihr bis in die Knochen ging. Zuerst war sie verwirrt. Wieso wurde sie jetzt so müde? Aber dann rief sie sich ins Gedächtnis, dass sie schon seit mehreren Tagen nicht geschlafen, nicht mal ausgeruht hatte. Die ganze Zeit war sie angespannt und in Alarmbereitschaft gewesen. Selbst sie als Übernatürliche kam da an ihre Grenzen.

Klar, dass sie sich so erschöpft fühlte. Vielleicht konnte sie sich ausruhen, sobald Daniel versorgt war. Die Müdigkeit kroch langsam und stetig in sie hinein, wie es sonst nur die Kälte tat, doch sie mussten bestimmt noch einige Kilometer bis zum Ziel laufen. Durch die Trage waren sie sogar weitaus langsamer, als sie gedacht hatten.

Sobald sie einen der beeindruckenden Wasserfälle erreicht hatten, zog Kolibri an einem versteckten Strick – er sah aus wie eine Liane. Ein Stück Holz schob sich plötzlich in den Wasserfall und lies einen schmalen Spalt im Wasser entstehen. Er nickte Kelaino zu. Als sie das gesehen hatte, war Kelaino froh, dass er Vorkehrungen getroffen hatte. Die Männer trugen Daniel vorsichtig in die Höhle dahinter. Nacht mit Schatten und Kelaino folgten ihnen.

Sobald Kelaino durch den Wasserfall schritt, schob Kolibri das schmale Brett zurück. Der Spalt schloss sich auf der Stelle. Jetzt konnten sich alle in Ruhe umschauen. Die Höhle war nicht sehr groß. Mit sieben Personen war auch schon die absolute Maximalkapazität erreicht. Stalaktiten und Stalagmiten ragten in die Höhle und bildeten eine weitere Barriere zum Eingang. In einer Ecke gab es eine kleine Bank aus Stein.

Während sich Kelaino die Höhle genauer anschaute, merkte sie, dass nichts darauf hinwies, dass Kolibri einige Jahre lang hier gelebt hatte. Zwar lagen ein paar alte ausgebleichte Knochen von Tieren rum, aber diese wären wahrscheinlich auf natürlichen Wegen bei Trockenheit oder durch kleine Felsspalten hierhergekommen. In der Zwischenzeit umwickelten Finster und Schwarz Daniel vorsichtig auf eine alte Felldecke, welche der Kolibri versteckt gehalten hatte.

Im selben Moment verwandelten sie sich wieder in Jaguare und legten sich dazu. Nacht dagegen legte erst mal ihre Schwester neben Daniel und stellte sich zu Kelaino. Sie schien etwas sagen zu wollen, war sich aber nicht sicher, wie sie anfangen sollte.

„Ich will so sehr, dass Daniel zurückkommt, aber ich glaube, wir vier sind hier nicht genug. Daniels Herz ist größer, als wir alle bisher dachten. Er hat mehr Platz für andere in ihm, als er selbst wahrscheinlich weiß", meinte sie schließlich traurig.

„Was meinst du damit?" Kelaino verstand nicht. Daniel war nicht gerade ein Ausbruch von Gefühlen – selten sprach er überhaupt darüber. Was Nacht andeutete, konnte sie nicht glauben. Hieß das, dass er vielleicht Gefühle für sie hatte? Kelaino wollte es nicht wahrhaben. Zerstörte Hoffnung war das grausamste Gefühl, das sie kannte.

„Ich weiß nicht genau, warum, aber ich habe irgendwie das Gefühl, dass er nach dir riecht, als hättet ihr eine Verbindung miteinander. Irgendwie ist es etwas dunkler und rauchig geworden. So wie du, Kelaino. Weißt du, was ich meine?"

„Ja, ich glaube schon. Vor vielen Jahren habe ich zwar schon von so einem Phänomen gehört, aber nie gedacht, dass es mir passieren sollte. Kolibri wird die Wache übernehmen, während ich versuche, euch zu helfen. Ich kann allerdings nichts versprechen. Keine Ahnung, was ich machen soll", gestand Kelaino.

Sie schaute zu Kolibri und vergewisserte sich, dass er zugehört und verstanden hatte. Dieser nickte, ging zu dem Eingang der Höhle und legte einige versteckte Schalter um. Jetzt setzte sie sich in Ruhe an die Kopfseite.

Noch immer ratlos überlegte Kelaino, was sie tun sollte. Dann hatte sie eine Idee, die sie einmal bei anderen gesehen hatte: Sie fasste mit ihren Händen an beide Seiten von Daniels Kopf und hoffte, dass sie es hinbekam, in Daniels Bewusstsein vorzudringen.

Sie hatte so etwas noch nie versucht. Schließlich wollte sie niemanden beeinflussen und manipulieren, dafür achtete sie den freien Willen zu sehr. Gegen die wenigen moralischen Vorstellungen, die sie hatte, wollte sie nicht verstoßen. Bisher hatte sie immer nur die Dunkelheit aufgenommen, welche aus den Körpern herausströmte. Es war ausreichend gewesen. Bei Daniel jedoch war es anders. Er hatte etwas an sich, was Kelaino nicht verstand, dem sie aber unbedingt auf den Grund gehen wollte, auf den Grunde gehen musste.

Doch erst jetzt begann der schwierige Teil – der mentale Weg in das Gehirn eines anderen Lebewesens. Sie musste versuchen sich vorzustellen, wie sie in seinen Kopf reinging. Einen langen Pfad aus hellem Licht in der Dunkelheit in Daniels Kopf. Es lief zuerst gut – keine Hindernisse zwangen sie zum Stillstand -, doch nach einige Minuten fühlte sie einen Widerstand, oder besser gesagt: Sie fühlte etwas wie eine sturmartige eiskalte Windböe, gegen die sie kaum anrennen konnte. Der Gegenwind wurde sogar so stark, dass es sie fast ein paar Schritte zurückgehen musste, was dazu führte, dass sie mit aller Kraft sich dagegenstemmen musste. Zusätzlich begann sie am ganzen Körper zu zittern, lange würde sie das nicht aushalten. Frustriert und verzweifelt begann sie mehrere Male, seinen Namen zu schreien. Doch es kam keine Reaktion von ihm. Er musste sie doch irgendwie hören! Sie hatte nicht gedacht, dass es so einfach werden würde, aber sofort flaute der Wand ab und sie konnte auf dem Pfad voranschreiten. Sie war nun in seinem Kopf.

Gefühlt war sie eine Ewigkeit im Kopf von Daniel. Langsam veränderte sich ihre Umgebung, ohne dass sie etwas machen musste. Es wuchsen Dornen, scharfkantige Ecken und Fallgruben um sie herum. Anscheinend war sie im Unterbewusstsein, mit allen Traumas und unterdrückten Gefühlen. Wenn sie jetzt vom Weg abwich, lief sie Gefahr, sich in seinem Kopf zu verirren. Letztlich tauchte wie aus dem Nichts eine riesige Stahltür, eine Art Tresortür mit drei Zahlenschlössern, vor ihr auf.

Kelaino brauchte gar nicht erst gegen die Tür zu drücken, denn dafür war sie viel zu gut gesichert. Nachdenklich betrachtete Kelaino die Tür. Sie musste die Schlösser knacken, bevor sie weitergehen konnte. Die drei Zahlenschlösser besaßen jeweils vier Zahlen zu sein. Es gab Abertausende Varianten von Nummern zum Öffnen von solchen Schlössern, aber sie benötigte drei unterschiedliche und doch ganz spezifische Zahlenkombinationen. Das war die berühmte Suche nach der Nadel im Heuhaufen.

Da hatte sie eine Idee. Vielleicht waren es Kombinationen, die ihm etwas bedeuteten. Jahreszahlen? Kelaino wusste es nicht, doch es war einen Versuch wert.

Laut sagte sie zu den anderen, außerhalb Daniels Bewusstseins: „Ich benötige drei Zahlenkombinationen mit jeweils vier Ziffern. Habt ihr eine Idee?"

Zuerst schwiegen alle ratlos, bis Nacht zurückfragte: „Was meinst du mit Zahlenkombinationen?"

„Ich habe hier so was wie eine Tür vor mir. Es gibt dabei drei Schlösser mit jeweils einer Eingabetaste von vier Ziffern. Wisst ihr irgendwelche Jahreszahlen oder Ereignisse, welche ihm besonders wichtig waren?", gab Kelaino außerhalb von Daniels Kopf wieder. Damit auch die anderen wussten, was innerhalb seines Unterbewusstseins geschah.

„Vielleicht letztes Jahr, als er uns gefunden hat?", hörte sie Finster sagen.

Kelaino probierte es aus. In den ersten beiden Zahlenschlössern funktionierte es nicht, aber beim Dritten klappte es schließlich.

„Das Erste ist gelöst. Habt ihr noch eine andere Idee?"

Wieder herrschte minutenlanges Schweigen, bevor diesmal Kolibri antwortete: „Ich habe mal gesehen, wie er einen Zeitungsartikel von 2010 in der Hand hatte und gedankenverloren darauf gestarrt hat."

Wieder probierte es Kelaino und diesmal funktionierte es bei dem zweiten Schloss. Fehlte nur noch eins. Jetzt allerdings endete die Glückssträhne. Keiner von ihnen wusste etwas.

Verzweifelt stieß Kelaino ihre angehaltene Luft aus. Es war zum Haare raufen. Sie kam nicht durch und Daniel wäre für immer ein Gefangener seines Körpers. Kelaino brauchte Daniel, um ihm selbst zu helfen.

„Daniel, ich will dir doch nur helfen. Bitte gib mir die Chance dazu."

Sie hämmerte gegen die Tresortür, als sich plötzlich eine Gravur darin bildete. Kelaino wartete einen kurzen Augenblick, bis das Feuer, das die Gravur einbrannte, erlosch, und las dann die geschriebenen Wörter: *In dem Jahr wurde eine Mauer gebaut und es fiel eine in sich zusammen.*

Zuerst wusste Kelaino nicht, was Daniel damit meinte. Es gab zu viele Mauern in dieser Welt, egal, ob gefallen oder erbaut. Aber es gab nur eine bedeutende Mauer, die in dem Zeitraum von Daniels Leben gefallen war. Also drehte Kelaino die Zahlen so lange, bis 1989 erschien. Hoffentlich war es das richtige Jahr für Daniel. Sie betete inständig dafür.

Es dauerte eine ganze Weile, bis Daniel das Schloss freigab. Die Tresortür öffnete sich quietschend und knarzend. Der Durchgang lag endlich offen.

8. Kapitel: Dezember, Jahr 2 nach der Menschheit

Versuche, das Wesen des Heiho zu erfassen, und du wirst, was der Gegner plant, richtig einschätzen, sodass du viele Mittel hast, ihn zu besiegen. - Das Buch des Feuers, Miyamoto Musashi

Sobald sie durch die Tür getreten war, stand sie in einer engen, ärmlich wirkenden Küche. In der Mitte des Raumes befand sich ein winziger Tisch, an dem ein kleiner dünner Junge saß. Er machte gerade still seine Hausaufgaben, während eine Frau Mitte dreißig am Abwaschen war. Normalerweise hätte man ein fröhliches Plappern des Kindes hören sollen, doch hier war es totenstill. Der Junge gab nicht ein Geräusch von sich und saß mit ernster Miene am Tisch.

Als Kelaino versuchte zu fühlen, welche Emotionen hier im Spiel waren, konnte sie absolut nichts spüren. Es war beängstigend. Das war bestimmt eine Illusion oder eine Erinnerung.

Auf einmal trat ein erwachsener Daniel leise neben sie. Im ersten Moment zuckte Kelaino zusammen.

„Was bedeutet das hier?", fragte sie ihn neugierig.

Daniel schwieg mit ernster Miene. Es sah fast so aus, als würde er gar nicht antworten, doch dann öffnete er seinen Mund. „Das ist der Abend, als mir meine Mutter offenbarte, dass sie mich niemals lieben würde."

Entsetzt drehte sich Kelaino um und trat einen Schritt zurück, um Daniel ins Gesicht zu schauen. Wie konnte eine Mutter das zu ihrem Kind sagen?

„Wie bitte?"

„Meine Kindheit verlief nicht wie bei anderen Kindern. Ich hatte Verwandte, die sich herzerwärmend und liebevoll um mich gesorgt haben. Meine Großeltern liebten mich abgöttisch. Diesen Teil meiner Kindheit habe ich in meinem Innersten bewahrt und er hat mir jeden Tag die nötige Kraft gegeben. Doch musste ich jeden Tag in dieses herzlose kalte Haus zurückkehren. Es hat mir meine Lebenskraft regelrecht gestohlen und einen Teil von mir zerstört.

Immer hasste ich es, nach Hause zu gehen. Als ich rebelliert habe, hat mir meine Mutter gedroht, mich auf ein Internat zu schicken. So weit entfernt, dass mich meine Großeltern und meine Verwandten niemals besuchen könnten. Allein in der Fremde und niemanden, der mich besuchen durfte."

Daniel schwieg und versuchte anscheinend krampfhaft, die Tränen zurückzuhalten. Ihm machten diese Erinnerungen zu schaffen.

„Aber wie kann das sein, dass deine Mutter dich so sehr gehasst hat?", musste Kelaino fragen.

„Ich würde nicht sagen, dass sie mich gehasst hat. Sie hat nur nichts für mich empfunden. Das ist ein kleiner, aber bedeutender Unterschied. Lange habe ich ihn nicht erkannt. Erst als ich zur Armee gegangen bin und sicher auf meinen Füßen gestanden habe, hat meine Mutter Selbstmord begangen. Ich war in den ersten Stunden richtig erleichtert darüber, und das ist sehr beschämend, wenn ich ehrlich sein soll.

Meine Großeltern baten mich kurz darauf, nach Hause zu kommen. Als ich bei ihnen ankam, haben sie mir den Abschiedsbrief meiner Mutter, welcher an mich adressiert war, in die Hand gedrückt, ungeöffnet.

Ich habe ihn gelesen. Damit brach in mir zusammen und das Schamgefühl anstieg. Ich weiß nicht, wie lange ich vor Schock so

dagesessen hatte. Nach einer Weile fühlte ich, wie meine Großmutter mir mit einem Taschentuch sachte die Tränen weggetupft
hatte.

Darin stand die gesamte Wahrheit über meine Herkunft. Ich bin
das verdammte Ergebnis einer Vergewaltigung!", schrie Daniel
mit gebrochener Stimme heraus.

Daniel konnte sehen, wie das Blut aus Kelainos schönem Gesicht
wich. Als er den Brief zum ersten Mal gelesen hatte, konnte er
nicht auf Anhieb verstehen, was seine Mutter gemeint hatte, und
auch später fiel es ihm schwer, das anzuerkennen. Sein Verstand
versuchte es irgendwie zu verarbeiten. Aber es als Lüge abtun
konnte er nie, das gesamte Verhalten seiner Mutter hatte es jeden
Tag neu bewiesen. Als er älter geworden war und mehr über die
Welt gelernt und verstanden hatte, machte er sich immer wieder
Vorwürfe, dass er seiner Mutter nie hatte so helfen können, wie
sie es als Opfer verdient hätte. Doch gleichzeitig verdammte er sie
dafür, dass sie ihn nicht zur Adoption freigegeben hatte oder seinen Großeltern übergeben hatte. Auch er hatte Hilfe benötigt,
doch sie hatte auch nicht geholfen, sondern bestraft für etwas, wofür er nichts konnte.

„Ist 2010 das Jahr, in dem du es erfahren hast?", fragte Kelaino
vorsichtig. Es war die einzige Jahreszahl von den dreien, die mit
dieser Geschichte Sinn ergab.

„Ich habe es ein Jahr früher erfahren. Es hat mich fast gebrochen.
Nein, 2010 war das Jahr, als ich endlich Gerechtigkeit walten ließ."

„Du hast deinen Vater ..." Kelaino stockte der Atem.

„Ja und ich würde es immer wieder tun. Letztlich war es befrei-
end. Solche Monster haben auf diesem Planeten nichts zu suchen.
Ich dachte, es wäre damit erledigt, weil meine Mutter und mein
Erzeuger nie jemand anderes erwähnt haben, aber ich habe mich

geirrt. Diese Dämonin, die im Lager auf uns gewartet hat, hat meinen Erzeuger dazu angestachelt, das Verbrechen zu begehen, wodurch der Teufelskreis von ihm, meiner Mutter und mir begonnen."

Anscheinend fiel es Kelaino schwer, Daniel so schwach zu sehen. Sie umarmte ihn heftig, dass er fühlte, wie er zusammengequetscht wurde. Er griff an ihre Arme und drückte sie beschwichtigend. Er gab ihr zu verstehen, dass er ihren Trost gerne annahm.

„Ich muss dir noch etwas aus meinen Erinnerungen zeigen. Ich will, dass du verstehst, wie kaputt ich eigentlich bin. Und warum ich solche Probleme habe, dass ich Teil einer Familie bin und vor allem Kinder."

Kelaino schaute auf und nickte schweigend. Daniel wartete, bis sie sich von ihm löste, dann verwischte und formte er die Umgebung nach einer seiner übrigen Erinnerungen.

Es war nicht viel, was sich in der Küche geändert hatte. Die Anordnung der Töpfe war variiert worden und die Tageszeit hatte sich verändert. Außerhalb des Fensters ging die Sonne gerade unter. Auf dem Küchentisch lagen ein paar Klamotten und Socken.

Niemand hätte vermuten können, welche Jahreszeit es war. In Peru gab es keine sehr unterschiedlichen Jahreszeiten. Jedoch wusste Daniel genau, welcher Zeitraum im Jahr es gewesen war. Weihnachten! Die schönste Zeit des Jahres, für jeden außer ihm. Nichts in dieser Küche wies darauf hin. Nicht einmal die kleinste weihnachtliche Figur hatte seine Mutter aufgestellt. Sie verabscheute jegliche Form von Dekoration.

In diesen Zeiten hatte er regelmäßig bei seinen Großeltern übernachtet. Sie hatten ihn verwöhnt und er hatte es geliebt. Selbst die Heiligabende hatte er mit ihnen verbracht. Seine Mutter war meistens zu Hause geblieben. Sie konnte diese Familienfeiern nicht leiden und wollte nur ihre Ruhe haben.

„Welche Erinnerung ist das?", fragte ihn Kelaino vorsichtig. Sie hatte sich in Ruhe umgeschaut.

„Es ist Heiligabend. Einer von den vielen, die ich erlebt habe. Meine Weihnachten waren immer zweigeteilt."

Bevor ihn Kelaino fragen konnte, was das bedeutete, kam der Junge von vor einigen Sekunden rein, nur diesmal ein paar Jahre älter. Er war blass und schlaksig. Sein Haar hing in langen dünnen Strähnchen runter. Er sah verwildert aus und war still, aber sein Gesicht war vor Hass verzerrt.

„In dieser Zeit habe ich meine Mutter am meisten gehasst. Nie hat sie was für mich getan, was eine Mutter normalerweise tun würde. Ich wollte, dass sie verschwindet und dass ich für immer mit meinen Großeltern zusammenleben kann."

Der Junge nahm die Klamotten vom Tisch und verließ die Küche. Jetzt änderte sich der Raum und wurde zu einem kargen Zimmer ohne Bilder von einer glücklichen Familie. Es waren nur wenige Spielsachen zu finden, die ordentlich in einem Regal standen. Dieser Raum hatte keine Seele, sondern war genauso kalt wie die Küche, die Kelaino zuvor gesehen hatte.

Jetzt kam der gleiche Junge rein und legte die Kleidung sorgfältig in seinen Schrank. Danach setzte er sich an seinen Schreibtisch und begann, in seinen Heften zu schreiben. Es war keine Musik und kein Lachen zu hören. Diese Stille war so unwirklich, nicht typisch für ein Kind.

„War es immer so trostlos?", fragte Kelaino.

„Ja, ich habe jedes Weihnachten und jeden Geburtstag Kleidung geschenkt bekommen. Es waren die einzigen Tage, da mir meine Mutter überhaupt etwas geschenkt hat. Ich habe sie dafür umso mehr gehasst. Als wäre es nur eine verdammte Pflicht für sie."

„War es vielleicht ihre Art, dir zu sagen, dass sie dich doch mochte? Letztlich war sie doch ein guter Mensch."

„Ich weiß es nicht, ich habe nie darüber nachgedacht und wollte es auch nie. Es tat zu sehr weh. Für mich war meine Mutter immer die Quelle allen Übels. Das Böse schlechthin. Ich war ein kleiner verzweifelter Junge, der nie das erfahren hatte, was jedes Kind normalerweise erfuhr: die grenzenlose Liebe der Eltern. Eine Mutter soll doch ihr Kind über alles lieben. Sie will, dass ihr Kind, das erreicht, was es erreichen kann mit Studium und einer hervorragenden Arbeit. Meine Mutter hingegen wollte nur das nötigste, dass ich die Schule so gut wie möglich beende. Ansonsten nichts weiter. Für sie war ich nur Ballast."

„Heißt das nicht, dass sie dich doch so gut, wie es ihr möglich war, unterstützte?" Daniel schaute sie nur an und schüttelte den Kopf. „Wenn sie dich hasste, hätte sie dich nicht so weit nach vorne gepusht. Sie wollte, dass aus dir etwas wird, auch wenn es ihr nicht möglich war, es dir in der angemessenen Art und Weise zu zeigen. Indem sie dich so vorwärtsbrachte, wollte sie, dass du den bestmöglichen Job bekommen konntest. Es sollte dir besser gehen als ihr."

Daniel zuckte nur gleichgültig mit den Schultern. „Letztlich hat sie ja gewartet, bis du die Schule absolviert hattest. Aber was hat sie gesagt, als du dich verpflichtet hattest?", fragte Kelaino neugierig nach.

„Ich kann es dir nicht erzählen, sondern nur zeigen."

Der Raum veränderte sich wieder, es blieb jedoch der gleiche Raum. Das Bett war größer geworden und das Spielzeug war nun vollständig verschwunden. Jetzt standen nur Bücher über irgendwelche seltsamen Wissenschaften in den Regalen.

Ein junger Mann befand im Raum und packte seinen Koffer. Es war eine jüngere Version von Daniel. Er packte seine Kleidung so hastig hinein, dass diese nicht mal ordentlich zusammengelegt war. Kelaino schaute ihn fragend an. Daniel schüttelte den Kopf. Seine Augen schwammen vor unterdrückten Tränen.

„Es war der Abend, als ich mich der Armee angeschlossen habe. Ich wollte nur noch weg und meine Mutter einfach zurücklassen. Sie hat mich links liegen lassen und mir nicht mehr ins Gesicht geschaut. Im Nachhinein weiß ich, dass sie mich nicht mehr ansehen konnte, da ich meinem Vater wie aus dem Gesicht geschnitten war. Wie ein verdammtes Ei dem anderen. Doch zu diesem Zeitpunkt verstand ich es nicht und wollte es auch nicht verstehen."

In dem Moment kam seine Mutter rein. Ihr Gesicht war feuerrot vor Wut. Es war das einzige Mal, dass sie wirklich zornig auf ihn gewesen war.

„Warum beabsichtigst du der beschissenen Armee beizutreten? Hast du keine Selbstachtung? Willst du dich von irgendwelchen Verrückten erschießen lassen oder noch schlimmer, einer dieser Machos werden, die Frauen herablassend behandeln und sie missbrauchen?", fuhr sie ihn an.

„Was willst du mir den jetzt damit sagen? Mein einziger Grund ist von hier wegzukommen. Ich habe hier nichts, was auf mich wartet. Du hast es mir einfach gemacht. Ich will nichts mehr mit dieser Stadt, erst recht nicht mit dir zu tun haben, du alte Hexe!", brüllte er sie an.

Seine Mutter sagte im ersten Moment nichts, doch dann erwiderte sie: „Ich wollte immer, dass du so schnell wie möglich verschwindest, aber nicht als verdammter Soldat, sondern als etwas anderes, was dich zu einem respektablen Mann in dieser Welt macht. Ein Soldat bringt nur Unglück in die Welt. Er bringt Zorn, Verzweiflung und Tod."

„Das ist mir egal. Ob nun ein Soldat mehr oder weniger macht keinen Unterschied. Hauptsache, ich bin von dir weg, alte Hexe. Du hast mir nie Liebe und Geborgenheit entgegengebracht, warum soll ich da jetzt anfangen, dir zuzuhören?"

Der junge Daniel nahm daraufhin seinen Koffer und stürmte raus. Endlich würde er frei sein und sein Leben genießen können, das stand in seinem entschlossenen Gesicht geschrieben. Seine Mutter hingegen setzte sich mit ihren toten Augen auf sein Bett und ließ ihn gehen. Ihr Gesicht zeigte keine einzige Gefühlsregung mehr.

Der ältere Daniel schüttelte traurig seinen Kopf. Jetzt im Nachhinein, da er ihre Situation kannte, beschämte es ihn, wie er sich ihr gegenüber benommen hatte. Doch letztlich hatte sie sich zu ihm kalt und fies verhalten hatte, weswegen er sich nicht anders verhalten hätte können.

„Es war nicht meine beste Zeit. Ich war voller jugendlichem Zorn. Ich wollte ihr wehtun, endlich zu ihr durchdringen, aber sie war tot innen drin. Sie hatte keine Emotionen in ihrem Herzen. Die hatten sich höchstwahrscheinlich alle bei der Vergewaltigung ins Nichts aufgelöst. Jeder einzelne Tag, den sie mit mir verbracht hat, besonders die letzten Jahre, schnitt sich tief in ihr Herzen ein. Das habe ich regelmäßig in ihrem Gesicht gesehen, wenn sie sich unbeobachtet gefühlt hatte. Ich war der lebende Beweis für das Grauen, was sie durchlebt hat. Allerdings habe ich nie verstanden, warum sie mich nicht zur Adoption freigegeben hatte. Vielleicht wollte sie über ein was Kontrolle zu halten – Macht ausüben, wo sie vorher machtlos gewesen war."

Kelaino drehte sich zu ihm um, während Daniel traurig seine Mutter ansah. Er hatte die Erinnerung eingefroren, sodass er ihr länger in das Gesicht schauen konnte. Es schnitt ihm ins Herz, sie so zu sehen. Es tat ihm unendlich leid, was seine Mutter durchgemacht hatte. Er konnte es nie wiedergutmachen – egal, wie sehr er sich wünschte, dass die letzte Begegnung mit ihr anders abgelaufen wäre. Doch das waren und blieben die letzten Worte, die er jemals zu ihr sagen würde.

Er empfand zwar immer noch keine Liebe für seine Mutter, allerdings hatte sie etwas durchgemacht, was keine Frau hätte durchleben sollen. Seit dem Brief hatte er darauf geachtet, jeden Menschen so zu behandeln, wie sie es verdient hatte.

„Daniel, hör mir zu. Ich weiß, es fällt dir schwer, dir selbst zu vergeben. Auch wenn deine Mutter dich vielleicht nicht so geliebt hat, wie du es verdienst hättest, so hatte sie dir die Möglichkeit gegeben von anderen Menschen geliebt zu werden. Letztlich hatte sie dich zu deinen Verwandten ab und zu gegeben. Sie konnte es auf keine andere Weise tun. Vielleicht war sie in ihrem Geist genauso gefangen wie du jetzt.

Sie wollte, dass es dir an nichts Materiellem fehlte und dass du eine Chance hast in deinem Leben. Sie wollte nicht, dass du in einem sinnlosen Kampf stirbst, der dir von unbekannten Mächten diktiert wird. Auch wenn sie dich nie geliebt hat, wie es eine Mutter normalerweise tun sollte, war sie trotzdem ein Mensch, der sich im Rahmen seiner Möglichkeiten bewegt hatte. Sie hat dich großgezogen und dich, sooft es ging, zu deinen Verwandten geschickt, auch wenn sie manchmal dir gedroht hatte, dich nicht mehr zu ihnen zu senden – was wahrscheinlich nur ein letzter Versuch der Kontrolle von ihr gewesen war. Sie wollte dir die Liebe deiner Großeltern geben, welche sie selbst dir nicht geben konnte. Ich denke, sie fühlte sich schuldig deswegen, konnte aber nicht anders."

Daniel wurde blass. War es so einfach, so simpel? Hatte ihm seine Mutter doch etwas gegeben, was ihn am Leben erhalten hatte? Er wusste es nicht. Aber dann erkannte er, dass seine Mutter ihm ihre Eltern und deren Geschwister gegeben hatte, auch wenn es ihr nicht wirklich darum gegangen war. Ohne seine Großeltern und Verwandten wäre sein Leben eine einzige traurige Farce geworden.

Er fühlte, wie Tränen seine Wangen herunterliefen. Kelaino hatte ihn dazu gebracht, endlich die Wahrheit seiner Mutter zu erkennen. Auch, wenn er es nicht wirklich akzeptieren konnte. Schließlich hatte sie ihm nur seine Großeltern gegeben und ansonsten nur das überlebensnotwendige, aber keine Liebe von ihr.

In den tiefsten Tiefen ihres Unterbewusstseins konnte sie ihn nicht weggeben, weil sie einen kleinen Funken Menschlichkeit und Mütterlichkeit in sich gehabt hatte.

Daniel wandte sich ab. Er konnte sich diese Szene nicht weiter anschauen. Zu beschämt war er von dieser Situation. Er wollte weg von hier, weiter weg als je zuvor. Vielleicht verblasste die Erinnerung mit der Zeit. Dieser Blick in die Vergangenheit hatte sein Innerstes nach außen gekehrt. Er wollte gerade gehen, als er eine Hand sanft an seiner Schulter spürte. Er schaute zurück. Kelaino schüttelte den Kopf.

„Bitte, Daniel, ich will dich nicht verlieren. Ich weiß, du hast deine Mutter gerächt, und ich bin froh darüber, aber bitte sag mir, was dein Erzeuger über die Tat erzählt hat. Willst du nicht, dass diese Dämonin, wenn sie was mit der Sache zu tun, zur Strecke gebracht wird?"

„Ich … Ich …", stammelte Daniel, „ich weiß es nicht. Diese ganze verabscheuungswürdige Situation, mit meiner Mutter und meinen Erzeuger sollte schon längst beendet sein. Ich dachte, ich hätte die ganze Sache mit dem Tod von ihm, als ich ihn getötet hatte, überstanden. Damals war ich so voller Zorn gewesen, der sich danach schnell gelegt hat. Ich war froh. Mein Leben war gut ohne diese Rachegelüste. Aber mit dieser Frau ist alles zurückgekommen, auf mich eingestürmt. Ich weiß nicht, woher sie das alles weiß, aber es ist das Schlimmste für mich, dass noch jemand anderes an diesem Verbrechen beteiligt war. Ich kann es kaum noch ertragen. In so einer Welt will ich nicht leben."

„Dann räche deine Mutter nochmals. Nimm die Kraft aus deiner Rache und wandle deine Schwäche wieder in dieselbe Stärke um, die ich von dir kenne. Hebe dich über dieses Monster hinweg."

„Ich weiß nicht, ob ich das kann. Es hat mein ganzes Leben bisher bestimmt. Aber ich werde versuchen." Daniel versuchte umzusetzen, was Kelaino meinte. Vielleicht konnte er sich nach seiner Rache endlich zur Ruhe setzen – sein Leben wieder genießen.

„Kannst du dich noch an den Tag erinnern, wo du dich um deinen Erzeuger gekümmert hast?", fragte Kelaino auf einmal. Vielleicht würde ihr was einfallen, wenn sie diese Szene sah.

Daniel musste sich nicht anstrengen, um sich diesen Tag in Erinnerung zu rufen. Dieser Tag würde ihm auf ewig im Gedächtnis bleiben.

Sofort veränderte sich die Umgebung um sie grundlegend.

Beide standen neben einen kaum jüngeren Daniel in der Nacht vor einem riesigen Haus. Sein Erzeuger war mittlerweile ein großes Tier einer Anwaltskanzlei in der Hauptstadt von Peru geworden und hatte eine Frau und zwei Kinder. Sie waren eine glückliche Familie … auf den ersten Blick. Daniel hatte in den vergangenen Tagen sich jedoch Zeit genommen und die Familie observiert. Schon an dem ersten Abend war ihm klar geworden, was hinter verschlossener Tür passierte.

„Als ich wortlos habe ich meinem Großvater den Brief gegeben. Mein Großvater war so wütend geworden, wie ich ihn noch nie gesehen hatte", begann Daniel, während sie den anderen Daniel vor dem Haus beobachteten, „später hörte ich ein lautes Krachen. Mein Großvater hatte seine gesamte Werkstatt zerstört. Sowas habe ich nie bei ihm gesehen. Es dauerte Stunden, bis er sich so weit beruhigt hatte, dass er wieder normal hatte reden können, ohne bei jedem zweiten Wort einen Fluch auszustoßen. Doch auch danach war die Wut immer noch vorhanden.

Kurz darauf habe ich meinen Dienst als Soldat quittiert und war in den Geheimdienst eingetreten. Ich hatte meinen Großeltern und mich insgeheim geschworen, meinen sogenannten Vater zur

Strecke zu bringen. Leider war meine einzige Spur er selbst gewesen.

Ich war meinem Vater wie aus dem Gesicht geschnitten. Da verstand er erst meine Mutter so richtig. Sie hatte mir jeden Tag in meine Augen sehen müssen, wie ich heranwuchs und meinem Vater äußerlich immer ähnlicher geworden war. Es musste ihr jedes Mal die Vergewaltigung aufs Neue vor ihrem inneren Auge vorgeführt haben. Ich konnte mich für eine lange Zeit nicht mehr im Spiegel ansehen.

Letztlich brach ich in die Universität seiner Mutter ein. Ich benötigte unbedingt den Zugriff auf die Datenbank. Nach wenigen Minuten fand ich ein Bild von mir – besser gesagt von seinem Vater. Erst ein Jahr später konnte ich ihn lokalisiert. Der Mann hatte seine Spuren nach dem Überfall gut verwischt."

Jetzt die Frau sich für die Nacht fertig machte, konnte Daniel Vernarbungen von alten und neuen Verletzungen erkennen, Verbrennungen, Schnittwunden und auch Deformationen der Haut. Ihr Körper war ein einziges Schlachtfeld. Bei den Kindern war es nicht ganz so schlimm gewesen. Die Narben dieser Taten konnte die Frau immer unter ihrer Kleidung verdecken. Zu seinen Kindern war er etwas weniger grausam, was vielleicht auch daran lag, dass seine Frau sich – sofern es ihr möglich war – dazwischen stellte, anders konnte man einige Narben erklären. Doch es machte etwas deutlich. Die Frau und die Kinder lebten in ständiger Angst vor dem Mann. Dieser Mann war der reinste Psychopath. Hinter verschlossener Tür drangsalierte der Mann seine Frau sowohl psychisch als auch physisch.

Wieder veränderte sich die Situation. Der beobachtenden Daniel trug nun andere Kleidung. Mit einer Handbewegung zog dieser sich eine Maske über das Gesicht.

„Die Frau und die Kinder waren bei einem Konzert", erklärte Daniel neben Kelaino.

Wortlos folgten beide den maskierten Daniel ins Haus und fanden den Mann an seinem Arbeitsplatz sitzen. Er befriedigte sich gerade selbst, als er eine Webseite im Darknet anschaute. Im ersten Moment hatte Daniel nicht mitbekommen, was er sich da anschaute, doch dann hörte das Geräusch von Peitschenhieben auf der nackten Haut und kreischende Schreie wahrhaften Schmerzes. Mit einem schnellen Griff überwältigte Daniel den Mann. Zwar wehrte sich der Mann mit all seiner Kraft, doch er war machtlos gegenüber Daniel gewesen. Mit einem Daumendruck auf die Halsschlagader wurde der Mann bewusstlos. Schnell fesselte Daniel ihn auf einen Stuhl und setzte eine mit gebrachter Videokamera auf einem Stativ vor ihm hin.

Nach zehn Minuten wachte der Mann schließlich auf. Sofort richtete sich dessen Zorn auf Daniel.

„Wer bist du, dass du in mein Haus einbrichst?"

„Interessant, dass du dich darüber aufregst. Findest du es nicht paradox, wenn man bedenkt, dass du dir gerade im Darknet einen Film mit realer Folter angeschaut hast."

„Ach was meinst du damit? Es kann dir doch egal sein, was ich mir anschaue. Ich bin ein freier Mann."

„So eine Freiheit ... hast du die auch deinen Opfern gegeben?"

„Die wollten es so. Die haben doch regelrecht darum gebettelt", meinte der Mann mit hämischem Grinsen, „Ja, ich habe sie genommen, so wie sie es mir angeboten hatten. Eine Stimme in meinem Kopf hat zu mir gesprochen und ich wollte es unbedingt. Sie waren hübsche, niedliche Dinge, so unschuldig, so rein. Ich musste es ihnen austreiben. Und sie wollten es auch, hatten sie doch immer diese aufreizenden Klamotten angehabt. Also habe ich sie mir einfach genommen. Wir haben es sehr genossen, diese süße Qual bei jedem schmerzvollen Aufschrei. Die ganze Zeit habe ich gelacht. Ich fühlte mich so herrlich, stark und unbesiegbar, während mich sie mich beobachtet hatte.

Nur schade, dass sie danach immer verschwunden sind. Ich hätte sie liebend gerne immer wieder genommen und sie alle trainiert. Sie wären gute Haustiere geworden und mir viel Freude bereitet."

Der maskierte Daniel wischte sich mit einer Hand über das Kinn. Jetzt wusste er, dass es nicht sauber enden würde – das hatte er aber auch nicht wirklich gedacht.

Also stellte er die Kamera an und zog seine Machete aus der Schneide. Mit einer schnellen Bewegung schnitt er in das verletzliche Bauchfleisch rein. Sofort kreischte der Mann mit hoher Stimme auf.

„Also fangen wir noch einmal an."

„Ich werde nichts sagen. Ich habe nichts zu gestehen", wimmerte der Mann unter Schmerzen.

„Na gut, dann geht es halt weiter", murmelte Daniel.

Nun schnitt Daniel wieder in das Fleisch ein. Und immer wieder. Jedes Mal mit der gleichen Frage. Nach fast zehn Minuten brach der Mann schließlich ein und begann zu erzählen. Es dauerte weitere zwanzig Minuten, bis er schließlich fertig war. Selbst für Daniel, der mittlerweile einige Gräueltaten gewohnt war, überlief es eiskalt.

Daniel hatte nicht geahnt, was für ein schreckliches Monster der Mann gewesen war, dass er eins war, hatte er schon geahnt, aber nicht das Ausmaß.

Danach hatte Daniel ihn mit einem Schnitt in die Pulsader an beiden Handgelenken langsam ausbluten lassen, bevor er schließlich verschwand. Er blieb so lange, bis er sicher war, dass dieser Mann wirklich tot war. Sein Erzeuger hatte kein Recht auf das Leben gehabt.

„Später kehrte ich zu meinen Großeltern zurück. Diese hatten gerade die Nachrichten an. Der Mord an meinem Vater kam darin vor. Beide drehten sich zu ihm um und schauten ihn nur stumm an. Daniel nickte einmal. Sofort stand meine Großmutter auf und nahmen mich in ihre Arme.

Währenddessen lief in den Nachrichten der Bericht weiter. Der Sprecher erzählte gerade von dem Geständnis und es wurde die Mutter mit ihren Kindern gezeigt. Sie schauten erleichtert aus und weinten nicht eine einzige Träne. Kurz hob sich ihre Lippen und ihre Augen schlossen sich leicht.

Einige Jahre später wurden die Ermittlungen zu diesem Fall eingestellt. Niemals waren die Behörden auch nur in die Nähe von mir gekommen, da auch ich hervorragend in Spuren beseitigen war.

Sobald der Fall zu Akten gelegt war, war ich unauffällig bei der Mutter und ihren Kindern gewesen und hatte sie beobachtet, besonders die Kinder -welche meine Halbgeschwister waren – waren mir sehr wichtig. Inständig hatte ich gehofft, dass sie der psychische Schaden nicht mehr allzu groß war.

Zudem wollte ich nicht, dass die Kinder das gleiche Leid ertragen mussten wie er. Doch an dem sonnigen Tag, als ich sie sah, konnte ich sehen, wie die Mutter ihre Kinder umarmte und zum Abschied küsste. Die Kinder schauten immer noch etwas misstrauisch in die Welt, aber nicht mehr verängstigt. Die Mutter drehte sich dann um und ging in das Haus zurück. Dort unterhielt sie sich mit einer anderen Frau, während sie ihr vertraulich über den Arm strich. Es war ihre neue Lebensgefährtin. Anscheinend war das Vertrauen der Mutter in Männern war zerbrochen gewesen, aber wahrscheinlicher hatte diese Frau schon vorher latente Hinweise auf ihre sexuelle Orientierung gezeigt, nur dass sie es sich nicht erlaubt hatte, diese auszuleben, unterdrückt von ihrem getöteten Mann", erklärte Daniel, während die Szene um sie herum stillstand. Mit seiner Beichte löste sich das blutende Gesicht und die gesamte Situation vor Daniel ins Nichts auf und es überkam ihn eine Art Seelenfrieden.

Zumindest kam es Daniel damals so vor. Jetzt wusste er nicht mehr, was er denken sollte. Bisher hatte er immer wieder ein unruhiges Gefühl gehabt hatte. Etwas hatte immer gefehlt und jetzt wusste er auch, was es gewesen war.

Kelaino hatte die Antwort ebenfalls gefunden. Sie drehte sich zu ihm um und schaute ihn an.

„Diesem Mensch wurde es eingeredet. Zwar muss schon immer etwas Böses in ihm gewesen sein, aber diese Stimme hat es herausgebracht. Das war das Werk der Dämonin. Sie hat sich als diese Stimme getarnt. Sie hat ihn dazu gebracht, dass er deine Mutter vergewaltigt hat. Dabei hat sie ihn die ganze Zeit beobachtet. Diese Dämonin trägt die Schuld an dem zerstörten Leben von vielen Menschen und durch die Beeinflussung deines Erzeugers zog sie deine Mutter mit in den Teufelskreis, wodurch du letztlich so aufgewachsen bist wie du bist." Kelaino verstummte einen kurzen Augenblick. „Ich glaube, du wirst erst wieder zur Ruhe kommen, wenn dieses Monster und damit die letzte verantwortliche Person nicht mehr lebt. Ansonsten würde sie dich dein ganzes Leben lang weiterverfolgen und du wirst nie zur Ruhe kommen. Vergebung ist an dieser Stelle leider komplett fehl am Platz und kann dir kein Seelenheil geben."

„Willst du mir damit sagen, dass ich sie umbringen soll?", fragte Daniel nüchtern und kalt. Eigentlich sollte er entsetzt über diesen Vorschlag sein, aber es breitete sich nur Ruhe in ihm aus.

„Du solltest sie lieber nicht umbringen und ich möchte dich auch nicht dazu treiben, weiß Gott nicht. Ich will nicht, dass du dich noch weiter in die Dunkelheit bewegst! Aber diese Dämonin muss verschwinden. Sie wird dich nicht einfach aus deinen Fängen lassen wird. *Ich* werde sie für dich töten, wenn du willst", bot Kelaino an.

Jetzt war Daniel sprachlos. So etwas hatte noch nie jemand für ihn getan. Es war kein Freundschaftsdienst, der einem jeden Tag angeboten wurde. Er hatte das Gefühl, dass auch sie dieses Angebot noch nie sonst jemandem gemacht hatte. Es war ein Ausnahmedienst für eine Ausnahmesituation.

„Ich danke dir für dein Angebot, aber ich werde es ablehnen." Kelaino schaute ihn mit erstauntem Blick an. „Ich werde es selbst tun. Das bin ich meiner Mutter schuldig und meinen Verwandten, wenn nicht sogar mir selbst. Keiner außer mir sollte diese Schuld tragen."

Kelaino lehnte sich an ihn. „Ich akzeptiere das, doch um das durchzuführen, musst du wieder in die wirkliche Welt raus. Du kannst dich nicht die ganze Zeit in deinem Kopf verkriechen. Außerdem warten draußen Personen auf dich. Sie umgeben dich schon die ganze Zeit und lieben dich bedingungslos. Sie sind deine Familie."

Daniels Gesicht hellte sich auf. Es wurde regelrecht liebevoll. „Stimmt, meine Vier! Meine Kinder! Darf ich sie überhaupt so nennen?"

„Sie sprechen von dir auch als Dad. Du bist definitiv mehr wert als dieses Scheusal, das du umgebracht hast. Zudem behandelst du die Menschen, nach dem Tod deiner Mutter, mit dem Respekt behandelt, der ihnen zustand. Du hast die Menschen, die du geliebt hast und die dich geliebt haben, beschützt. Auch deine Vier hast du wie vollwertige eigenständige Lebewesen behandelt. Du hast sie zu den Raubtieren erzogen, die sie sind, und das wissen sie auch. Sie lieben dich wie einen Vater. Du bist das Oberhaupt ihrer kleinen Familieneinheit."

Daniel wischte sich mit seinem Finger über die Augen und strich sich verstohlen die ausgetretenen Tränen weg. Er lachte leise. „Verdammte Gefühlsduselei. Ich bin ein emotionales Wrack." Daniel warf seinen Kopf nach hinten, um seine Gefühle unter Kontrolle zu halten. Meine Güte, seit wann war er so ein Sensibelchen geworden?

„Wie kann ich wieder zurückkommen? Wir sind zu tief in meinem Bewusstsein. Ich kenne den Rückweg nicht. Es ist ein Labyrinth. Ich fühl mich so verloren. Und was wird passieren, wenn ich draußen bin? Werden mich die anderen immer noch akzeptieren?"

Kelaino fuhr mit ihrer Hand liebevoll über seine Wange. „Vertrau mir. Es wird alles gut werden. Auch wenn du jetzt denkst, dass du schwach und hilflos bist, steckt in dir so viel Stärke wie selten bei einem Menschen. Du wirst einen Weg finden, die Liebe und die Fürsorglichkeit, die in dir steckt, auch deinen Kindern zu zeigen."

Kelaino nahm seine Hand und zog ihn mit sich. „Komm, Daniel, wir werden schon sehnsüchtig erwartet. Alle warten auf dich – und du hast eine weitere Mission zu planen."

Die Dämonin landete auf der letzten Stufe vor dem Eingang des riesigen Tempels. Endlich hatte sie wieder etwas, worauf sie sich freuen konnte. Beschwingt ging sie in den Tempel und machte sich auf den Weg in ihre Gemächer. Gerade wollte sie die Tür zu ihrem Zimmer aufmachen, als sie hinter sich eine Stimme hörte.

„Was hat dich in so gute Laune gebracht? Und kannst du mir bitte sagen, was du in der letzten Nacht getan hast, Aynät? Du kannst dich nicht so einfach mit einem Drittel meiner Leute wegschleichen."

Überrascht drehte sie sich um. An einer Säule lehnte ihr Boss und derzeitiger Geliebter. Wie immer, wenn sie ihn sah, lief ihr ein kalter Schauer der Furcht über den Rücken, doch sie riss sich zusammen. Jede Unachtsamkeit von ihrer Seite würde ihn zur Bestrafung und Peinigung animieren. Er liebte es, ihr Blut zu sehen. Es war aufputschend für sie, aber auch grausam, fast wie eine Hassliebe.

„Ich habe die Behausung von deinem kleinen Störenfried gefunden und sie zerstört. Komplett und unwiderruflich. Zusätzlich habe ich herausgefunden, wer diese Übernatürliche sind, die ihm helfen."

Ihr Boss stieß sich von der Säule ab und schritt langsam zu ihr. Direkt vor ihr blieb er stehen. Er hob seine Hand und legte sie auf ihre Wange. Sie zuckte zurück.

„Warum hast du dann mein kleines Ärgernis nicht gleich umgebracht? Warum willst du immer mit deinen Opfern spielen? Gebe ich dir nicht genügend Spielzeug? Deine sadistische Ader ist kaum noch zu bändigen. Lerne endlich, dich zu beherrschen."

„Das Töten und Jagen macht mir aber so viel Spaß. Ich will andere leiden sehen. Besonders lustig ist es, wenn sie mich sehen und wissen, dass es keine Hoffnung mehr gibt."

Sie lächelte kalt bei dieser Erinnerung. Schon so viele gebrochene Seelen hatte sie in ihren unsterblichen Leben gesehen. An jede einzelne konnte sie sich erinnern und sie tat es gerne. Besonders die Menschen hatten es ihr angetan. Sie waren immer so hoffnungsvoll gewesen. Erst der gebrochene Ausdruck in ihren Augen brachte Aynät ihren Höhepunkt.

„Kannst du mir vielleicht sagen, wer für die Angriffe auf meine Stützpunkte verantwortlich ist?" Langsam wurde er ungeduldig. Sie musste ihm schnell eine Antwort geben, sonst würde sie leiden.

„Oh, oh ja, es ist eine Gruppe von sieben Personen, allerdings ist nur einer davon ein Mensch. Ich kenne ihn sogar. Ich hatte seinen Vater mal bezirzt. Die anderen sind zwei normale Übernatürliche und vier andere Wesen. Ich konnte sie allerdings nicht zuordnen. Sie waren irgendwie anders als wir", antwortete Aynät sofort.

„Kannst du mir etwas von diesem Menschen erzählen? Ich will wissen, was das Besondere an ihm ist. Wie hatte er den Zauber vor zwei Jahren überleben können? Das hätte niemals passieren dürfen."

„Ich weiß es nicht. Aber ich habe seine Eltern zusammengebracht. Sein Vater hat an einer Universität Jura studiert und in der ganzen Zeit hatte er seine Augen auf ein spezielles Mädchen gerichtet. Er wollte sie so sehr, aber er hat sich noch zurückgehalten. Ich brauchte nur in seinen Träumen auf ihn einflüstern. Irgendwann hat er sich nicht mehr zurückgehalten und ist über sie hergefallen. Es war ein wunderbarer Anblick, wie sie sich verzweifelt gewehrt hat."

„Du hast ihn also erschaffen. Wie schön für dich. Endlich deine eigene Kreation", meinte er höhnisch.

Aynät lehnte sich zurück. Sie versuchte Abstand zu gewinnen, etwas beunruhigte sie an ihm. Jedoch folgte ihr Boss ihr und drängte sie unerbittlich gegen die Wand.

„Warum hast du ihn nicht gleich umgebracht? Ich will endlich meine Ruhe haben und meine Machtbasis weiter ausbauen. Ich will ganz Südamerika regieren."

„Ich habe ihn gebrochen. Sobald ich ihm die kleine Geschichte seiner Zeugung erzählt habe, hat er wie ein kleines Weichei angefangen zu weinen. So ein Warmduscher. Oder vielleicht hat seine Mutter ihn noch misshandelt und geschlagen, wer weiß. Wahrscheinlich habe ich sie in ihren Grundfesten erschüttert."

Sie lachte grausam. Sie liebte solche Geschichte, vor allem, da es nie ein Happy End gab. Diese Personen entwickelten sich immer zu irgendwelchen kranken Psychopathen, die ihr Umfeld nach und nach zerstörten. Sie brachen andere Menschen und es wurde ein herrlicher Teufelskreis, dem man unmöglich entfliehen konnte.

Sie hatte in der Historie so oft solche Geschichten miterlebt und gehört. Es gab die besten Kettenreaktionen. Viele Serienmörder hatten solche grandiosen Kindheiten gehabt. Das Wichtigste aber bei solchen Gegebenheiten war Geduld. Sie brauchte nur zu warten. Dieser Mensch würde bald seinen endgültigen Nervenzusammenbruch erleiden und dann könnte jeder in seiner Umgebung leiden. Sie konnte dieses Blutmassaker kaum erwarten. Die anderen Sechs wussten noch nicht, was sie erwartete.

„Nicht mehr lange. Dann werden wir dabei zusehen können. Danach brauchen wir ihn uns nur noch schnappen und richtig dressieren. Wenn wir es klug anstellen, haben wir einen Bluthund, der jede Aufgabe für uns mit Grausamkeit erledigt", versuchte sie ihren Boss zu beruhigen.

Der schaute sie zuerst zweifelnd an, bevor er sie schließlich böse anlächelte. Unauffällig stieß sie ihren angehaltenen Atem aus. Er hatte ihr noch vor wenigen Sekunden so viel Angst wie noch nie eingeflößt. Dieses Lächeln nun bedeutete, dass er ihr ihre kleine Rede abnahm.

„Ich baue darauf. Das heißt aber auch, dass wir ihn irgendwie hierher lotsen müssen. Wir dürfen ihn nicht frei herumlaufen lassen, sonst zerstört er noch meine restlichen Lager."

„Das, denke ich, wird nicht so schwierig sein. Ich habe die eine oder andere Information zufällig fallen lassen und glaube, wir können uns darauf vorbereiten, dass wir bald Besuch bekommen werden. Deine Folterkammer wird ein wunderbares neues Zuhause für ihn sein. Die anderen seiner Gruppe werden bestimmt das Zeitliche segnen. Dann gehört er uns allein."

Kolibri stand am Wasserfall und versuchte über das lautstarke Tosen die Umgebung zu überwachen, was nicht einfach war. Bisher war nichts zu erkennen. Er schaute sich kurz zu den anderen um, um sich zu vergewissern, dass es ihnen gut ging.

Die beiden Männer und Schatten hatten sich mittlerweile um Daniel und Kelaino herum hingesetzt und beobachteten sie. Sie ließen sie nicht eine Sekunde aus den Augen. Nacht allerdings war gerade dabei, die Sachen von Daniel ordentlich zusammenzulegen. Es war eine dieser Handlungen, wenn man nervös war und etwas tun wollte. Das tat sie ab und zu.

Kolibri konnte sie verstehen. Es dauerte zu lange bei Daniel und Kolibri, fast schon vier Stunden. Was auch immer Daniel auf diesem Schlachtfeld passiert war, es musste etwas Grausames gewesen sein.

Kolibri drehte sich wieder um und blickte raus. Es gab immer noch nichts Neues. Das frustrierte ihn zunehmend. Daniel war bestimmt nicht schwach, aber diese Dämonin hatte ihn über die Kante geschubst.

„Kolibri, kannst du mir sagen, was auf diesem Zettel steht?", fragte ihn Nacht.

Kolibri zuckte zusammen. Er hatte gar nicht gehört, wie Nacht neben ihn getreten war. Überrascht schaute er zu ihr hinüber. Sie hielt einen kleinen Zettel mit zwei Wörtern darauf in der Hand. Da fiel ihm auf einmal etwas auf.

Klar, in den letzten paaren Monaten hatten Daniel, Kelaino und Kolibri ihnen so viel wie möglich über Kriegsführung und Kampfkünste beigebracht, aber nicht das Lesen, Schreiben oder Rechnen. Das sollte unbedingt so schnell wie möglich geändert werden. Das mussten die Vier unbedingt beherrschen. Ungebildete Personen waren ein Grauen und konnten sehr viel Übel anrichten. Das hatte er schon zu oft gesehen.

Er nahm den Zettel in die Hand und las. Dann blickte er entschlossen zu Nacht und dann zu den anderen.

„Ich denke, ich weiß, wo das Hauptlager ist: in Machu Picchu."

9. Kapitel: Dezember, Jahr 2 nach der Menschheit

Indem du die Absichten deines Gegners durchschaust, wirst du ihn mit der Weisheit deiner Kampfkunst überwinden. - Das Buch des Feuers, Miyamoto Musashi

Daniel wusste nicht, wie viel Zeit vergangen war, doch er war einen unendlich langen Weg gegangen. Er hatte nicht ahnen können, wie weit er sich in sein Unterbewusstsein zurückgezogen hatte. Das Kelaino überhaupt zu ihm durchgedrungen war, grenzte an ein Wunder. Er war froh darüber, dass sie diese Mühe auf sich genommen hatte, denn er wusste nicht, was sonst mit ihm passiert wäre. Wahrscheinlich wäre er mit der Zeit gestorben, eingegangen, verhungert oder an gebrochenem Herzen verendet.

Er war zwar immer noch traurig und fühlte sich hilflos, doch wusste er in seinem tiefsten Inneren, dass er eine Familie hatte, die ihn über alles liebte und die er auch über alles liebte. Daniel war nicht wie sein sadistischer Vater. Er wusste, er hatte Glück im Unglück gehabt, auch wenn er so eine komplizierte Kindheit erlebt hatte.

Jetzt aber musste er erst mal aus seinem Kopf herauskommen. Kelaino hatte ihn, nachdem sie ihm gezeigt hatte, wie er gehen konnte, verlassen. Sie wollte außerhalb seines Bewusstseins auf ihn warten. Sie hatte ihm aufmunternd zugelächelt und war im Nichts verschwunden.

Während er durch einen dunklen Tunnel mit scharfen Kanten und Dornen schritt, ging ihm wieder mal auf, wie drastisch, aber auch wie positiv sich sein Leben verändert hatte und wie froh er darüber sein konnte. Während er darüber nachdachte, sah er ein Licht, das langsam immer heller wurde. Daniel schritt darauf zu und lächelte selbstbewusst. Er hatte nicht gewusst, was er die ganze Zeit direkt vor Augen gehabt hatte. Seine Sicht auf seine Mutter hatte sich verändert, etwas revidiert. Aus so einen Teufelskreis lässt es sich nicht wirklich ausbrechen.

Plötzlich öffnete er die Augen in der realen Welt. Über ihn war Kelaino gebeugt und lächelte ihn an.

„Willkommen zurück", sagte sie mit liebevoller Stimme.

Er konnte nicht anders als zurückzulächeln. „Danke", flüsterte er ihr leise zu.

Im selben Moment wurde sie weggedrängt und die Gesichter seiner vier Kinder kamen ins Blickfeld. Sie waren ganz aufgeregt und schaute ihn überglücklich an. Sie berührten ihn immer wieder im Gesicht und an den Schultern, als wollten sie sichergehen, dass er wirklich wieder da und am Leben war. Er fühlte sich unter diesen Blicken unwohl. So viel Liebe hatte er noch nie im Leben gefühlt.

Zuerst wusste er nicht, was er sagen sollte, doch dann tat er den Sprung ins kalte Wasser. „Ich habe euch lieb."

Zuerst erstarrten seine Vier, bevor sie ihm voller Energien um den Hals fielen. Sie waren überglücklich und Daniel konnte immer wieder hören: „Papa, ich habe dich auch lieb." Er hatte sie glücklich gemacht und seltsamerweise heilte das auch minimal sein Herz – und wahrscheinlich jeden Tag etwas mehr.

Daniel wollte sein Arme heben, um sie alle kräftig zu umarmen, doch konnte er es nicht. „Kinder, ihr erdrückt mich. Bitte lasst mir ein bisschen Luft", lachte er.

Sofort ließen seine Vier von ihm ab und schauten ihn besorgt an.

„Was ist los, Vater?", fragte ihn Finster.

„Es ist nur, dass ich mich nicht bewegen kann", sagte er verdutzt. Wie lange war er außer Gefecht gesetzt gewesen?

„Ach so, deine Knochen waren gestern so gut wie alle pulverisiert gewesen, obwohl es jetzt schon wieder weitaus besser aussieht. Das ist seltsam. Schließlich dauerte es bei Menschen Wochen, wenn nicht sogar Monate, bis Knochen wieder zusammenwachsen", meinte Kelaino verwundert. In ihren Gedanken formte sich eine Idee, welche jedoch zu unglaublich war, als dass sie jetzt laut aussprechen konnte. Konnte es sein, dass sie durch ihren Trip in sein Unterbewusstsein eine mystische Bindung miteinander aufgebaut haben, wie Gefährten, welche teilweise Fähigkeiten des anderen mit übernahmen? Oder war es vielleicht der Energietransfer vom Kolibri, welche die Selbstheilungsfähigkeit übertragen hatte. „Wenn deine Heilung mit dieser Geschwindigkeit weitergeht, bist du wahrscheinlich morgen Abend vollständig genesen. Wir könnten dann schneller als gedacht wieder angreifen."

„Seltsam. Kann das daran liegen, dass Kolibri ein wenig seiner Lebenskraft auf meine Kinder und mich übertragen hat?", wunderte sich Daniel. Das wäre die einzige Erklärung, die irgendwie Sinn ergab.

Jetzt kam Kolibri näher. „Ich denke schon. Höchstwahrscheinlich ist bei dir etwas hängen geblieben."

„Aber wie kann es sein, dass ich nichts spüren kann? Normalerweise sollten gebrochene Knochen doch äußerst schmerzhaft sein."

Jetzt sahen Kolibri und Kelaino ratlos aus. Keiner hatte eine Ahnung.

Auf einmal meldete sich Nacht zu Wort: „Vielleicht liegt es daran, dass dein Schmerzempfinden sich durch die Verlagerung der Lebenskraft auch verlagert hat? Letztlich hat Kolibri seine Kraft durch dich hindurch auf uns übertragen. Daher muss was bei dir hängen geblieben sein."

Da diese Vermutung genauso gut wie jede andere war, akzeptierte Daniel sie vorerst.

Während sich die Stille wieder ausbreitete, knurrte Daniels Magen. Anscheinend war er hungriger als gedacht. Und wo er jetzt so darüber nachdachte, schien es ihm, als er hätte mehrere Tage lang nichts gegessen. Kein Wunder also, dass er jetzt am Verhungern war.

Finster und Schwarz erhoben sich zeitgleich und Finster meinte: „Wir werden schnell etwas jagen gehen. Ihr bleibt alle hier und ruht euch noch weiter aus."

Beide verwandelten sich in ihre natürlichen Formen und rannten durch den Wasserfall raus in den Wald. Schon direkt nach dem herabstürzenden Wasser waren sie nicht mehr zu sehen. Nacht und Schatten setzten sich an den Eingang und hielten Wache. Kolibri und Kelaino blieben währenddessen bei Daniel. Dann begannen sie zu warten. Nur der Wasserfall machte Geräusche.

In die Warterei hinein sagte Kolibri: „Daniel, mir ist übrigens etwas aufgefallen. Nacht hat vorhin einen Zettel gefunden, auf dem etwas geschrieben stand. Es ist zwar nur ein Name einer Ruine hier in der Nähe, aber es hat sich gezeigt, dass wir, Kelaino, Kolibri und du, etwas Wichtiges in der Ausbildung deiner Kinder vergessen haben. Deine Kinder können weder Lesen noch Schreiben. Ich denke, sie sollten es so schnell wie möglich lernen. Dann können sie auch mehr mitbekommen, vielleicht auch die Geschichte der Welt erfahren. Sie müssen eine richtige Ausbildung bekommen."

Daniel nickte. Stimmt, sie mussten über solche wichtigen Punkt auch diskutieren. Erst mit den Grundlagen der schulischen Ausbildung kann man alles lernen und sich bei Bedarf weiterbilden. So konnten sie zumindest mehr über die Welt und ihre naturwissenschaftlichen Gesetze lernen – und somit ihrem Horizont.

„Wenn die Mission beendet ist, sollten wir einen Bildungsplan für sie aufsetzen."

In dem Moment drehte sich Schatten um, welche anscheinend zugehört hatte, und rief begeistert: „Oh ja, das wäre klasse. Du hattest so viele Bücher. Ich habe mich immer gewundert, wie du sie dir anschauen konntest. Du hast immer so viel Wissen daraus gezogen. Ich würde das auch am liebsten können."

Verdutzt schaute Daniel sie an. So viel hatte Schatten noch nie geredet. Es freute ihn. Anscheinend würde er bald eine kleine Gelehrte haben.

Nacht hingegen saß nur uninteressiert am Eingang. Für sie würde es wohl eher Mittel zum Zweck werden, überlegte Daniel. Wie die beiden Jungs reagieren würden, wusste er noch nicht, es würde aber bestimmt interessant werden. Wenn sie schon eine Klasse bildeten, müssten alle daran teilnehmen, so wie bei einer typischen Schule.

Kelaino lehnte sich zu seinem Ohr runter und flüsterte: „Jetzt hast du sogar eine kleine Schule. Ich würde an deiner Stelle aufpassen, ansonsten wirst du plötzlich eine kleine Militärakademie haben und alle Übernatürlichen schicken ihre Kinder zu dir. Das wird ein Spaß werden."

Erschrocken schaute Daniel sie an. „Ich habe doch schon mit den Vieren gut zu tun. Warum sollte ich noch andere Kinder aufnehmen? Das ist doch irrsinnig. Wer will schon bei mir etwas lernen?"

„Viele von diesen Kindern haben zu viel Energie, die können sie nur mithilfe fester Regeln und vieler Sportübungen in den Griff bekommen. Und jetzt rate mal, wer bestens geeignet ist, das zu verwirklichen? Du hast durch deine militärische Laufbahn sehr viel über Disziplin gelernt. Zudem hast du durch deine Kindheit gekämpft und weißt, wie wichtig die Führung von einem liebevollen und doch zugleich strengen Hand ist. Weiterhin lässt du dich nicht von den unterschiedlichen Fähigkeiten beeindrucken. Was auch optimal ist. Zusätzlich sind es auch wirklich nicht viele.

Die Übernatürliche bekommen nur in sehr großen Abständen Kindern."

Daniel wurde kalkweiß. „Das würde ich doch nicht schaffen."

„Ich denke schon. Da habe ich großes Vertrauen in dich. Wenn du es vier wilden Tieren beibringen konntest, sind die anderen ein Klacks dagegen. Und ich werde dir auch gerne helfen. Es macht bestimmt Spaß", ermutigte sie ihn.

„Hm, okay, sollten überhaupt Kinder kommen, wenn es solche verrückte Übernatürliche gibt, werde ich versuchen sie zu unterrichten."

Nach einer Weile hörten sie wie Finster und Schwarz wieder durch den Wasserfall in die Höhle hereintraten und drehten sich zu ihnen um. Beide hatten einen großen und ziemlich toten Menschenaffen in ihrem Maul, welchen sie nun fallen ließen.

Kolibri ging zu dem toten Tier und begann, diesen mit einem scharfen Messer sachkundig zu zerlegen. Die Innereien warf er aus der Höhle in den Fluss. Da hatten die wilden Tiere noch etwas davon und es würde sie auch nicht in die dieser Höhle locken. Erst jetzt bereitete er ein Feuer vor und begann, das Fleisch darüber zu braten. Sobald es fertig war, gab er jedem ein großes Stück davon. Zu der Schulidee sagte er nichts weiter.

Als Erstes biss Daniel ein Stück von dem Fleisch ab. Er war so hungrig. Doch er spuckte es sofort wieder aus. „Stopp, esst das nicht. Es ist nicht gut. Wir würden wahrscheinlich eine böse Lebensmittelvergiftung bekommen, das könnte tödlich enden."

Verwundert schauten ihn die anderen an, doch sie bissen nicht in das Fleisch hinein.

„Warum denkst du, dass uns das Fleisch nicht bekommt?"

„Ich denke, ich habe Solanin rausgeschmeckt. Es ist nicht viel, aber es würde trotzdem zu einer heftigen Lebensmittelvergiftung führen."

Kelaino schaute ihn erstaunt an. „Und du kannst das wirklich schmecken? Du hast auch das andere Gift am Geschmack erkannt und es hat dich nicht getötet, obwohl es schon in den kleinsten Mengen absolut tödlich ist. Das ist unmöglich. Weißt du, warum das so ist? Kannst du es dir erklären?"

„Das ist mir bereits aufgefallen, aber ich habe es immer zur Seite geschoben. Es war unwichtig. Ich habe seit einiger Zeit das Problem, dass ich einfach alles schmecke. Irgendwie kann ich so gut wie jede Nuance heraus kosten. Allerdings ist das nicht besonders toll. Es hilft mir schließlich nicht in meiner Arbeit", meinte Daniel achselzuckend.

„Hm …" Kelaino sah sehr nachdenklich aus. Etwas schien ihr durch den Kopf zu gehen. Daniel schaute zu ihr hinüber. Er wartete ab, bis Kelaino ihren Gedanken ganz zu Ende gedacht hatte.

„Bevor ich hierhergekommen bin, habe ich auf den anderen Kontinenten, Europa und Nordamerika, jeweils einen Menschen gefunden. Das Interessante war, dass die Menschen eigentlich recht normal gewirkt haben.

In Europa war es eine junge Frau. Sie hatte kurz nach dem Ende der Menschen durch einen Racheakt von Übernatürlichen ihr Augenlicht verloren. Seltsamerweise hat sie plötzlich die Fähigkeit entwickelt, alle möglichen Verbindungen und Auren der Lebewesen sehen. Sie konnte sogar die körperlosen Seelen sehen, was ziemlich seltsam war. Sie ist eine Verbindung mit einem Tigerwandler eingegangen. Die Verbindung war regelrecht elektrifizierend. Das konnte ich bis in meine Knochen spüren.", Kelaino hielt kurz inne. Sie schien kurz zu überlegen, bevor sie fortfuhr.

„In Nordamerika war es ein Mann, Mitte der Dreißiger. Er konnte alles riechen und selbst die tödlichsten Jäger der Übernatürlichen, welche keine Gerüche verströmten, hat er gerochen. Er war sogar besser darin als seine Gefährtin, eine der Halbgottfüchsinnen aus den japanischen Gefilden, welche naturgemäß eine sehr feine Nase haben. Weiterhin hatte er eine Ausbildung zu einem Schamanen begonnen. Später ist sie zu seinem Krafttier geworden, weil sich sein eigenes Krafttier für die beiden geopfert hat. Ich fand diese Aufopferung herzzerreißend. Auch die beiden sind eine elektrifizierende Beziehung eingegangen. Sie haben eine kleine Festung für Hybriden aufgebaut. Es ist ein friedliebender Rückzugsort für alle Hybriden auf der Welt. Das hat sich rasch rumgesprochen und jetzt bekommen sie häufig Besuch.", sie lächelte diesmal an diese Erinnerung, bevor sie ernst weitersprach.

„Jetzt hast du mir von deinem Geschmackssinn erzählt und dass du selbst das tödlichste und vor allem geschmacklose Gift schmecken kannst und es auch überlebst. Es ist – so finde ich zumindest – äußerst interessant und faszinierend."

Daniel war erstaunt. „Es klingt ja fast, als stecke ein Plan dahinter, wer bei diesem Massensterben der Menschen überleben würde. Von über sieben Milliarden Menschen haben gerade fünf überlebt? Wenn ich mich recht erinnere, hat einer von euch so etwas mal gesagt. Die Wahrscheinlichkeit, zu überleben, ist gleich null. Ich, Glücklicher, habe natürlich in dieser Lotterie gewonnen."

„Es ist fast, als wollte etwas in dieser Welt die fünf Hauptsinne der Menschen am Leben erhalten. Also gibt es noch zwei weitere Menschen, die irgendwo auf dieser Welt noch am Leben sind, die stark ausgeprägte Sinne haben. So muss es jemanden mit übernatürlichem Fühlen und Hören geben. Aber wo sie sind, kann keiner sagen. Es ist die sprichwörtliche Nadel im Heuhaufen."

„Was denkst du, gab es schon immer Menschen mit ausgeprägteren Sinnen?", fragte Kolibri plötzlich nachdenklich. Er hatte bisher aufmerksam zugehört. Für ihn schien das ganze Thema neu zu sein. Sein Gesicht drückte aus, dass er niemals gedacht hatte, dass es so etwas gab.

Kelaino dachte kurz nach. „Ich denke schon. In Griechenland gab es jahrhundertelang ein Orakel von Delphi. Es waren immer Frauen. Sie sahen sich ähnlich, wahrscheinlich stammten sie aus einer Familie. Es würde somit auch Sinn ergeben, dass bestimmte Fähigkeiten durch Gene weitergegeben werden. Vielleicht wurden auch Familienerblinien unterbrochen und woanders sind die Gaben wieder aufgetaucht. Ich kann es nicht sagen. Es wären so was wie die Sinnesorgane der Erde. Vielleicht möchte unser Planet mitbekommen, was auf seiner Oberfläche passiert. Daher scheinen alle betroffenen Menschen überlebt zu haben, welche diese speziellen Fähigkeiten besitzen. Diese waren bisher jedoch von allen unentdeckt. Doch ich bin mir nicht absolut sicher und kann nur spekulieren. Zusätzlich denke ich nicht, dass diese Fähigkeiten einfach so verschwinden, nicht durch einen Zauber in dieser Welt. Das wäre so, als müssten wir die Spaltung der Übernatürlichen und Menschen erklären."

Sie war sich diesbezüglich nicht so sicher. Doch trotz der unsicheren Aussage, zeigte Kelaino eine selbstbewusste Haltung, die Daniel faszinierte. Er konnte seinen Blick kaum von ihr abwenden. Um nicht bei seinem Starren ertappt zu werden, wandte er den Blick ab, als Kelaino sprach weiter.

„Ich habe auch eine ganz persönliche Vermutung, allerdings ist die sehr gewagt. Ich glaube, dass ihr wie eine Art Sinnesorgan der Welt seid. Das Sehen, Riechen und Schmecken, genau diese Sinnesorgane, das ist eine zu starke Ausprägung, als wäre es nur ein reiner Zufall." Sie hielt kurz inne und zuckte mit den Schultern. „Ach, wenn ich so darüber nachdenke, ist es nur Nonsens. Es ist alles irgendwelches Hirngespinst, was mir gerade durch den Kopf geschossen ist."

Kelaino schüttelte nur den Kopf. Anscheinend hielt sie diese Idee für plötzlich und peinlich.

Allerdings wandte sich Kolibri um: „Die Idee ist gar nicht so schlecht. Ich denke, wenn wir die Magie, welche die Menschen getötet hat, kennen, können wir daraus schließen, warum es gerade diese speziellen fünf Menschen gegeben hat, die überlebt haben. Bis dahin ist alles Spekulation. Zunächst müssen wir uns klar werden, was die Verantwortlichen genau für einen Zauber angewendet haben."

Kelaino nickte. „Wir müssen unbedingt herausbekommen, was vor zwei Jahren passiert ist. Bis dahin können wir nichts Hundertprozentiges sagen."

Auf einmal hörte Daniel, wie sein Magen laut grummelte. Verlegen schaute er sich um. Er hatte in den letzten Tagen nichts gegessen und selbst jetzt hatte er nichts essen können.

Kelaino stand auf. „Ich werde ein wenig jagen gehen, vielleicht finde ich ein Tier, was nicht vergiftet wurde. In der Zwischenzeit könnt ihr euch überlegen, warum wir den Namen einer Ruine gefunden haben."

Damit ging sie durch den Wasserfall und flog davon. Finster und Schatten schauten fragend hinterher.

„Kannst du mir den Zettel geben? Ich würde gerne lesen, was draufsteht", sagte Daniel daraufhin zu Kolibri, und erklärend fügte er zu den beiden Jaguaren hinzu: „Nacht hatte einen Zettel in meinen Sachen gefunden."

Kolibri stand auf und kam herüber. Er hielt einen kleinen Zettel in der Hand. In einer filigranen eleganten Schrift – welche ausgreifende Schwünge hatte, die eindeutig von einem weiblichen Wesen stammte, standen dort nur zwei Wörter: Machu Picchu.

Daniel schaute fragend zu Kolibri auf. „Weißt du, was es damit auf sich hat?"

„Ich dachte, du kannst mir damit weiterhelfen. Ich weiß nicht, warum gerade diese Ruine draufsteht."

„Ich weiß nicht einmal, wo Machu Picchu sich genau befindet!", sagte Daniel ratlos.

„Machu Picchu ist eine Ruine bei den Bergen Huayna Picchu und Machu Picchu in den Anden. Ein Berg davon sieht sogar wie das Gesicht eines Menschen aus. Niemand weiß so richtig, wann sie erbaut worden ist. Es gibt die Theorie, dass es einer der ersten Inkas in Auftrag gegeben hatte oder es zu der Zeit der Invasion der Spanier gebaut worden ist. Sie hat eine enorme Ausdehnung. Es gibt sogar ein funktionierendes, sehr fortschrittliches Wasserversorgungssystem, zumindest für die damalige Zeit. Viel weiterentwickelt als im Rest der Welt."

„Warum ist diese Stadt besonders?", fragte Daniel verständnislos. Er begriff noch immer nicht, was das Besondere an dieser Ruine war. Mit alten Ruinen hatte er noch nie viel anfangen können.

„Machu Picchu umgibt eine ganz spezielle Legende. Früher als die Spanier in Südamerika gelandet sind und die hiesigen Ureinwohner sowohl mit Krankheiten wie der Grippe als auch durch Kriege ausgerottet und vernichtet haben, hat sich einer der letzten Inkas nach Machu Picchu aufgemacht. Allerdings hat er es nie erreicht. Die Spanier haben ihn verfolgt und überwältigt. Seine letzten Worte waren eine Prophezeiung: Eines Tages wird ein neuer Inka aus den Ruinen von Machu Picchu treten und über diesen Kontinent herrschen.

Allerdings hat niemand diese Prophezeiung ernst genommen und mittlerweile kann sich auch niemand außer den Übernatürlichen daran erinnern. Jedoch glaube ich nicht daran. Ein sterbender Mensch sagt vieles, wenn er wenige Sekunden vor dem Tod steht, und vieles ist nicht wirklich eine Prophezeiung."

„Und warum haben sich die peruanischen Einwohner dann nach so langer Zeit daran erinnert?", fragte Daniel verwundert. Wenn sterbende Menschen nur sinnloses Gebrabbel von sich gaben, würde es doch niemanden interessieren.

„Ich glaube, es hat mit der Tyrannei der Spanier zu tun. Sie haben eine Hochkultur fast komplett zerstört. An etwas mussten sich die Leute in der Zeit festhalten und wenn es die Worte sterbender Menschen waren."

Kolibri zuckte mit den Schultern. „Es kann auch einfaches Wunschdenken gewesen sein. Am Ende hat der Inka vielleicht gar nichts gesagt. Man weiß es nicht."

Daniel pflichtete ihm bei. Viele Sagen, Legenden und auch Mythen gehörten zu den Erklärungen der Menschen, um es sich begreiflich zu machen und wahrscheinlich wurde da etwas ausgeschmückt. Menschen waren da sehr einfallsreich gewesen. Selten gab es eine geschichtliche Grundlage, zumindest dachte ich es immer.

„Da stellt sich für mich die Frage, warum ich überhaupt einen Zettel mit diesen Namen bei mir hatte. Ich habe ihn definitiv nicht gehabt, als wir zur Mission aufgebrochen sind."

„Du bist dir sicher, dass du den Zettel mit dem Namen vorher nicht besessen hast?"

„Hundertprozentig."

In diesem Moment durchbrach Kelaino die Wasserbarriere. Scheinbar hat sie die letzten Sätze gehört, denn sie meinte grimmig, „Nur so als Vermutung, kann es sein, dass diese Dämonin ihn dir zugesteckt hat?"

Daniel dachte nach. Er konnte sich nicht mehr genau an die Begegnung mit diesem Monster erinnern. War sie so nah an ihn herangekommen? Anscheinend war es ihr irgendwie gelungen. Weitaus näher als gedacht und gewollt und zu nah für seinen Geschmack.

„Das würde ja bedeuten, sie will, dass wir zu ihr kommen. Wir würden also mit offenen Augen in eine Falle rennen. Doch müssen wir dahin, wenn wir Jagd auf sie machen wollen."

„Wir sollten uns also einen Plan überlegen, wie wir diese Falle für uns nutzen können, sie sozusagen umkehren. Es wird auf jeden Fall noch schwieriger, da sie unsere Stärke jetzt ganz genau kennt. Sie konnte uns beobachten, wie wir das Lager einnehmen. Sie kennt uns alle und bestimmt hat sie uns beobachtet, wie wir kämpfen, damit sie besser vorbereitet sind. Wir sollten versuchen uns etwas umzustellen mit unserer Angriffsstrategie."

„Hast du einen Plan, wie Machu Picchu aussieht?", fragte Daniel Kolibri. Sie mussten sich darauf vorzubereiten.

Der zuckte nur mit den Schultern. „Leider nein. Lange Zeit hat niemand etwas von dieser Ruine gewusst und danach wurde sie von den Touristen regelrecht überrollt. So richtig bin ich also nie dazu gekommen, mir die Ruine in Ruhe anzuschauen. Interessiert hätte es mich schon. Eine Idee wäre, dass Nacht oder Schatten unauffällig die Stadt überfliegen, sich ein Bild machen und uns danach mehr darüber erzählen."

„Wäre es nicht zu gefährlich für sie? Schließlich kennt die Dämonin die beiden. Sie kann sie also wiedererkennen und das will ich nicht. Ich will meine beiden Mädels nicht verlieren." Die beiden Harpyien hatten sich mittlerweile in eine Ecke gelegt und schienen sich auszuruhen.

„Vielleicht hat sie die beiden nur in ihren menschlichen Formen gesehen. Ihre tierischen Gestalten sind vermutlich noch unbekannt. Wenn sie sich hoch genug in der Luft halten, kann es gut sein, dass sie übersehen oder für normale Tiere gehalten werden. Zusätzlich haben beide eine schärfere Sehfähigkeit. Das hilft definitiv."

„Sie können uns danach zumindest einen Plan zeichnen, auf dem wir den weiteren Ablauf unseres Angriffes abklären können. Wir müssen es irgendwie schaffen, diese Dämonin zu erledigen. Danach können wir uns um den Drogenboss kümmern. Diese Mission muss endlich beendet werden."

Daniel drehte sich zu Nacht und Schatten um. Er weckte die beiden Frauen mit sanften Berührungen. Sie waren sofort hellwach. Ohne Umschweife begann er, seine Bitte vorzutragen.

Die Antwort kam prompt: „Wo liegt Machu Picchu genau?"

„Die Ruine liegt in den Anden, direkt auf dem Berg Machu Picchu. Als Erkennungszeichen befindet sich dort ein Berg, welcher wie ein Menschengesicht aus. Was anderes kann ich nicht sagen."

Kolibri kam langsam herüber und setzte sich dazu. „Ich kann euch die Umgebung etwas genauer beschreiben. Es sollte circa einen Tag Hin- und Rückflug dauern bis dahin. Was ihr vielleicht noch untersuchen könnt, ist die Truppenstärke, welche dort lagert. Es würde uns einen entscheidenden strategischen Vorteil bringen, wenn wir wüssten, wie viele es sind. Aber ihr müsst vorsichtig sein, da sie dort wahrscheinlich ahnen werden, dass jemand die Ruine ausschnüffeln will."

Nacht und Schatten nickten verstehend. Schnell erzählte Kolibri den beiden alles über Machu Picchu, was er wusste.

„Wann sollen wir losfliegen?", fragte Schatten.

„Ich denke, wenn Kelaino von ihrer Jagd zurückkommt und diese Nacht vorüber ist. Ihr benötigt die ganze Kraft und Aufmerksamkeit für diese Aufgabe, daher ruht euch noch etwas aus."

Beide Frauen nickten. Sie waren wild entschlossen, ihren Auftrag zu erfüllen.

Auf einmal hörten sie, wie etwas näherkam. Bevor sie jedoch etwas sagen oder sich auch nur bewegen konnten, wurde ein riesiges totes Tier durch den Wasserfall geworfen und prallte auf der anderen Seite der Höhle gegen die Wand. Kurz darauf kam Kelaino durch den Wasserfall geflogen. Sie schüttelte sich, um sich von dem Wasser zu befreien, bevor sie sich zu den anderen umwandte.

„Ich denke, das sollte für uns alle reichen", sagte sie.

„Was Größeres hast du nicht gefunden?", fragte Kolibri sarkastisch.

Kelaino konterte: „Nee, sorry, den Elefanten musste ich dalassen."

Daniel musste kurz lachen, bevor er schließlich fragte: „Wo hast du den Büffel gefunden?"

„Oh, das war etwa zwanzig Kilometer von hier entfernt. Da war eine ganze Herde friedlich am Grasen. Ich habe versucht einen gesunden Büffel zu erwischen. Vielleicht kannst du nachschauen, ob ich das Tier nicht umsonst getötet habe?", fragte Kelaino Daniel. Sie wollte sichergehen.

Dieser stand auf und ging zu dem toten Büffel hin. Er nahm das Messer, welches Kelaino ihm schweigend hinhielt, und schnitt vorsichtig in die Haut, bis das dickflüssige Blut zum Vorschein kam. Danach nahm er eine kleine Fingerspitze davon und kostete es vorsichtig. Er konnte kein Gift schmecken und nickte Kelaino zu. Sie war sichtlich erleichtert. Wer wusste schon, warum man unschuldige Tiere vergiftete? Nur jemand, der Spaß an Tierquälerei hatte. Sie nahm das Messer und trennte langsam die einzelnen Körperteile ab und legte sie fein säuberlich neben sich hin.

Dabei fragte sie: „Konntet ihr euch mittlerweile beraten, wie wir weiter vorgehen wollen? Wir brauchen unbedingt einen todsicheren Plan."

Kolibri fasste ihr Gespräch zusammen.

Kelaino nickte. „Ich würde gerne Nacht und Schatten dabei unterstützen. Ich gebe ihnen etwas von meiner Dunkelheit als eine

Art Deckmantel geben. Das würde ihnen helfen, dass sie nicht sofort von Feinden entdeckt werden. Allerdings funktioniert es nicht bei jedem Übernatürlichen."

„Das würde uns ziemlich gut helfen. Es müsste nur bedeckt sein. Bei blauem Himmel würde man sie mit dieser Dunkelheit höchstwahrscheinlich entdecken", meinte Nacht.

Daniel stutzte einen Moment, bevor er zugeben musste, dass das ein guter taktischer Einfall war. Wenn sie jetzt schon so denken konnte, würde sie eine gute Strategin abgeben.

„Das klingt nach einem Plan, ich werde euch meine Dunkelheit bereitstellen, kurz bevor ihr euch aufmacht", stimmte Kelaino ihr zu.

Mittlerweile war Kelaino mit dem Zerlegen des Büffels fertig geworden und entfachte das Feuer erneut, welches nur noch geglommen hatte. Jetzt halfen alle, das Fleisch zu braten. Schließlich war jeder am Verhungern und sie brauchten diese Energie für die bevorstehende Mission.

Sobald es fertig war, begannen alle sich über das Fleisch herzumachen wie ausgehungerte Wölfe. Für Daniel war es der Himmel auf Erden. Auch wenn das Fleisch nicht gewürzt war, schmeckte es wie Ambrosia. Er war kurz vor dem Verhungern gewesen. Sofort fühlte er, wie neue Energie in ihn strömte.

Sobald sie alle mit dem Essen fertig waren, legten sich die beiden Harpyien schlafen. Sie mussten ihre Kräfte schonen. Währenddessen setzten sich Kelaino, Kolibri und die beiden Jaguare zu Daniel, der sich nur eingeschränkt bewegen konnte, und begannen, über die nächsten Tage zu sprechen. Jedoch dämmerten nach und nach alle weg, bis nur noch Kolibri wach war, der Wache hielt. Die Nacht ging ins Land und Kolibri hing seinen Gedanken nach.

Sobald der Morgen anbrach und Kelaino ihnen etwas von ihrer Dunkelheit gegeben hatte, flogen Nacht und Schatten, so schnell es möglich war, los. Jetzt konnten die Übrigen nur noch abwarten. Über den Tag hinweg spürte Daniel, wie seine Kräfte zurückkehrten, und er sich besser bewegen konnte. Zwischenzeitlich fragte er sich, wieso es so schnell ging, tat es aber unter den gegebenen Umständen als unwichtig ab. Ansonsten nutzten sie die Zeit zum Ausruhen.

Schließlich war das Warten zu Ende, als einen Tag später die beiden Harpyien zurückkehrten. Sofort gaben die beiden Jaguare ihnen etwas von dem Büffelfleisch zu essen. Sie waren komplett erschöpft. Nachdem sie wieder ein bisschen Kraft gewonnen hatten, setzten sich endlich alle zusammen und Nacht begann zu erklären.

„Die Ruine liegt weit oben auf einem Berg und ist nicht von Bäumen umzingelt. Somit ist es schwer, überhaupt unbemerkt in die Nähe der Ruine zu kommen. Zusätzlich gibt es einige hohe Stufungen, welche den inneren Kern umgeben. Sie sehen wie ein mehrstufiger Wall aus. Wir haben leider nur einen Pfad gesehen, der direkt zur Ruine hochgeht. Es wird also unmöglich werden, dort unbemerkt anzugreifen, wenn man uns die ganze Zeit sehen kann. Zusätzlich ist alles von Soldaten umgeben", begann Nacht.

Alle schauten nachdenklich rein. Kolibri fragte schließlich: „Wie viele habt ihr gesehen?"

„Wir haben etwa dreißig bis vierzig Übernatürliche gezählt, allerdings können sich noch ein paar von ihnen im Tempel aufgehalten haben, weil ab und zu einige hereingegangen und andere wieder herausgekommen sind", entgegnete Schatten.

„Also würde ich annehmen, wir rechnen mit einer Streitkraft von circa sechzig Soldaten", schlussfolgerte Kolibri. Er schaute grimmig.

„Was ist los?", fragte Daniel ihn. Er beobachtete Kolibri genau. Er konnte sehen, wie sein Gesicht sich leicht aufhellte.

„Ich habe eine Idee, wie ihr relativ ungesehen zur Ruine hinkommt, allerdings würdet ihr eine Person für den Kampf gegen unsere Feinde verlieren."

„Was meinst du damit?", fragte ihn Kelaino. Sie wusste nicht, worauf er hinauswollte.

„Ich war früher nicht umsonst einer der Hauptgötter der Azteken. Meine Macht war groß. Sie haben mir jeden Morgen ein Menschenopfer dargeboten, sodass ich die Sonne über den Horizont ziehen kann. Es hat mir auf magische Art und Weise Kraft gegeben. Das mit der Sonne ist kompletter Humbug, aber das Körnchen Wahrheit ist, dass ich einen dunklen Schirm über einen bestimmten Bereich spannen kann. Früher war dieser größer, doch auch heute kann ich immer noch einen Schirm spannen, zumindest ausreichend für die Ruine. Es entzieht mir aber viel Macht und der Nachteil wäre, ich wäre an einen Ort gefesselt und könnte mich nicht mehr bewegen", meinte Kolibri nachdenklich.

„Der Vorteil ist jedoch, dass wir in kompletter Dunkelheit in die Ruine vordringen könnten", ging Daniel ein Licht auf.

„Genau und wenn ich den richtigen Zeitpunkt hinbekommen würde, wäre es nur eine Verlängerung der Nacht und niemand würde sofort etwas mitbekommen. Die meisten achten eigentlich nicht auf den Himmel und die Uhrzeiten."

Daniel dachte kurz nach und wägte die Vor- und Nachteile von diesem Plan gedanklich miteinander ab. „Ich denke, wir sollten das machen. Es würde uns einen alles entscheidenden Vorteil geben. Wie beabsichtigen wir dann weiter vorzugehen?"

Diesmal meldete sich Finster: „Wie wäre es, wenn als erstes Nacht und Schatten über die Luft und Schwarz und ich über den Landweg eindringen, in unserer Tiergestalt natürlich, und für Unruhe sorgen. Wahrscheinlich rechnen sie nur mit menschenähnlichen Wesen als Angreifer."

Seine Tiere wollten ihm helfen in einem Kampf. Diese Erkenntnis versetzte ihn immer wieder aus Neue ein Schreck. „Nein, das will ich nicht. Ihr könntet dabei getötet werden und ich möchte nicht, dass ihr euch immer wieder in Gefahr bringt. Das was bisher geschehen. Ihr bleibt hier. Ende der Diskussion."

„Aber …", versuchten seine Tiere erstaunt, etwas zu sagen, doch Daniel fuhr dazwischen.

„Nichts Aber. Mein Wort steht."

Kelaino und Kolibri schauten ihn auch erstaunt an, doch sagten sie nichts. Jetzt blieben auch die Vier stumm und wechselten einen ungläubigen Blick miteinander, dann nickten sie nur. So was hatten sie nicht erwartet!

Schließlich meldete sich Kelaino zu Wort. Sie versuchte vom Thema abzulenken. „Wenn ich mir in dieser Dunkelheit in meiner anderen Gestalt Zugang verschaffe, kann ich die Dunkelheit sowie die Lebenskraft der Söldner zu einem großen Teil aussaugen, ohne dass sie es mitbekommen. Danach wären sie geschwächt und könnten nur noch wenig Gegenwehr leisten. Es wäre somit einfacher, zur Dämonin vorzudringen. Es ist jedoch gefährlich, da ich mich leicht in dieser Dunkelheit verlieren kann und das kann auch zur Gefahr für andere werden."

„Ich denke, es ist zumindest ein Anfang eines Plans. Vielleicht sollten wir noch auf den Weg Wann sollen wir aufbrechen?", meinte Kolibri vorsichtig.

„Ich glaube, es sollte so schnell wie möglich passieren, da wir mindestens einen Tag hin brauchen werden und bei Tagesanbruch angreifen müssen", meinte Kelaino.

Daniel nickte. Er war damit einverstanden und er fühlte sich mittlerweile körperlich fit genug – genau zur rechten Zeit. „Dann lasst uns mal losgehen", er drehte sich zu seinen Kindern um. „Ihr Vier bleibt hier. Bitte vertraut mir. Als ähm … euer Vater will ich nur das Beste für euch und selbst wenn mir etwas zustößt, könnt ihr euer Leben weiterleben. Ihr sollt eure Leben leben, wie ihr es wollt. Das ist die Zukunft, die ich für euch will."

Daniel umarmte jeden einzelnen von ihnen und drehte sich zu Kelaino und Kolibri um. „Dann wollen wir mal loslegen."

10. Kapitel: Dezember, Jahr 2 nach der Menschheit

Die erste Methode: dem Gegner mit dem Angriff zuvorzukommen. Man nennt sie Ken-No-Sen (Führung durch Eröffnen)

Eine andere Methode: genau in dem Augenblick die Führung an sich zu reißen, wenn der Gegner angreift. Man nennt sie Tai-No-Sen (Führung durch Abwarten)

Die dritte Methode: wenn beide gleichzeitig angreifen, dennoch die Führung an sich zu reißen. Man nennt sie Tai-Tai-No-Sen (Führung bei Gleichstand) – Das Buch des Feuers, Miyamoto Musashi

Endlich hatten sie es geschafft. Über den letzten Tag waren sie sehr lange gelaufen und Daniel war häufig an die Grenze seiner Kraft gekommen. Daher mussten sie häufig eine Pause machen. Das hatte dazu geführt, dass sie länger gebraucht hatten als geplant.

Jetzt war es nicht mehr weit und die Dämmerung brach bald an. Kolibri hatte sich in eine ruhige Ecke zurückgezogen. Er hatte sich schon auf den Weg gemacht, um eine geeignete Stelle zu finden, wo er versteckt war und trotzdem seinen Schirm über die gesamte Ruine spannen konnte. Daniel und Kelaino mussten nur noch warten, bis Kolibri seinen Schirm spannte.

Kurz bevor er gegangen war, hatte er Daniel sein eigenes Schwert in die Hand gedrückt. Daniel wusste zwar nicht, woher er es hatte, aber das Schwert war anders als ein normales Messer. Es bestand zwar größtenteils aus Holz und sah somit eher wie ein Knüppel aus, doch waren darin einige sehr scharfkantige Obsidianklingen eingelassen. Mit ihnen konnte er auf seine Gegner einschlagen, nur nicht aufschneiden, dann würde es die Klingen zerbrechen, was an dem Material lag. So scharf wie dieses Material auch war, so spröde war es auch.

Kolibris Anweisung lautet nur: „Es ist besser, du kämpfst damit. Es sollte dir helfen und unterstützt mich ein bisschen."

Daniel hatte ihn fragend angeschaut, doch hatte Kolibri es ihm nicht näher erläutert, sondern sich nur rätselhaft abgewandt.

Danach war er gegangen und hatte Kelaino und Daniel allein gelassen. Sie beide waren noch eine Weile weitergelaufen. Auch wenn sie aufpassten, ob sich irgendwo Fallen befanden, hatten sie lange keine gesehen und wurden unachtsam. Schließlich übersahen sie eine.

Gerade waren sie noch zusammen den Weg entlanggegangen, als Kelaino plötzlich in die Tiefe stürzte. Sie konnte nicht schnell genug reagieren und knallte mit voller Wucht in die Fallgrube. Schnell rannte Daniel zu deren Rand, doch zuckte er gleich darauf zurück.

In der Fallgrube befanden sich über ein Dutzend spitze Pfähle und Kelaino lag zwischen ihnen aufgespießt. Ihr Blut lief in Strömen herunter und vermischte sich mit dem Schlamm der Fallgrube. Ihr Atem ging flach. Dass sie überhaupt noch lebte, war ein Wunder.

„Scheiße!", konnte er nur hervorstoßen. Er durfte sie nicht verlieren. Nicht jetzt, wo er sie gerade gefunden hatte. Sofort begann er den schwierigen Abstieg, um zu Kelaino zu kommen.

Sie war mittlerweile vor Schmerzen und Blutverlust bewusstlos geworden, denn sie regte sich nicht mehr. Sobald Daniel ankam, hob er Kelaino vorsichtig von den Pfählen herunter. Das Blut rann in schwarz-roten Flüssen an seinen Armen herunter. Verzweifelt schaute er sich um. Wie sollte er sie nur aus dieser Grube herausholen? Er hatte keine Stricke, um sie an sich festzubinden, und die Wand der Fallgrube war zu steil.

Er schaute an sich herunter und kam schließlich auf eine Idee. Schnell nahm er das Obsidianschwert und schnitt mit den Klingen sein T-Shirt in schmalen Streifen, dann band er Kelaino damit vorsichtig auf seinen Rücken und machte sich wieder daran, langsam aus der Grube zu klettern. Es erwies sich als noch schwieriger als ursprünglich gedacht, da ihr Blut alles glitschig machte. Er fand kaum einen greifbaren Widerstand. Sie würde wahrscheinlich wieder herunterrutschen und erneut von den Pfählen aufgespießt werden. Das durfte nicht passieren. So schnell wie möglich musste er sie herausbringen.

Doch es stellte sich bei einigen schwieriger dar, als sie gedacht hatte. So waren sie mit ihren Knochen regelrecht verkantet. Daniel zerrte an ihnen mit voller Kraft. Diese lösten sich dann meist schlagartig heraus, sodass Daniel fast nach hinten fiel. Andere wiederum waren an so entscheidenden Arterien, dass Daniel Angst hatte, sie herauszuziehen, nicht dass sie ausblutete.

Doch endlich hatte es Daniel geschafft und er konnte Kelaino auf seinem Schoß betten. Schnell versuchte er ihre Wunde, so gut es ging, zu verbinden, aber bei einem komplett durchstochenen Bauch konnte er nicht viel tun. Er konnte ihr nur beim Verbluten zusehen. Ihm stiegen die Tränen in die Augen. Verdammt, warum hatten sie nicht richtig aufgepasst!

„Bitte, Kelaino, stirb nicht!", rief er verzweifelt. Er hatte sie doch gerade erst gefunden, da wollte er sie nicht gleich wieder verlieren, genauso wenig wie eines seiner vier Kinder. Er wollte niemanden mehr aus seinem Umkreis sterben sehen. Eine ganze Weile passierte nichts und Daniel konnte sehen, wie ihr das Leben langsam, aber stetig aus dem Körper floss. Schließlich begannen ihre Augenlider zu flattern und öffneten sich einen winzigen Spalt.

Leise begann sie zu murmeln, jedoch verstand Daniel sie zuerst nicht. Erst als er sich runterbeugte, hörte er ihre Wörter. „Ich benötige deine Dunkelheit. Bitte, ich muss etwas zu mir nehmen. Ich brauche Nahrung."

Zuerst wusste Daniel nicht, was sie meinte. Dann fiel ihm ein, wie sie die Dunkelheit ihrer Gegner regelrecht ausgesaugt und zu sich genommen hatte. Er wusste nicht, wie er es machen sollte. Wie schaffte man es, etwas von sich an andere zu geben, was nicht materiell war? Schnell überlegte er sich, dass er vielleicht seine dunklen Gedanken bündeln und telepathisch zu ihr schicken konnte. Zuerst passierte gar nichts und Daniel wurde mit jeder Sekunde verzweifelter. Machte er es falsch? Brauchte sie noch mehr von ihm?

Plötzlich spürte er innerlich einen starken Ruck – fast hätte es ihn nach vorne geschleudert – und ein Strom begann sich zu bilden. Er würde für Kelaino alles geben, auch wenn es seinen Tod bedeuten würde. Es dauerte fast zehn Minuten, bis Kelaino aufwachte, und weitere zehn Minuten, bis sie sich wieder bewegen konnte.

Während der ganzen Zeit hatte Daniel einen Sog in sich gespürt, war aber seltsamerweise nicht müde geworden, wie er es erwartet hätte. Schließlich hatte das etwas von einem Vampir. Es war nicht wie bei seinen Kindern gewesen. Bei denen ihnen war es ein Drücken gewesen, von sich zu ihnen. Jetzt war es aber einziehen, als müsste er bei jemanden sein. Warum konnte Daniel nicht sagen! Er hatte gedacht, dass er dahinsiechen würde und langsam ausgelaugt würde. Schließlich hatte sie eine gehörige Portion seiner Lebenskraft und Dunkelheit aufgenommen. Aber jetzt, während er auf sie herunterschaute, spürte er … nichts. Seltsam. Keine Schwäche oder Müdigkeit.

Auf einmal schlug Kelaino die Augen auf und schaute ihn an. Ihr Gesicht verriet eine gewisse Verwirrtheit, doch dann begann sie atemberaubend zu lächeln. Ihr schien es besser zu gehen. Ihre

Hautfarbe war für ihre Verhältnisse wieder normal und auch ihre Augen glänzten vor Lebenskraft.

„Du hast mich gerettet", sagte sie mit noch schwacher Stimme, bevor sie kurz die Augen schloss.

„Ich würde dich immer retten. Egal, wo du bist", antwortete Daniel ihr und seltsamerweise stimmte das auch, wie ihm jetzt auffiel.

Kelainos Lächeln wurde breiter. „Das hört sich ja fast wie ein Liebesgeständnis an", neckte sie ihn.

„Das kann schon sein, aber das müssen wir später dann genauer erörtern", gab er ebenso spielerisch sie zurück.

Dann erstarb plötzlich ihr kleines Lächeln, bevor sie weitersprach: „Das werde ich … Nach Machu Picchu."

Daniel nickte ernst. „Bist du schon bereit, zu kämpfen?", fragte er besorgt. Zu schnell kehrte der Ernst des Lebens zurück. Der Kampf war noch nicht vorbei.

Kelaino blieb einen Moment ruhig liegen, als würde sie in sich hineinhorchen. Dann trat ein etwas überraschter Ausdruck in ihr Gesicht „Überraschenderweise ja. Deine Dunkelheit hat mir sehr geholfen. Sie ist äußerst nahrhaft und köstlich. Ich könnte süchtig danach werden."

Jetzt wusste Daniel was dieser Sog zu bedeuten hatte. Auf einer unterbewussten Ebene hatten sie sich verbunden. Mittlerweile war so was keine Überraschung mehr für ihn.

„Kannst du schon aufstehen?", versuchte Daniel abzulenken und Kelaino ließ ihn gewähren. Beide wollten lieber nicht auf das Thema eingehen, warum seine Dunkelheit so war, wie sie war.

Während er ihr aufhalf, hörten sie ein leises Rauschen. Erstaunt schaute Daniel auf sein eigentlich nutzloses Walkie-Talkie runter, welches er noch immer aus alter Gewohnheit mitgenommen hatte. Die Batterien waren schon vor Ewigkeiten aufgebraucht worden und bisher hatte er noch keine Möglichkeiten gefunden, sie aufzuladen, genauer gesagt neue Batterien zu beschaffen. Es wäre ohnehin sinnlos gewesen, wie er inzwischen wusste. Mit wem hätte er sich unterhalten sollten?

Er schüttelte den Kopf und konzentrierte sich auf das Wesentliche. Sie mussten in kürzester Zeit zur Ruine vordringen und das möglichst leise. Die Zeit lief ihnen davon. Daher würde dieses rauschende Walkie-Talkie hinderlich sein. Es war zu laut für ein lautloses Eindringen. Durch den Lautstärkeregler drehte er es leiser, damit er sich hoffentlich später darum kümmern konnte.

Später würde er sich Gedanken darüber machen. Dann konnten Kelaino und er der Ursache für dieses Rauschen auf den Grund gehen. Sie beide gingen weiter. Nichts an Kelainos Bewegungen verriet, in welch brenzliger Situation sie nur wenige Augenblicke vorher gewesen war. Wäre nicht die noch flüssige Blutlache direkt neben der Fallgrube gewesen, hätte man Daniel es nicht für möglich gehalten.

So liefen sie die nächsten zwei Stunden weiter den Berg Machu Picchu hinauf. Kurz bevor sie in der Nähe der Ruine waren, blieb Kelaino stehen und schaute hoch.

„Was ist los?", fragte Daniel sie verwundert.

„Ich glaube, Kolibri hat begonnen, den Schirm zu spannen. Der Luftdruck hat sich ein bisschen verändert. Wenn wir noch einen kurzen Augenblick warten, können wir sie überraschen."

„Was meinst du damit?"

„Die Soldaten werden es nur unterschwellig mitbekommen haben, bestimmt nicht bewusst. Sie werden es gedanklich höchstwahrscheinlich als unwichtig abtun. Sie müssen sich doch auf uns vorbereiten und ihre Konzentration wird somit auf etwas anderem liegen."

„Dann lass uns mal die Stellung beziehen", sagte Daniel.

Sie zogen weiter, bis sie nah an der ersten Stufe standen. Dann warteten sie noch fast zehn Minuten, während sie sich auf den bevorstehenden Kampf einstimmten. Während Kelaino sich in ihre Harpyiengestalt verwandelte, zog Daniel Kolibris Obsidianschwert heraus.

Seine Pistolen konnte er nicht verwenden, ohne dass die anderen Soldaten auf sie aufmerksam wurden. Sobald sie kampfbereit waren, flog Kelaino lautlos hoch und breitete ihre Flügel aus. Trotz der Dunkelheit konnte Daniel erkennen, wie einige tiefschwarze Fäden von ihr wegkrochen und sich in die Söldner bohrten.

Jetzt konnte Daniel losstürmen. Sobald er die erste Stufe überschritten hatte, konnte er die ersten Söldner auf dem Boden liegen sehen. Sie atmeten noch, doch waren sie so schwach, dass sie sich kaum bewegen konnten. Da Daniel eine Spur Mitleid für sie in sich trug, tötete er sie jetzt alle, bevor sie langsam und qualvoll durch Kelainos Macht starben. Genau auf die Art, wie Kolibri es ihm erklärt hatte: den Kopf abschlagen und das Herz rausschneiden. Barbarisch, aber effizient.

Er stellte sicher, dass keiner wieder auf die Beine kam. Es galt die gleiche Devise wie bei seinen anderen Angriffen auf die unterschiedlichen Lager: Keine Überlebenden, keine Gefangenen. So arbeiteten sie sich ohne nennenswerte Gegenwehr durch die erste Ebene, bevor er zur zweiten hochkletterte.

Hier sah es jedoch komplett anders aus. Die Söldner waren deutlich geschwächt, doch standen sie aufrecht und hatten ihre Waffen kampfbereit erhoben. Sie wussten, dass gerade ein Angriff auf die Festung durchgeführt wurde. Fast sofort hatten sie Daniel entdeckt, denn sie stürmten ohne Umwege auf ihn los. So schnell konnte Daniel nicht schauen, da hatten sie ihn schon umzingelt und griffen gnadenlos an.

Mit heftigen Schlägen konnte er sie auf Abstand halten, aber nicht lange. Er musste sich etwas überlegen, wie er sie alle überwältigen konnte. Er ging verschiedene Möglichkeiten im Kopf durch. Seine Unachtsamkeit wurde sofort bestraft. Als ihm jemand das Schwert aus der Hand schlug, machte er nicht den Fehler, sich danach zu bücken. Er wäre offen für neue Angriffe gewesen. Also kämpfte er mit bloßen Händen und Füßen weiter.

Doch er wurde immer weiter zurückgedrängt. Er war machtlos gegen die Übermacht der Söldner. Schon schoss ihm der Gedanke durch den Kopf, dass er nicht mal in die Nähe dieser Dämonin kommen würde. Er würde vorher sterben. Jedoch würde er nicht kampflos untergehen.

Gerade als er spürte, wie einer seiner Füße kaum noch Halt auf den Boden fand, weil er die Kante erreicht hatte, kamen zwei riesige Schatten über die Kante gesprungen und griffen die Söldner an. Zusätzlich stießen zwei geflügelte Schatten vom Himmel herab und attackierten die restlichen Soldaten.

Daniel war verwirrt. Wieso waren seine Kinder hier? Sie hatten sich einfach so über seine Befehle hinweggesetzt und halfen ihm bei dieser Mission. Wieso hatten sie seine Befehle ignoriert? Konnten sie nicht wenigstens diesmal auf ihn hören? Eigentlich sollte Daniel erschüttert sein, doch in seinem Innersten fühlte er sich durch ihre Einmischung erleichtert. So gab es wenigstens mehr Unterstützung.

Die Söldner waren nicht darauf gefasst gewesen und waren kurzzeitig wie erstarrt, was seinen Kindern einen entscheidenden Vorteil verschaffte. Sie metzelten alle Söldner auf dieser Stufe innerhalb weniger Sekunden gnadenlos nieder.

Dabei stellte Daniel fasziniert fest, dass alle vier seine Tötungsweise imitierten: Sie rissen die Köpfe regelrecht ab und die Herzen aus dem Brustkorb heraus. Es war ein Blutbad. Dann verwandelten sich Finster und Schwarz in ihre menschliche Form und

Nacht und Schatten landeten in ihren speziellen Harpyiengestalt neben ihnen.

Finster begann sofort zu sprechen: „Dad, wir wollen dich nicht verlieren, deswegen haben wir uns deinen Anordnungen und Befehlen widersetzt. Du kannst nicht von uns verlangen, dich sterben zu lassen. Wir haben sonst niemanden – keine Familie. Wir werden dich immer begleiten, solange, bis du nicht mehr in dieser Welt bist und dann würden wir dir folgen. Egal, was du sagen wirst, wir sind eine Einheit!"

Daniel senkte den Kopf. Insgeheim war er froh darüber. Seine vier wollten ihn begleiten, egal, wohin seine Reise ging.

„Danke, ich wusste nicht, was ich ohne euch gemacht hätte", gab er zu. Dann hob er den Kopf und zwang sich die folgenden Worte auszusprechen: „Wollt ihr mir helfen, dieses Loch auszuheben?"

Alle vier lächelten grimmig. In ihren Augen stand die Blut- und Mordlust. Die Raubtiere waren erwacht.

„Dann mal los. Lasst uns das Lager einnehmen."

Alle fünf drehten sich, während Kelaino unaufhaltsam über ihnen flog und die Dunkelheit unerbittlich aus den Soldaten herauszog. Allerdings wurden die Stränge immer schwächer. Daniel beobachtete es mit Sorge, bevor er nach oben schaute.

Kelaino war sogar schwächer als direkt nach der Fallgrube. Sie torkelte regelrecht in der Luft hin und her auf einmal. So was kannte er gar nicht von ihr! Schnell rief er den anderen zu: „Beeilt euch. Kelaino wird nicht mehr lange durchhalten. Etwas ist mit ihr. Ich muss mich um sie kümmern."

Seine vier nickten und sprangen leichtfüßig zur nächsten Terrassenstufe hoch, wodurch er sie nicht mehr direkt sehen konnte. Kurz darauf hörte er auch schon wieder Kampfschreie und Waffen klirren. Er drehte sich jetzt zu Kelaino um und beobachtete sie genauer. Was war mit ihr los? Ihre elegante Flugweise war unkoordiniert geworden. Schon wenige Sekunden später taumelte Kelaino in der Luft und stürzte letztlich herab.

Schnell sprintete Daniel zu ihr und konnte sie wenige Zentimeter vor dem Boden auffangen, bevor sie zum wiederholten Mal aufschlug. Sie fühlte sich kalt an und zitterte heftig.

„Kelaino, was ist passiert?", fragte Daniel sie verzweifelt. So kannte er sie gar nicht.

„Ich weiß es nicht. Aus irgendeinem Grund kann ich keine Dunkelheit mehr aufnehmen. Es ist, als würde ich davon krank werden. Es fühlt sich so falsch an. Ich verstehe nicht, was los ist", stotterte sie schwach.

Sosehr er ihr helfen wollte, wieder auf die Beine zu kommen, konnte er es nicht. Denn er hatte jetzt keine Zeit mehr, sosehr es ihm auch ins Herz schnitt. Ihm blieb nur die Flucht nach vorne. Wenn er es schaffte, den Kampf schnell zu beenden, dann konnte er sie hoffentlich retten.

„Es tut mir so leid, aber wir müssen uns später darum kümmern. Wir müssen weiter. Bleib so lange am Leben. Versprich es mir!"

„Ich verspreche es, ich werde hier warten. Vielleicht geht es mir bald besser, sodass ich dir helfen kann", flüsterte sie leise.

„Ruhe dich bitte aus und ich verspreche dir, dass ich zurückkommen werde. Ich lass dich nicht sterben."

Daniel legte Kelaino vorsichtig auf den Boden.

„Kannst du dich wehren, falls dich jemand angreift?", fragte er sie.

„Es sollte gerade so gehen. Zur Not muss ich noch mehr von der Dunkelheit der anderen aufnehmen. Es geht nicht anders", murmelte sie.

„Das machst du bitte nur im äußersten Notfall. Du sollst nicht noch kränker werden", sagte Daniel unerbittlich.

Kelaino nickte. „Jetzt aber wirklich los mit dir", versuchte sie ihn aufzumuntern.

Sie winkte ihn mit schwacher Hand weg und Daniel musste gehen, ob er wollte oder nicht. Schnell machte er sich auf den Weg zu den höheren Ebenen. Schon bei der nächsten Stufe fand er den blutigen Pfad seiner Kinder, dem er ohne Probleme folgen konnte.

Es war erschreckend, wie effizient sie waren. Sie hatten alles gnadenlos aus dem Weg geräumt, sodass er niemandem mehr begegnete.

Zehn Minuten später kam er schließlich auf der obersten Ebene an und schaute sich um. Überall lagen tote Soldaten. Er hatte gar nicht gewusst, wie blutrünstig seine Kinder waren, aber er konnte damit leben. Schließlich waren sie alle Raubtiere der gefährlichsten Sorte.

Schnell drehte er sich um und rannte in Richtung des Tempels zwischen Ruinen von alten Steinhäusern entlang. Er war vielleicht noch zehn Meter von den Eingangsstufen entfernt, als er seine Kinder bewegungslos auf dem Boden liegen sah. Sofort erstarrte Daniel. Was war hier los? Sie hatten überall Schnitte und das Blut floss heraus. Es war der grauenvollste Anblick, den er je gesehen hatte. Hatte er seine Kinder jetzt verloren? Schnell eilte er zu ihnen und berührte sie überall.

„Was ist mit euch passiert? Wer hat euch das angetan?", rief er voller Zorn und Trauer.

Sie durften nicht sterben. Sie sollten ein langes Leben haben. Das hatte er sich bei ihrer Aufnahme geschworen.

„Ich glaube nicht, dass sie dir antworten werden. Dafür sind sie viel zu schwer verletzt", hörte er plötzlich eine weibliche Stimme hinter sich, „und bald sind sie auch tot."

Blitzartig drehte er sich um und sah die Dämonin vor sich stehen. Wo war sie nur hergekommen? Unwillkürlich machte Daniel einen Schritt zurück. War sie etwa seine finale Gegnerin?

„Ich dachte eigentlich zuerst, dass ich dich schwer verletzt und außerdem in den Wahnsinn getrieben hätte. Aber was soll's? Dann kann ich mir die Zeit nehmen, dich zu dressieren und zu meinem kleinen Schoßhund auszubilden."

„Was meinst du damit?", fragte Daniel verständnislos.

„Och, das ist doch ganz einfach. Ich werde deine Seele brechen, sodass du nur noch ein hirnloses, blutrünstiges Monster bist." Sie lachte freudig auf. Sie schien es zu genießen, ihn so vor sich stehen zu sehen.

Daniel konnte das nicht länger mit anhören und sprintete wütend auf sie los, um sie mit seinem Schwert zu töten. Sie durfte nicht länger leben. Doch sie wischte ihn mit einer einfachen, geradezu müden Bewegung der Hand weg, woraufhin er gegen eine Mauer prallte. Dort hielt sie ihm mit ihren bloßen Gedanken fest. Er konnte sich nicht mehr bewegen – nicht einen Finger.

Langsam kam sie auf ihn zu und fuhr mit ihren Krallen sachte über seine Wange. Sofort spürte Daniel, wie sein Blut daran herunterfloss. Daniel begann, sich gegen die immense Kraft, die ihn festhielt, zu wehren, doch hätte er genauso gut gegen Stahlfesseln kämpfen können. Nichts passierte! Er war ihr auf Gedeih und Verderb ausgeliefert.

„Oh ja, das wird ein Spaß werden, dich komplett zu brechen. Es hat schon bei deiner Mutter Freude gemacht, sie zu zerstören, und bei dir wird es noch viel besser werden. Schließlich ist die eine Hälfte deiner DNA von einem Soziopathen", säuselte sie leise in sein Ohr.

Sofort war Daniel ruhig geworden, doch war es nicht die bloße Erwähnung seiner Eltern gewesen, dass diese Reaktion ausgelöst hatte. Das hatte er hinter sich gelassen. Mit seinem Flashback und der Hilfe von seinen Kindern und Kelaino hatte er diese Schwäche eingedämmt. Nach dem letzten Ausbruch seiner Gefühle hatte er endlich klar Schiff mit sich machen können. Er würde immer damit zu tun haben, aber nicht mehr so wie noch vor einem Jahr.

Nein, es war eher das innerliche Gefühl, dass etwas Unbekanntes in seinem Körper vorging und sich zu regen begann. Etwas Dunkles, Fremdartiges und doch seltsamerweise Vertrautes. Er wusste nicht, was das war, aber es ging definitiv etwas in seinem Inneren vor sich. Währenddessen hatte die Dämonin ohne Pause weitergesprochen. Erst als sie bemerkte, dass Daniel sie gar nicht beachtete, hob sie ihre Krallenhand und wollte ihm damit die Haut aufreißen.

Gerade als Daniel den Blick zu ihrem Gesicht hob und sie zuschlagen wollte, presste sich eine dunkle, fast schwarze Wolke aus Daniel hervor und schlug mit voller Kraft gegen die Dämonin. Sie kam nicht mehr dazu, zuzuschlagen, sondern wurde weggeschleudert. Das sah ja fast wie eine dunkle Wolke von Kelaino aus. War das etwa durch ihre Bindung miteinander passiert? Bestimmt versuchte Kelaino ihn über diese zu unterstützen. Anders konnte Daniel es sich nicht erklären.

Sie krachte gegen eine Ruine. Sofort lockerte sich die Kraft, die Daniel festhielt, und er konnte von der Wand springen. Schnell hob er sein Schwert auf und rannte auf die Dämonin zu. Die wiederum hatte sich so weit von dem Schrecken erholt, dass sie sich langsam aufrappelte und sich zum Gegenangriff bereitmachte.

„Das kann nicht sein. So was kannst du nicht als einfacher schwacher Mensch tun! Das liegt nicht in deinen Möglichkeiten."

Daniel lachte leise. „Anscheinend doch."

Wieder wischte die Dämonin ihn weg – oder wollte es zumindest tun, denn Daniel spürte zwar die Kraft über sich hinwegfegen, doch blieb er mit beiden Beinen auf dem Boden stehen. Etwas beschützte ihn, und er wäre ein Narr, wenn er es nicht sofort ausnützen würde.

Also stürzte er sich ein zweites Mal auf die Dämonin. Mehrere Male versuchte er an sie mit Schlägen und Tritten heranzukommen, doch sie wehrte es spielend ab. Daher täuschte er nach einigen abgewehrten Schlägen links an. Die Dämonin konzentrierte sich in diesem Moment auf diese Seite. Daher konnte er den entscheidenden Schlag auf der rechten Seite gegen ihren Hals. Sie war so überrumpelt, dass sie fassungslos dastand, was er ausnutzte, um den alles entscheidenden Schlag durchzuführen, der sie enthauptete. Heftig atmend stand er über ihrem kopflosen Körper. Er hatte es geschafft. Es war vorbei – endlich vorbei. Er konnte es gar nicht glauben. Doch auf einmal hörte er wieder ihre Stimme.

„Wenn du wirklich glaubst, dass du es geschafft hast, täuschst du dich. Der Supay wird dich für deine anmaßende Arroganz bestrafen. Er wird dein Untergang sein. Du wirst sterben und diesmal endgültig."

Erschrocken schaute er sich um und sah, dass ihr Kopf noch lebte, wenn man es so nennen konnte. Sie lachte, solange, bis Daniel ihr Herz aus ihrem Brustkorb schnitt und es mit seinen bloßen Händen zerquetschte, bis das blutige rote Fleisch leblos auf den Boden fiel. Dann verstummte sie endlich für immer.

Er schaute sich um. Die plötzliche Stille in dieser Dunkelheit war beunruhigend. Etwas braute sich zusammen. Schnell ging er zu seinen Kindern und begann, sie zu untersuchen. Was er sah, erleichterte ihn ein wenig. Zwar waren alle schwer verletzt, doch floss kein Blut aus ihren Wunden und es sah so aus, als waren sie kleiner geworden. Sie heilten viel schneller als normale Tiere und Menschen zusammen. Vielleicht würden die Schnitte und Blutergüsse schon in wenigen Stunden so weit verheilt sein. Hoffentlich würde er dann noch am Leben sein, sodass er sie bewegen konnte.

Es würde zwar schwierig werden, aber machbar. Es waren schließlich seine heiß geliebten Kinder und der Grund für sein Überleben, genauso wie Kelaino. Er brauchte nur einen Karren oder so. Vielleicht konnte er einen finden oder bauen. Doch dazu würde er sich später Gedanken machen.

Gerade als er wieder aufstand, hörte er ein Flüstern in der Luft. Es war eine Stimme, die er noch nie gehört hatte. Es schien, als würde sie in sein Fleisch einschneiden. Sie war so kalt, dass es Daniel fröstelte.

„Du hast meine rechte Hand und Geliebte umgebracht. Dafür wirst du bezahlen. Niemand tötet einfach so meine Leute."

Daniel schaute sich um. Es war niemand zu sehen. Anscheinend legte jetzt dieser Supay seinen großen Auftritt hin.

„Wer bist du? Zeige dich mir!", rief Daniel aus. Niemand spielte irgendwelche Spiele mit ihm.

„Ich bin Supay, der Gott der Unterwelt. Ein Mensch kann mir nichts befehlen. Dafür seid ihr zu schwach, ihr elendigen Würmer."

„Wie kannst du nur so etwas sagen? Es gab mehr Menschen, die Gutes in sich trugen als schlechte. Und diese waren um vieles besser als du. Zudem bin ich kein einfacher Mensch mehr. Ich habe das Massensterben der Menschen überlebt", feuerte Daniel ihm entgegen. Er wusste, dass er mehr war, sonst würde er nicht hier stehen.

„Das sehe ich und eine Korrektur ist notwendig. Es würde mir sogar Spaß machen. Schließlich haben uns die Fünf eine Welt ohne Ungeziefer versprochen."

„Wer sind die Fünf?", hakte Daniel nach. Vielleicht konnte er dieses Wesen in ein Gespräch verwickeln. Vielleicht kam ihm noch jemand zu Hilfe? Aber wer? Der Kolibri wusste ja nicht, was innerhalb des Schildes abging, weswegen er auch nicht weiterhelfen konnte. Seine Vier waren verletzt und auch Kelaino konnte ihn in ihrem geschwächten Zustand nicht wirklich unterstützen.

„Das geht dich gar nichts an. Du wirst nicht mehr lange genug leben, um es wissen zu müssen", polterte der Supay.

„Wenn du so erpicht bist, mich umzubringen, musst du dich mir zeigen. Ich werde schließlich nicht einfach so tot umfallen. Den Gefallen tue ich dir nicht."

„Wenn du es willst, dann werde ich deine Herausforderung annehmen", hörte Daniel die kalte Stimme sagen.

Plötzlich setzte ein heftiger Wind ein, sodass Daniel seine Hand schützend vor die Augen halten musste. Es wehte ihn fast um. Was geschah jetzt?

Sobald der Wind sich gelegt hatte, nahm er sie wieder herunter. Vor ihm stand ein Mann, den Daniel noch nie gesehen hatte, aber von dem er schon in vielen unterschiedlichen Geschichten gehört hatte. Es war ein grausamer Anblick, den er kaum in Worte fassen konnte. In seinem Innersten zogen sich seine Organe zusammen vor Angst.

Es war der Supay, der böse Seelen bestrafte und quälte. Die früheren peruanischen Mütter hatten ihren Kindern von ihm erzählt, damit die Kinder brav blieben.

Doch diese Gestalt vor ihm schien sich nicht um Daniels Furcht zu kümmern, so selbstsicher trat vor ihm hin. Man konnte an seinem Gesichtsausdruck erkennen, dass er sich seiner Macht und Position bewusst war. Seine Haut war feuerrot. Er hatte riesige Reißzähne, die sich nach außen bogen, und schwarze Hörner wuchsen aus seinem Kopf. Seine Ohren verliehen ihm etwas Fledermausartiges, denn sie waren größer als sein Gesicht. Er trug einen großen schwarzen Umhang und seine Hände waren so dünn, dass sie wie tödliche Nadeln aussahen. Um seinen Hals hing eine goldene Kette mit großen goldenen Medaillons. Doch das Erschreckendste war seine Größe.

Während die übrigen Übernatürlichen in den Lagern so groß wie oder zum Teil größer als die Menschen gewesen waren, so war diese Kreatur über zehn Meter hoch. Daniel überkam das erste Mal in seinem Leben das Gefühl, eine Ameise zu sein. Er wusste in diesem Augenblick nicht, wie er dieses Monster umbringen sollte. Es schien ein Ding der Unmöglichkeit zu sein. Die Bedeutung des Kampfes zwischen David und Goliath bekam eine ganz neue Bedeutung für ihn.

„Auf einmal gar nicht mehr so großspurig", sagte Supay hochnäsig von oben.

„Auch wenn du so groß wie ein Hochhaus bist, werde ich keine Angst vor dir haben. Ich habe vor niemandem Angst. Jeder hat einen Schwachpunkt und deinen muss ich noch finden", stellte Daniel klar und seltsamerweise stimmte das, wie Daniel bewusst wurde.

Supay lachte laut los. „Das ist witzig. Ich besitze nämlich keinen Schwachpunkt. Ich bin größer und stärker als jeder andere – egal, ob Übernatürlicher, Mensch oder Tier – auf diesem ganzen gottverdammten Kontinent."

Daniel hatte keinen Zweifel daran, dass der Supay noch nie besiegt wurde, doch es gab für jeden ein erstes Mal. Das hatte er in seiner Armeezeit von Anfang an zu verstehen bekommen. Sie brachten es jedem Soldaten bei: Es gab immer einen Besseren, niemand war unfehlbar oder unersetzlich. Es hatte ihn für die nächsten Jahre bis in seinen Kern geprägt.

Daniel schüttelte seinen Kopf. Er musste sich auf dieses Ungeheuer konzentrieren, nicht in Erinnerungen schwelgen. Diese Kreatur durfte diesen Kampf nicht überleben. Es gab immer einen Weg, der nur noch gefunden werden musste. Also ging Daniel in den Angriffsmodus.

Mit einem Kampfschrei rannte er zu Supay und sprang so hoch er konnte. Er kam jedoch gerade so bis zu seiner Kniekehle. Das reichte schon. Mit einem schnellen Schnitt durchtrennte er die Sehnen der Kniekehlen. Sofort knickte Supay ein. Jetzt nicht mehr lachend, sondern komplett überrumpelt starrte der Supay Daniel böse an.

„Du hast einen Fehler gemacht", sagte er wütend.

Er holte mit seiner riesigen Hand blitzschnell aus und griff nach Daniel. Der konnte gerade noch ausweichen. Dabei war Daniel zurückgestolpert, er konnte sich nicht auf den Riesen konzentrieren, während er das Gleichgewicht wiederfand. Dieser kurze Zeitraum reichte aus, dass Supay sich wieder aufstellen konnte. Seine Kniekehle war verheilt.

Oh verdammt, damit hatte Daniel nicht gerechnet. Allein würde es schwer – wenn nicht sogar unmöglich – werden, dieses Monster zu besiegen. Allerdings durfte Daniel den Kopf nicht in den Sand stecken.

Er hob sein Schwert angriffsbereit. Jetzt rannte er jedoch nicht mehr wie ein Irrsinniger auf ihn zu. Das war die falsche Taktik gewesen. Er hatte etwas dazugelernt. Supay stand vor ihm und starrte auf ihn herunter. Er machte eine Bewegung vorwärts und Daniel wich aus. Das ging einige Male so, bis Daniel an eine Häuserwand gedrängt wurde. Er hatte gar nicht bemerkt, wie er strategisch zurückbewegt worden war. Jetzt hatte er die Wand im Rücken.

In dieser Situation kam ihm eine Idee. Wenn er die gleiche schwarze Wolke ausstieß wie vor einige Minuten, konnte er diesen riesigen Supay vielleicht wegstoßen und zu Fall bringen. Danach musste er schnell handeln, um ihm den Kopf abzuschlagen. Er musste schneller als die Heilkraft sein. Er spürte tief in sich allerdings noch nichts. War Kelaino mittlerweile so geschwächt, dass sie keine Dunkelheit mehr durch ihn hindurchschicken konnte? Das wollte er nicht glauben, denn dann hatte er noch viel weniger Zeit als gedacht und der Supay kam mit jeder Sekunde näher. Verdammt, was war jetzt nur anders als zuvor?

Auf einmal sah er aus den Augenwinkeln eine schwarze Wolke neben sich auftauchen. Kelaino war gekommen – und sie war so wütend, dass sie ihre Schwäche überwunden hatte. Das fühlte er irritierenderweise tief in seinem Inneren. Als sie näherkam, drehte er den Kopf zu ihr.

Sie hatte sich in ihre tödliche Harpyiengestalt verwandelt, so kam sie schnell wie ein Tornado auf Daniel zu und schnappte sich Daniel. Blitzschnell flog sie über den Kopf vom Supay und ließ ihn dort fallen, während sie weiterflog. Danach begann sie, den Supay rasant zu umfliegen, versuchte, ihn zu verwirren. Dieser hieb mit seinen riesigen Händen und Krallen immer wieder nach ihr, doch sie war schneller als er.

Währenddessen hielt sich Daniel an den verfilzten Haaren fest und überlegte, wo er den alles entscheidenden Schnitt ansetzen konnte, denn für nichts anderes hatte sie ihn dort fallen lassen. Der Schnitt musste ihn so schwer verletzen, dass Supay augenblicklich zu Boden ging.

Daniel entschied sich für die pochende Halsschlagader knapp außerhalb seiner Reichweite. Während er sich streckte, schlug er in die linke Ader, bevor er schnell nach der rechten hieb. Das Blut schoss heiß und feuerrot wie eine Fontäne raus.

Im selben Moment begann der Supay zu schwanken. Mit diesem kleinen Teilerfolg begann Daniel, weiter mit seinem Schwert am Hals herumzuhacken. Schließlich fiel Supay auf den Boden und Daniel schlug weiter, ohne auf seine Umgebung zu achten. Irgendwann hatte Daniel es geschafft, die Kehle vollständig durchzuhauen, und war bis zum Rückgrat gekommen, als er kurz innehielt und aufschaute.

Kelaino hatte sich in der Zwischenzeit aufgemacht, mit ihren Krallen das Herz aus dem Körper des Supays herauszuschneiden. Es war eine Schwerstarbeit, da Supay schon jetzt wieder heilte.

Schnell schaute Daniel wieder runter und sah, dass auch der Hals zu heilen begann. Das Rückgrat war erneut mit dicken Muskelsträngen bedeckt. Verdammt, er durfte nicht einmal durchatmen!

Nach weiteren zehn Minuten hatten sie beide den Kopf endlich abgeschnitten und auch das Herz herausgeholt. Doch noch war die Arbeit nicht beendet. Kelaino nahm das Herz und riss ihren Mund so weit auf, wie er es noch nie zuvor gesehen hatte. Sie verschlang das Herz mit einem schnellen Bissen. Erst jetzt richteten sich beide auf und schauten sich betroffen in die Augen.

„Warum hast du das Herz gegessen? Und warum bist du überhaupt hier?", fragte Daniel schließlich. „Du solltest dich doch ausruhen."

Kelaino schluckte. „Ich hatte auch zuerst keine Begründung dafür, aber ich habe herausbekommen, warum ich krank geworden bin. Dadurch, dass du mir deine Dunkelheit freiwillig gegeben hast, hat sich mein Körper an dich gebunden. Das heißt, deine Dunkelheit ist mein Hauptnahrungsmittel geworden. Interessanterweise kann ich dir dafür auch meine geben. Ich bin jetzt mit dir in den Grundfesten bis tief in deine DNA verbunden."

„Das heißt ja, dass du mir vorhin mit der Dämonin wirklich geholfen hast, oder? Ich hatte so etwas gehofft, aber nicht daran geglaubt. Und hast du dich selbst auch geheilt?", fragte Daniel fassungslos.

„Weil wir jetzt miteinander verbunden sind. Ehrlich gesagt, ich bin absolut froh darüber, da ich gerne mit dir zusammenleben würde. In den vergangenen Wochen habe ich begonnen, mich zu dir hingezogen zu fühlen", sagte Kelaino geradeheraus.

Daniel lächelte breit. Sein Herz machte einen kleinen Sprung. In seiner Brust löste sich etwas. Seine Ahnung sagte ihm, dass ab jetzt alles besser werden würde.

Epilog

2 Monate später

Daniel wachte langsam in seinem Bett auf und drehte sich um. Er überlegte im Licht der aufgehenden Sonne, was er heute tun musste. Er hatte ein volles Programm vor sich.

In den letzten zwei Monaten hatte er sich in Machu Picchu ein gemütliches Heim eingerichtet. Er fühlte sich momentan wie der Herrscher des Ortes.

Seine vier Kinder hatten sich in den vier Häusern direkt in seiner Nähe eingerichtet. Es war das erste Mal, dass sie ihre eigenen Heime hatten und diese nach ihrem eigenen Gefallen gestalten konnten. Es war erstaunlich, was sie damit gemacht hatten.

Die Männer hatten sich in kargen eleganten Einrichtungen, jedoch mit viel Klettermöglichkeiten eingenistet, während die Frauen bei sich einen wahren Dschungel hatten. Sie genossen es sichtlich, ihren eigenen Bereich zu haben, doch kamen sie jeden Tag zusammen. Meistens aßen sie zum Frühstück zusammen und Daniel brachte ihnen die Grundlagen von Lesen, Schreiben, der Mathematik und Naturwissenschaft bei. Er war unerbittlich in dieser Hinsicht.

Danach machten sie selbstständig Ausflüge in die verwaisten Städte, um neue Fachbücher zu organisieren. Weiterhin besorgten sie einige technische Geräte.

Kurz nach dem Sieg über Supay und seine Gefolgsleute hatten Kelaino und er festgestellt, dass durch ihre Verbindung eine Art Energiefluss entstanden war. Mit diesem konnte er einfache Kommunikationsgeräte mit Modifikationen in Betrieb nehmen, welche vorher komplett tot waren. Allerdings funktionierten die Geräte nur, wenn Kelaino und Daniel nah beisammen waren – meist weniger als fünf Meter. Wenn die Distanz größer wurde, starben die Geräte ab. Daraufhin begannen sie, dieses Phänomen genauer zu erforschen. Lag es vielleicht an dieser Bindung, welche Daniel und Kelaino miteinander hatten? Wie hatte es einer mal gesagt, eine Bindung – so eine Art Energieband – zwischen den Seelen? Nein, das konnte nicht sein, oder doch?

Also bearbeitete und kalibrierten beide insgesamt speziell fünf Telefone auf diese neue Energie. Eines würden sie behalten, die anderen vier mussten verteilt werden. Bei zweien wussten sie schon, wohin sie gehen würden. Bei den anderen mussten sie abwarten, ob sich in absehbarer Zeit noch weitere lebende Menschen mit Übernatürlichen verbanden. Die anderen beiden Paare konnten sie bereits versorgen, weswegen sich Kelaino vor fast einem Monat auf den Weg zu gemacht hatte.

Daniel hoffte nur, dass sie es bald zurückschaffte. Er vermisste sie sehr, aber noch musste er abwarten und Ruhe bewahren. Er wusste, dass sie sich selbst verteidigen konnte, trotzdem machte er sich Sorgen. Ihr würde schon nichts passiert sein, redete er sich jeden Tag ein. Um sich abzulenken, wollte er erst mal noch die kühlen Morgenstunden nutzen, um sein morgendliches Routinetraining mit Kolibri zu absolvieren.

Kolibri hatte sich von den Strapazen des Aufrechterhaltens des Schirmes so weit erholt, dass sie seit knapp einer Woche miteinander trainieren konnten, denn ein Soldat durfte sich nie ausruhen – das würde zu einer sofortigen Verschlechterung seiner Reflexe führen.

Nach einer Weile kamen seine Kinder zu ihnen und begannen, die Übungen mitzumachen. Heute war ein normaler friedlicher Tag und Daniel konnte sich innerlich auf die kommenden Stunden vorbereiten. Und das war auch nötig, denn Kelainos und Kolibris Vermutung war wahr geworden.

Innerhalb des letzten Monats waren einige Übernatürliche zu ihnen gekommen und hatten ihre Kinder mitgebracht. Die Bitte war immer dieselbe gewesen. Die viele überschüssige Energie der Kinder musste kanalisiert werden. Sie konnten sich keine fünf Minuten auf eine Aufgabe konzentrieren, was aber später zu Schwierigkeiten führen konnte.

Daniel war somit neben seiner Soldatentätigkeit plötzlich ein Lehrer geworden. Nicht, dass es ihn störte. Seltsamerweise genoss er sogar die Arbeit mit den Kindern, jeden Tag mehr und mehr, auch wenn sie manchmal anstrengend war. Zusätzlich hatten sich die Schwestern von Kelaino bei ihm eingefunden und hatten ihn bis aufs letzte Detail ausgequetscht – typisch Familie. Sie liebten ihre Schwester und wollten nur das Beste für sie. Erst als sie feststellten, dass er sie über alles liebte, hatten sie sich zufriedengegeben, ihm viel Glück gewünscht und waren davongeflogen. Sie kamen danach immer wieder vorbei und halfen ihnen.

Jetzt und heute konnte er sich jedoch nicht mehr richtig konzentrieren. Etwas würde heute passieren. Er hatte ein schwaches Gefühl in der Brust, aber es war kein schlechtes.

Als sie mit dem Training fertig waren, gingen seine Kinder mit Kolibri in den Tempel, um das Frühstück vorzubereiten. Daniel blieb zurück und blickte in den Himmel. Er hatte recht: Heute würde was Gutes passieren, denn er konnte die dunkle Wolke von Kelaino sehen, die rasch zu ihm angeflogen kam. Die Bindung wurde von Minute zu Minute stärker.

Er lächelte. Endlich kam sie wieder und er musste nicht mehr allein jeden Morgen aufwachen. Die Wolke landete vor ihm und Kelaino trat in ihrer wunderschönen Harpyiengestalt heraus. Sie beugte sich runter und küsste ihn voller Leidenschaft. Ihr Gesicht lachte ihn an. Auch sie war überglücklich. Einen Moment lang standen sie sich schweigend gegenüber.

„Ich bin wieder zurück", sagte sie schließlich.

„Ich sehe es. Ist deine Reise gut verlaufen?", fragte er. Endlich ging es ihm wieder richtig gut, er lächelte.

„Während wir hereingehen, kann ich dir alles erzählen." Beide drehten sich um und gingen langsam zu dem Tempel. „Ich habe die anderen beiden Paare getroffen und denen geht es prima. Nachdem ich ihnen erklärt habe, dass wir miteinander Kontakt aufnehmen könnten, haben sie mir die Geräte regelrecht aus den Händen gerissen. Sie sind richtig gespannt auf uns alle. Komm, lass uns direkt mal zu dem Telefon gehen."

„Auch ich bin gespannt." Daniel wusste nicht, was er zu den anderen beiden Menschen sagen sollte, aber er war gespannt, wie die anderen waren. Er war nie ein großer Geschichtenerzähler oder Small-Talker gewesen.

Sie kamen bei dem Telefon an und dieses erwachte sofort knackend und rauschend zum Leben. Gott sei Dank funktionierten ihre Umbauten an den Telefonen, sodass sie automatisch eine Verbindung zwischen sich aufbauten, wenn die Gefährtenpaare mit ihrem Energieband zusammen daneben standen. Kelaino nickte ihm ermutigend zu und deutete auf das Gerät. Er sollte also gleich bei den anderen anrufen. Mit leicht zitternden Händen griff Daniel nach dem Hörer und hob es ab. So aufgeregt war er, dass er sogar noch dazu Schweißhände bekam. Er tippte mehrere Zahlen ein und wartete. Es ertönte das Freizeichen. Dann wurde an zwei Leitungsenden abgehoben.

„Hallo!"

Zeitfracht Medien GmbH
Ferdinand-Jühlke-Straße 7
99095 Erfurt, Deutschland
produktsicherheit@kolibri360.de